KB179641

우유, 피, 열

단시헬 W. 모니즈 소설집

박경선 옮김

우유, 피, 열

MILK

BLOOD

HEAT

Dantiel W. Moniz

몰
몸

나의 어머니와 제이슨을 위해.

그리고 여전히 우리만의 길을 찾고 있는 모두를 위해.

어중간한 신들은 술과 꽃으로 숭배받는다.
그러나 진짜 신들은 피를 요구한다.

─조라 닐 허스턴,《그들의 눈은 신을 보고 있었다》

일러두기

- 각주는 모두 옮긴이 주다.
- 본문 중 고딕체는 원서에서 이탤릭체로 강조한 부분이다.
- 본문 중 외래어는 국립국어원 외래어표기법을 따랐으나 '스노우'는
  관용적 쓰임을 살려 '스노'가 아닌 '스노우'로 표기했다.

차례

짜릿하다. 모니즈의 물러서지 않는 탄탄한 문장들 속에서 선명하게 도드라지는 내밀한 순간들이 서로 얽히며 한 장의 멋진 태피스트리를 완성해낸다. **타임**

햇살 가득한 플로리다에 내린 눈처럼 어쩐지 배신감 같은 것을 느꼈달까. 다른 곳도 아니고, 플로리다인데 감히 계절을 바꾸려들다니, 하는 식으로. 모니즈가 세상에 첫선을 보이는 이 단편들은 놀라움의 연속이다. 모니즈는 꾸밈없고 직감적인 문장들 속에서 플로리다의 '끈적한 냄새'를 배경 삼아 여성으로 살면서 끊임없이 겪는 내적, 외적 배신을 더듬는다. **오프라매거진 오**

단시엘 W. 모니즈의 이 강렬한 데뷔작의 가장 저변에 흐르는 것은 죽음의 가능성mortality이지만, 죽음이 있는 곳에는 삶의 활기도 있다. 모니즈의 단편을 읽는 일은 물속에 가라앉아 숨을 참으며 아직 아물지 않은 상처에 닿는 소금기에 쓰라림을 느끼는 일과도 비슷하다. 들뜬 기분이면서도 충격적이고 한편으로는 치유되는 느낌이다. 이 단편들의 힘은 진실성veracity, 생명력vitality, 취약성vulnerability에서 나온다. **워싱턴포스트**

작가는 이야기 속의 소소하면서도 보편적인 인생의 변곡점들을 통해 플로리다의 유색인종들의 삶을 집중 조명한다. 그러나 모니즈의 단편들 속에서 여성으로 살기라는 평범한 경험에는 일종의 매혹도 얽혀 있다. 모든 이야기가 따스한 빛에 흠뻑 물들어 있는 느낌이다. 우리는 사랑과 분노에 동시에 달아오를 수도 있는 것이다. **뉴욕타임스**

모니즈의 작품 속 인물들은 살아남은 자들이다. 그들은 내내 자기 주변의 여러 상실을 견디고 빨아들인다. 플로리다가 넉넉히 베풀어주는 만만한 즐거움에는 대가도 따른다. 다른 이들은 그냥 지나칠 법한 그 대가에 모니즈는 주목한다. 말보다 행동이 더 많은 것을 의미하지만 작가로서 모니즈는 저버리지 말아야 할 믿음이 되는 결합조직 역할을 하는 것이 바로 말임을 알고 있다. 솔직하고 단단한 언어를 통한 사유는 그 자체로 마술과도 같음을 보여준다. **보스턴글로브**

플로리다 출신의 작가 단시엘 모니즈의 눈부신 데뷔작에 등장하는 소녀들과 여자들은 무언가 거대한 것—어른 되기, 엄마 되기, 사랑, 상실, 죽음—의 아슬아슬한 날 위에 위태롭게 걸터앉아 있다. 모니즈는 여성의 경험이라는 한층 더 내밀한 복잡함 한구석의 커튼을 걷어 올려 그 화려

한 진창을 드러내 보여준다. **애틀랜타저널 컨스티튜션**

관능적이고 예측불허인 플로리다를 배경으로 펼쳐지는 열한 편의 이야기들이 소녀들 그리고 여자들의 모습을 가감 없이 보여준다. 복잡하고 깊고 영민하고 고약하고 유쾌하고 거칠고 다정하고 강인한 여자들이다. **미즈매거진**

모든 이야기가 불같다. 데뷔작인 이 단편들에는 끈기가 있다. 단편을 사랑하는 사람이라면 누구나 그 즐거움을 음미할 만한 작품들이며, 앞으로도 우리가 계속 이야기하고 가르치고 되풀이해 읽어야 할 단편집이다. **시카고 리뷰 오브 북스**

모니즈의 글은 가족, 결혼, 계급, 상실, 인종에 관한 이야기를 현명하고도 친밀하게 풀어내고 있으며, 각각의 이야기마다 온전히 독립된 이미지들과 문장들로 가득하다. 모든 이야기가 대담하고 팽팽한 긴장감이 감돈다. **더 럼퍼스**

소녀 시절의 강렬한 감정과 갈등에 대한 새로운 시선이 녹록지 않은 이야기들 전반에 녹아 있다. 아름다우면서도 아프게 파고드는 글이다. **엔터테인먼트 위클리**

우유, 피, 열

I. 괴물들

"분홍이야말로 여자 색이지."

키라의 말이 끝나자 키라와 에바는 칼로 손바닥을 그어 새어나오는 피를 새하얀 우유가 가득 담긴 야트막한 그릇에 떨어뜨린 다음 핏방울이 천천히 퍼져나가 작고 붉은 꽃들을 피워내는 모습을 지켜본다. 에바는 키라를 유심히 바라본다. 칼로 자기 자신을 가르는 일에 익숙해 보이는 키라가 피가 난 자기 손을 가만히 누르고 있는 동안 부엌 창문을 뚫고 들어온 햇살이 그 애의 곱슬머리를 눈부신 빛으로 가득 채우는 광경을. 키라의 입매는 가느다란 직선이지만 눈매는 크고 길쭉하다. 그 연녹색 눈은 지금 깜박임조차 없다. 눈이 이상해, 에바의 엄마는 키라의 눈매를 보고 늘 그렇게 말하며 욕조 배수구에 걸린 머리카락 뭉텅이를 빼낼 때나 지을 법한 찌푸린 표정을 지었다.

둘이 키라네에서 모이는 건 키라 부모님이 '표현의 자유'를 믿기 때문이다. 그 덕에 둘은 나무에 올라가거나 개구리를 잡아도 되고, 소파에서 쿠션을 잔뜩 끄집어내 거실 바닥에 깔고 누워서 스텐 그릇에 달달한 시리얼을 담아 먹으며 몇 시간이고 만화를 봐도 된다. 에바네 집에서는 머슴애 같은 계집애들이 게을러터지기까지 해서 에바 엄마의 신경이나 자꾸 건드리는데 말이다. 에바의 엄마는 키라를 마뜩잖아 하지만 키라와 에바는 8학년이 시작된 8월 말부터 두 달째 친구로 지내고 있다.

체육 시간에 키라가 에바에게 다가가 말했다. 나는 물에 빠져 죽어가는 기분이야. 눈에 보이는 물 따위 없어도 에바는 그게 무슨 말인지 알았다. 에바 역시 가끔 느끼는 기분이었으니까. 그 묵직함, 숨 막힘은 뭐라 설명하기 어려운 것이었고 특히 엄마에게라면 더더욱 설명이 불가능했다. 그 기분에 이름을 붙이려는 노력은 마치 단어들을 배 속에서부터 길어 올리는 것과 같은데, 양동이로 아무리 퍼올리고 또 퍼올려본다 한들 하려던 말이 전혀 아니었다.

키라와 에바는 다른 점이 많지만 그중 하나는 누구네 엄마가 하는 말인가에 따라 둘에 관한 진실이 달라진다는 거다. 그런 차이가 단지 키라가 백인이라 그런 것인지, 아니면 다른 무언가가 더 있는 것인지 에바는 자주 궁금하다. 살갗 아래 무언가가 있는 걸까. 올해 들어 에바는 이중성, 그러니까 하나를 두 가지 방식으로 보는 일에 집착하게 됐다. 키라의 눈은 이상하지만 매력적이고, 자신의 슬픔은 상상 속에 있지만 맥박이 뛴다.

"숟가락 하나 줘."

키라의 말에 에바는 구멍이 송송 뚫린 큰 숟가락을 서랍에서 꺼냈다. 키라는 우유와 피를 섞어 원하는 색이 날 때까지 휘저었다. 키라의 입술 같은 분홍색이다. 보드랍고 희망적인 색. 둘이 번갈아 그릇에 입을 대고 기울여 한 모금씩 삼키자 마침내 그릇 바닥에 앙금만 남는다. 둘은 팔뚝 바깥쪽으로 얼굴에 묻은 분홍색 우유 거품을 닦아내고 한동안 가만히 앉아 있다. 방금 마친 일의 경건한 여운 속에서.

"피의 자매들이네."

시간이 한참 늘어진 느낌이 들자 에바가 우물거린다. 뭐라 설명할 길 없는 감각이다. 에바는 키라의 피가 자신의 몸속에 흡수되는 걸 느낄 수 있을 것만 같아서, 소장의 점막을 뚫고 흡수되어 마침내 자기 피와 친구의 피를 구분할 수 없게 되는 장면을 그려본다.

"피의 자매들이지."

키라는 맞장구치며 그릇, 숟가락, 칼을 엄마가 설거지할 싱크대에 가져다둔다.

이제 결산의 시간이다. 아무튼 적어도 둘이 목청 높여 무언가를 외치는 시간인데, 키라네 집 뒤에 있는 인공 연못을 향해 풀을 걷어차며 달려가니 언제나처럼 놀란 이웃집 개들이 노래하듯 깨갱거린다. 둘은 작은 돌멩이들을 물속에 떨어뜨리고 모여 있는 올챙이가 흩어지는 모습을 지켜보다 잔물결을 헤아려본다.

"도망쳐, 꼬맹이들아."

가늘고 높은 키라의 목소리는 마치 끔찍한 공포영화 속 여배우 같다. 에바는 얕은 여울에서 발을 굴러대고 소리를 지른다. 발목이 드러난 운동화를 벗지도 않고 들어가는 바람에 발가락 사이로 물이 잘박거린다. 에바는 《프랑켄슈타인》에 나오는 괴물이다. 아니, 흡혈귀 여왕이다. 이제 갓 열세 살이 된 그의 속은 전부 도려내어지고 그 자리를 독과 먼지구름 가득한 꿈들이 채운다. 머리를 뒤로 젖혀 태양을 향해 그것이 불붙은 기이한 달이라도 되는 양 그리고 자신과 키라가 있는 이곳 말고 다른 세상은 없다는 양 울부짖고 또 울부짖는다.

키라는 둑 위에 털썩 앉아 팔로 무릎을 감싸 안고는 에바를 쳐다본다. 키라의 가녀린 손목에 매달린 두 손이 마치 짐승의 갈큇발 같다. 에바가 키라를 향해 포즈를 취하며 말도 안 되는 각도로 엉덩이를 삐죽 내밀고는 눈을 한껏 가늘게 뜨자 키라가 웃음을 터뜨린다. 손으로 스냅사진을 찍는 시늉을 하던 키라는 끝내주는 사진이라도 건지려는 것처럼 에바를 향해 덮치듯 달려든다.

"이 섹시한 괴물!"

키라가 소리를 지르며 연못 가장자리로 첨벙 뛰어들어 물을 튀기는 바람에 허공에 뜬 작은 물방울이 잠시 무지갯빛을 띤다.

"괴물처럼 말해봐! 괴물이 돼보라고!"

"나는 섹시한 괴물이다!"

에바가 그대로 따라하며 이를 드러낸다. 키라가 에바의 두 팔을 홱 낚아채는 바람에 둘은 풀밭 위로 넘어진다. 포개어 엎어진 채 키득대는 여자애들. 둘은 숨을 고르며 기다린다. 심장이 그만 쿵쿵대기를, 뺨에서 더운 기운이 사라지기를. 자신들이 내는 것도 아닌 울부짖는 소리가 사라지고 고요해지기를 기다린다. 고요해지지 않는다. 대신 천천히 잦아들다 가느다란 가르랑거림만이 둘의 흉곽 안과 서로 얽힌 손가락 사이에 머문다.

에바는 자신이 진짜 괴물이라는 사실을 알고 있다. 적어도 그렇게 느꼈다. 이 몸을 입고 있으면 무언가 부자연스럽고 낯설다. 열세 살이 되기 전까지는 공허가 짊어질 만한 무언가라는 사실을 알지 못했다. 그 공허는 대체 누가 거기에 넣은 것일까? 때로는 공허로부터 기어이, 언젠가는 벗어날 수 있을지 궁금해하면서도 때로는 그것을 절대 반납하고 싶지 않기도 하다. 공허의 주인은 자기 자신이니까.

키라는 똑바로 앉더니 에바의 젖은 운동화 발등을 털어 준다.

"너희 엄마가 널 죽일 거야."

둘은 맨발로 연못 뒤 작은 숲의 그늘로 뛰어들어가 차갑고 푸석한 흙을 밟고 다닌다. 부러진 나뭇가지의 뾰족한 끝이나 도토리 꼬투리가 발등의 연한 살을 찔러도 비명을 지르지 않는다. 이를 악물고 계속 갈 뿐 아픔은 삼킨다.

햇살이 들이치는 공터에서 둘은 무언가 죽어 있는 것을 발견한다. 홍관조다. 아직 온전한 모습의 새가 작고 고운 귀고리 모양의 다리를 공중을 향해 구부린 채 누워 있다. 키라는 구부러진 깃털 끝이 코끝에 스칠 듯 몸을 바싹 수그리며 말한다.

"만지지 마, 조류독감 걸려."

그러면서도 둘은 쪼그려 앉아 가까이 들여다보며 죽음

을 들이마신다.

에바는 새 부리 주변의 보드라운 검은 털을 쓰다듬고 싶다. 새의 공허하게 열려 있는 눈과 완전한 정적이 감도는 몸이 부럽다. 쿰쿰하고 달짝지근한 냄새마저도. 에바는 새의 머리맡에 자기 머리를 두고 누워 들쭉날쭉 기워놓은 듯한 하늘을 바라보며 자신이 죽었다고 상상한다. 키라도 에바 옆에 눕는다. 둘은 태양이 소나무 뒤로 가라앉으며 세상을 차디찬 금빛과 검푸른 초록빛으로 물들일 때까지 그대로 머문다.

그날 밤 에바를 데리러 온 엄마는 딸을 보자마자 한바탕 훑어본다. 땋았던 머리를 풀어 헤치지는 않았나, 어디 무슨 자국은 안 생겼나, 아무튼 뭔가 요란하게 했다는 증거를 찾아보다가 에바의 신발에 눈길을 멈춘다. 에바 엄마의 목소리는 달착지근한데, 모든 단어를 공들여 딱딱하게 발음하는 통에 마치 자신이 몰라도 좋았을 어떤 언어로 말하고 있는 것만 같다. 전화 자동응답기에 인사말을 녹음하거나 업무 중에 낯선 사람을 응대하는 그 목소리다. 딸 친구의 백인 엄마와 이야기 나눌 때 엄마의 목소리 스위치가 켜진다. "우리 애 봐주셔서 감사해요"라고 미소 지으며 말하면서도 두 눈은 불 꺼진 석탄 조각 같다. 현관에 선 키라 엄마의 반응은 미세하게 떨리는 공기처럼 가벼워, 에바의 뺨을 차가운 무언가가 스치고 지나가는 느낌이다.

"어머, 에바가 와서 저희가 너무 좋은걸요."

그렇게 말하는 목소리가 진짜 솜사탕 같다. 너무 진심이어서 정말 녹아버릴 수도 있을 것 같은.

"너 운동화는 왜 그렇게 더럽니?"

현관문이 닫히기가 무섭게 엄마는 에바를 다그치며 차를 향해 걸어간다.

"너 데리러 얘네 집 올 때마다 왜 그렇게 엉망이야? 저 애 부모는 한집에 같이 있으면서도 너네는 거들떠보지도 않는 거니?"

에바는 아무 말도 하지 않는다. 내뱉어봤자 단어들은 결코 에바가 하고 싶은 말이 되는 법이 없으니까.

II. 놀이들

에바와 키라는 다른 점이 몇 가지 더 있다. 에바는 키라보다 예쁘지만 피부가 훨씬 더 갈색이라 예쁘다는 사실을 사람들이 잘 몰라보는 편이다. 월경은 키라가 먼저였다. 한밤중에 월경을 시작하는 바람에 극심한 복통으로 잠에서 깼는데 허벅지가 검붉은 핏덩어리 범벅이었다. 이로써 키라는 여자가 됐지만 에바는 아직 소녀다. 그리고 키라가 슬프다고 말하면 키라 엄마는 감정을 잘 헤아려보라고 하는데, 에바가 그러면 에바 엄마는 지친 표정으로 말한다. 얘, 가서 놀아.

그래서 에바는 논다. 욕조에서 익사하는 놀이를 한다. 물속에서 눈을 뜬 채 숨을 참으며. 집 옆에 흰 점이 생긴 플라타너스 가지에 매달리기 놀이도 한다. 몸을 축 늘어뜨린 채 흔들거리며 지쳐서 나가떨어질 때까지 나뭇가지를 붙들고 매달린다. '만약에' 게임도 한다. 만약에 내가 지금 바로 이 차 앞으로 뛰어들면 어떻게 될까? 만약에 내가 내일 안 일어나면 어떻게 될까? 어떤 것도 진심이 아니고, 곰곰이 생각하지도 않지만.

키라도 이런 놀이들을 좋아하지만 특히 죽음에 관해 이야기할 때는 목숨이 아홉 개쯤 되는 사람 같다. 죽게 되면 컴퓨터 화면 속 숫자가 줄어들며 게임을 다시 시작하라고 재촉하는 '계속하시겠습니까?'라는 질문을 받을 것만 같다. 둘은 여러 암석에 이름표를 붙이는 지구과학 숙제를 하거나 키라의 인형들로 소꿉놀이를 하면서 질문을 주거니 받거니 하는 것을 좋아한다.

"웅덩이에 빠지면 어떻게 될까?"

"어떤 남자가 너를 토막 낸 다음 자기 침대 매트리스 아래다 숨기면 어떻게 될까?"

"땅에 파묻히면 어떻게 될까?"

"산 채로?"

"아니, 이미 죽었어."

에바는 이 마지막 시나리오를 가장 자주 상상하는데, 어지간한 여자애들이 처음 맞는 프롬*이라도 준비하는 것처럼 경건한 마음으로 골똘히 고민한다. 마지막 안식처는 연분홍 장미들로 장식한 흰색 관이 좋겠다. 엄마는 에바의 몸을 제일 예쁜 벨벳 드레스에 밀어 넣고, 에바가 질색하는 널찍한 레이스 러플이 광대의 요란한 옷깃처럼 달린 그 양말을 신기겠지. 사실 에바의 관심 대상은 죽음 자체라기보다는 자신의 부재가 세상에 어떤 영향을 미칠까 하는 호기심이다. (만약에 우리 엄마가 안 울면 어쩌지?) 에바의 엄마는 땅 밑에 묻힌 에바를, 두피 위로 구더기가 기어 다니고, 아직 보드라운 살갗과 갓 묻힌 작은 가슴이 시간과 함께 썩기 시작하는 모습을 상상하려나?

에바와 키라는 거친 노끈을 바비 인형들 목에 둘러 드림하우스 지붕에 매달아 덜렁거리게 둔다. 그리고 인형의 뾰족한 발끝이 빙글빙글 도는 모습을 지켜본다.

III. 수영장

두 사람 모두 학기 말 즈음 있을 첼시 주커의 열세 살 생

---

*   prom, 고등학교에서 한 학년이 끝날 때 하는 댄스파티.

일파티에 가고 싶지 않았다. 하지만 에바의 엄마가 첼시 엄마에게 초대받고는 파티에 가겠다는 말을 해버린 참이었다.

"다른 친구들도 사귀어야지."

골반 한쪽을 삐딱하게 기울여 선 채로 에바에게 말하는 엄마의 모습이 마치 방의 모든 빛과 공기를 빨아들이는 것만 같았다. 에바는 엄마의 거대한 존재감에 둘러싸여 협박당하는 느낌이 들었지만 오히려 더 우쭐해졌다. 엄마의 따스한 갈색 얼굴에 입 맞추고 싶었다. 손바닥이 얼얼할 때까지 후려치고 싶었다.

"새 친구 필요 없어요."

싸움 따위 있을 수 없다는 걸 잘 아는 에바가 구시렁댔다. 이미 진 싸움이었다.

엄마가 살짝 웃으며 에바의 뺨을 감싸쥐며 말했다.

"아가, 너한테 뭐가 필요한지 넌 모른단다."

에바는 키라에게 엠버시 스위트 다운타운의 수영장 딸린 어딘가에서 있을 파티에 가게 생겼다고 이야기했다. 첼시의 부모는 파티가 끝나고도 밤새 놀 수 있게 방이 두 개 딸린 스위트룸을 잡아놓았고 자신들도 옆방에 있을 거라고 에바 엄마에게 말해두었다. 같은 반 여자애들 몇 명과 함께 키라도 초대받기는 했지만 키라의 엄마는 파티에 안 가도 된다고 했다.

"완전 첼시 구역이네. 걔네 엄마가 사실상 8학년을 전부 초대한 이유가 뭐겠어? 그래도 네가 간다면 나도 갈게."

키라는 너그러운 말투로 이내 덧붙였다.

"우린 자매잖아, 잊지 않았지?"

그날의 피 한 점, 창가의 햇살. 그 아련하고도 어여쁜 분홍. 칼날이 손바닥을 그을 때도 에바는 따끔거리는 통증조차 거의 느끼지 못했다.

여자애들은 이미 그 정도에 감탄할 나이는 지났지만 파티가 열릴 호텔은 그래도 제이빌*에서 찾아낼 수 있는 가장 근사한 곳 중 하나였다. 에바의 사촌오빠는 여기서 시간제로 객실 청소를 했는데, 쓰레기를 치우고 샴푸통을 교체하고 누군가의 잠자리에 무릎을 꿇으며 침대 시트를 갈았다. 그는 몇 성급 호텔이든 인간들이 역겨운 건 마찬가지라며, 그 일을 곧 그만두었다.

수영장이 고약하게 반짝인다. 작위적인 파랑의 심연을 호위하는 것은 여자애들 눈에는 그저 자는 척하는 교활한 고르곤**처럼 보이지만 실은 언제든 여자애들을 붙잡아다

---

*   J-ville, 잭슨빌의 줄임말.

**   그리스신화 속 괴물들로, 머리카락이 뱀으로 되어 있는 세 자매인 스테노, 에우리알레, 메두사를 지칭한다.

가죽을 벗길 준비가 돼 있는 뚱뚱하고 얼굴 붉은 일광욕자들이다. 어린 꼬마들이 수영장의 얕은 끄트머리에서 참방대며 무아지경으로 비명을 지르며 놀고 있다. 에바는 파티에 온 모두가, 그러니까 키라도 분명 그 아이들을 질투하고 있다고 생각한다. 그렇게 놀기에 열세 살은 너무 많은 나이였고, 달리 무엇을 할지 알기에는 너무 어린 나이였다. 딱 하나 있는 그늘에서 다른 여자애들은 투명 플라스틱 컵에 담긴 과일 펀치를 호록거리며 빈둥대고 있다. 에바와 키라는 일인용 선베드에 어정쩡하게 함께 걸터앉아 내리쬐는 햇볕에 등을 그을리며 서로 머리를 맞댄 채 모의 중이다. (만약에 우리가 달아나면 어떻게 될까?) 다른 사람들은 안중에 없다.

파티에 온 다른 여자애들은 여섯 명으로 대부분 이제 막 여드름이 나기 시작한 얼굴에 엉망인 머리를 한 채 초대받은 것 자체에 그저 신이 나 있다. 마리솔만은 예외인데, 독보적으로 예쁘고 근사한 이 아이는 내년 반장 선거에 출마하고 싶어 한다. 키라는 허공에 대고 손가락으로 강조하듯 상자 모양을 그린다. 고리타분해.

주커 부인의 부탁으로 키라와 에바는 수영장 안뜰의 석조 테이블 앞에 모여 앉아 첼시 아빠가 케이크를 들고 다가오는 모습을 지켜본다. 케이크에 꽂힌 숫자 13이 타고 있고 미소를 지으면서 노래를 부르는 아저씨의 모습이 우스꽝스럽다. 다들 수영복 끈이 어깨에서 흘러내려가 있고 이마에 땀방울이 송글송글 맺혀 있는 중에 에바는 후텁지근한 봄 공기에 묻어나는 소독약 냄새가 마음에 든다. 다 같이 첼시를 향해 〈생일 축하합니다〉 노래를 목청껏 부르니, 부스스한 머리에 닭다리 같은 종아리의 첼시도 이 순간만큼은 멋져 보이고 나름의 존재감으로 빛난다.

실은 키라와 에바는 노래를 부르지 않고 있다. 그 덕에 에바는 투피스 수영복을 입은 마리솔의 몸이 벌써 풍만한 곡선을 그리고, 아이 같은 통통한 뱃살이 사라져 배가 판판하다는 것도 알아차릴 수 있다. 등 뒤로 넘긴 짙은 색 긴 머리에는 윤기가 흐른다. 저 애는 벌써 여자야, 확실해, 에바는 그렇게 생각하며 마리솔의 몸 또 어디에 체모가 났을까 상상한다.

"완전 애기잖아."

촛불을 끄는 첼시를 보던 키라가 늦은 생일을 두고 속닥인다. 다른 애들은 일찌감치 열세 살이 됐고 대부분 곧 한 살을 더 먹을 예정이다. 키라는 여름이 끝날 무렵에 열네 살이 될 테고 에바는 그보다 2주쯤 뒤에 열네 살이 된다.

"아니면 수정란?"

남들에게 이거라도 으스댈 게 있어 다행이라는 생각을 하며 에바도 마주 속삭인다.

마리솔이 몸을 돌려 둘을 쏘아보자 에바는 털이 몽땅 뽑힌 새 같은 기분이 든다. 마리솔은 생일 주인공을 향해 힘껏 박수 치며 환호를 보낸다.

"멋지다, 첼시!"

"우리는 이런 거 필요 없어."

키라가 마리솔을 마주 쏘아보며 중얼거렸지만 마리솔이 눈치챈 것 같지는 않다. 나머지 애들이 첼시 주위에 모여들자 첼시 엄마는 친구들이 가져온 선물을 첼시에게 전달하며 포장지를 잘 골랐다고 탄성을 지르고 안목이 어른스럽다며 아이들을 칭찬한다.

키라는 에바의 손을 잡더니 첼시 아빠를 향해 성큼성큼 걸어간다. 첼시 아빠는 플라스틱 칼로 케이크를 자르는 중인데 똑바로 못 자르는 바람에 케이크 조각 몇 개는 사다리꼴이 되어버린다.

"아저씨."

키라가 첼시 아빠를 부르더니 배를 움켜잡고 허리를 숙인 채 끙끙댄다.

"속이 안 좋아요. 누워야겠어요."

첼시 아빠가 둘을 보며 눈을 끔벅이고, 에바는 그 눈빛을 본다. 여기 있는 내내 잔뜩 찌푸린 얼굴로 돌아다니던 여자애 둘의 그 부루퉁함, 어른 못잖은 그 심상찮은 무게. 마음을 불편하게 만들던 아이들.

"케이크 안 먹고?"

첼시 아빠는 마치 설탕과 크림이 꼭 먹어야 되는 만병통치약이라도 되는 것처럼 묻는다. 케이크가 나이 먹음의 불편함도 해독해주나.

키라는 마치 물속에 풀어지고 마는 피 같은 유약함을 그에게서 감지해내고는 비밀이라도 털어놓듯 몸을 가까이 숙이며 말한다.

"아저씨……. 그러니까, 그게, 여자애들 하는 그거 있잖아요."

마법의 단어들.

첼시 아빠는 주머니를 뒤적거리며 방 열쇠를 찾더니 에바의 손에 열쇠와 버터크림 케이크가 담긴 일회용 종이접시 두 개를 쥐어준다.

"그래, 먼저 올라가 있어라. 곧 메리 아줌마더러 올라가서 너희 좀 봐주라고 할게."

"고맙습니다, 아저씨."

에바는 그에게 처음으로 웃어 보인다. 그런다고 아저씨의 마음은 누그러지지 않겠지만 에바는 기분 한구석이 좋아지는 것 같다.

"제가 잘 챙길게요."

그래놓고 둘은 방으로 올라가지 않는다. 에바가 둘만 있을 수 있는 다른 장소를 알고 있으니까.

"사촌오빠가 월급 받으러 올 때 같이 와봤는데 여길 알려줬어. 문에 암호가 걸려 있기는 하지만 바뀐 적이 없대."

"그 오빠는 지금 뭐 해?"

"콜로라도에서 마리화나 키워. 다들 펄쩍 뛰지만, 오빠 말로는 돈은 훨씬 더 많이 번대."

둘은 엘리베이터를 타고 10층까지 올라갔고, 에바는 옥상으로 통하는 아무 표시도 없는 문으로 키라를 안내한다. 그들이 사는 도심 전체가 한눈에 들어온다. 양쪽으로 나뉘어 깔끔하게 정비된 도시가 사방으로 펼쳐져 있고, 사방에는 이 호텔과 높이도 엇비슷하고 별다를 것도 없는 베이지색과 회색 건물들이 가득하다. 저 멀리에는 파란색 다리가 세인트존스와 반대편에서 번쩍이는 호리호리한 유리 타워들 사이를 가로지르고 있다. 에바는 이곳에서 자기 동네가 풍기는 메스꺼움과 두근거림을 동시에 느낀다. 빛의 주인이자 왕이 되어 손바닥 안에 들어오는 세상을 바라보는 기분, 게다가 자기 필요에 따라 이래라 저래라 하는 엄마 따위 없는 기분이란.

둘은 옥상 난간에 다리를 걸치고 흔들거리며 손가락으로 케이크를 먹으면서 사람들의 정수리를 내려다본다. 사람들이 여행가방이며 아이들 대여섯 명을 질질 끌고 호텔을 드나드는 모습을 보며 타인의 삶이 아스라이 북적대는 소리를 듣는다. 여기서 내려다보는 그들 중 행복한 이가 있기는 한지, 나이를 먹으면 정말 나아지는 게 있기는 한지, 에바는 도무지 모르겠다.

"고기 분쇄기에 갈리게 되면 어떨까?"

에바가 묻는다. 키라는 프라이팬에 소시지를 뒤집는 시늉을 해보이며 되묻는다.

"상상이 가? 누군가가 너를 아침 식사거리로 굽는 게?"

"냠냠."

에바가 소리를 낸다.

"사형을 당하는 건 어떨까? 앤 불린* 스타일로? 머리를 댕강!"

둘은 이리저리 왔다 갔다 하는 동안 시간이 흐르는 것도 잊는다. 잠시나마 정말로 키라와 함께 둘만 있는 세상이다. 완벽한 세상.

"우리 돌아가야 해. 사람들이 경찰을 부를지도 몰라."

에바가 자리에서 일어나며 말한다.

---

*   시녀 출신으로 헨리 8세와 결혼한 후 주술적 방법으로 왕을 유혹했다는 혐의를 받아 단칼에 목이 잘리는 참수형으로 죽음을 맞은 영국 여왕.

"역겨워."

같이 일어서며 느릿느릿 말하는 키라가 혼란스러워 보인다. 듬성듬성 흩어져 있는 옥상들을 바라보더니 마치 무언가를 봤지만 그게 무엇인지는 모르겠다는 듯한 표정이다. 그러더니 들고 있던 종이접시를 난간 밖으로 날린다. 에바도 따라 접시를 날린다. 둘은 접시들이 둥실둥실 느리고도 아름답게 땅으로 내려앉는 모습을 지켜본다. 에바가 다시 내려가려고 돌아선다. 그때 등 뒤에서 키라가 말한다.

"옥상에서 떨어지면 어떻게 될까?"

에바의 머릿속에 이미지가 스쳐간다. 공기가 거세게 밀려나고, 뼈가 부러지고, 덩어리들이 시뻘겋게 철퍼덕. 끔찍해. 키라에게 이 말을 하려고 몸을 돌리는데 눈앞에는 그 흉측한 건물들 뒤로 파랗게 펼쳐진 하늘뿐이다. 진정한 신의 파랑.

아래에서 누군가가 비명을 지른다.

에바는 난간으로 몸이 이끌리는 느낌을 받는다. 목구멍에는 키라의 이름이 걸려 있고 폐는 오그라들고 피가 날개를 퍼덕이듯 머리를 향해 솟구친다. 두 발이 멋대로 움직이고 속에서는 정반대의 두 마음이 고개를 치켜든다. 달아나고 싶으면서도 모든 것을 보고 싶다.

에바는 난간 가장자리 너머로 몸을 숙인다. 그리고 바라본다.

IV. 질문과 답변

질문: 왜 그랬니?

줄줄이 질문뿐이다. 그중 진심은 일부지만, 전부는 깊은 슬픔이다.

옥상에서 너희는 뭘 하고 있었니? 너희 거기는 어떻게 올라갔어? (내가 널 그렇게 생각 없이 키우진 않았는데?) 그 애가 슬프다고 했니? 우리가 뭔가 잘못했던 거니? 우리한테 화났던 거야? 어떻게 이런 일이 일어날 수가 있어? (너희를 지켜보는 사람이 왜 없었니?) 둘이 싸웠어? 네가 그 애를 밀쳤어? (지금 제 딸이 그랬다는 건가요?) 우리가 이걸 어떻게 받아들여야 하니? 그 애를 왜 말리지 않았어? (얘가 어떻게요?) 어린애가 왜……? 아니 어린애가 어떻게……? 우리 때문일까요? (……) 지금 우리는 뭘 해야 하죠? 이제 어떻게 해야 해요?

구급차가 떠나고(불이 꺼지고) 경찰이 사람들의 진술을 모두 들은 뒤, 모두가 마침내 그 충격으로부터 발을 뗄 수 있게 되자 사람들은 각자 집으로 향한다. 에바는 뒷좌석에서 뒤척이며 등 뒤 어둠 속으로 사라져가는 호텔을 바라본다. 아는 건 모두 말했다. 사람들이 감당할 수 없는 것, 그들을 위해서는 말하지 않는 편이 더 나은 것만 빼고. 가능한 모든 진실과 모순되는 모든 진실 가운데서도 키라가 뛰어내리기로 결심한 이유는 훨씬 더 단순하고 사소하다는 것.

답변: 그 애는 그게 어떤 기분인지 알고 싶어 했어요.

V. 피

에바가 욕조에서 월경을 한 것은 키라를 땅에 묻고 사흘이 지나서다. 보통 피와는 다른 검붉은 피가 선연한 붉은 실루엣으로 물 위에 일렁인다. 뭉근한 통증이 에바의 배와 허리의 잘록한 부분을 두들기며 관통하지만 이제 이런 것은 아무 의미도 없다. 견줘볼 사람이 없으니까. 그런 짜릿한 기분은 키라와 마주 보고 서서 둘이 똑같다는 걸 잠시나마 느끼는 데서 오는 거였다. 하지만 둘이 하는 어떤 것이든 먼저 하는 쪽은 늘 키라였고, 월경까지도 그랬다. 죽음을 가지고 놀이를 하는 동안에도 그 주인은 키라였음을 에바는 깨닫는다.

키라는 에바를 한 번이라도 제대로 바라봐주던 단 한 사람이었다. 에바의 얼굴에서 무언가를, 자기 자신과 닮은 무언가를 알아봤고 다가와 그것에 이름을 붙였다. 나는 물에 빠져 죽어가는 기분이야. 이제 누가 에바를 알까? 엄마는 아니다. 에바는 엄마와는 아무 말도 하지 않고 있었는데, 안 그러면 엄마가 소리를 지르리라는 것을, 거침없이 생생한 독기를 울부짖듯 뿜어내리라는 것을 알기 때문이었다. 에바에게 한 말은 아니었지만 엄마가 자기 친구들에게 하는 이야기를 에바는 이미 들어버렸다. 부모가 가끔씩 애 엉덩이라도 때려줬더라면 걔가 죽지는 않았을 거야.

에바는 길고 느린 한숨을 내쉬며 물 아래로 가라앉았다. 몸이 욕조 바닥으로 내려앉는 동안에도 눈은 계속 감고 있다. 심장은 계속 쿵쿵거리는데 그것은 소리이면서도 감정이다. 그것이 욕조를 가득 채운다. 위안이고 낙담이고 완전하다. 에바도 키라처럼 될 수 있을까? 입을 벌리고 물과 피가 쏟아져 들어오게 둘 수 있을까?

입을 벌리는 대신 눈을 뜨니 엄마가 서서 내려다보고 있다. 물결 위로 희미한 얼굴. 놀라서 벌떡 일어서는 바람에 집어삼킨 물로 목이 막혔다. 엄마는 몸을 숙여 에바의 어깨를 부여잡는다. 에바의 팔을 타고 흘러내리는 물 때문에 미끄러운데도 엄마의 손아귀는 단단하다. 꽉 붙든 채 딸이 자신의 눈을 쳐다보게 만든다.

"그럼 영영 끝인 거라고. 내 말 알아들어?"

그렇게 말하는 엄마의 얼굴에서 에바는 열세 살이 된 이후 처음으로 인정의 빛, 일말의 이해가 스치는 것을 본다. 엄마가 줄곧 나를 봐왔던 거라면 어쩌지? 이 낯선 생각이 에바를 뒤흔들자 내면의 헐거운 무언가가 덜거덕거리고 이미 비어버린 곳을 마저 비워내려는 압력으로 뜨거운 눈물이 왈칵 터져 나온다. 엄마에게 팔을 꽉 붙들린 채 앉아 몸을 들썩거리는데 아프면서도 기분이 좋다.

"괜찮아, 다 쏟아내렴."

엄마는 수건을 한 장 집어 들고 에바를 일으켜 세워 물기를 닦아주고는 생리대 사용법을 알려준 뒤 거실로 데리고 나간다. 딸을 다리 사이에 앉히고 엉킨 머리를 빗겨주고 두피에 오일을 발라 확신에 찬 손가락으로 마사지를 해준다. 머리를 땋아 왕관처럼 둘러주는 동안 에바가 실컷 울도록 내내 말없이 내버려둔다. 에바는 이 새로운 감정, 감각이 갈라져 열리는 느낌이 놀랍다. 자그마하면서도 대단한 일이 내면에서 일어나며 공간을 만드는 중인 것 같다.

"나 너무 슬퍼, 엄마."

에바가 정확히 하려던 말은 아니었지만, 엄마가 두 손을 에바의 눈에 얹고 짜디짠 눈물을 훔쳐내주니 에바는 비로소 엄마가 자신이 하고 싶던 말을 정확히 안다는 느낌이 든다.

친구에게 무슨 일이 일어났던 거냐고 사람들이 물을 때면, 그래서 에바가 키라의 이름을 꺼내며 둘이 같이 하곤 했던 어떤 바보 같은 일이나 사람들이 들어도 마음 상하지 않을 밋밋한 일들에 대해 들려줄 때면, 에바는 어김없이 체육 시간부터 떠올릴 것이다. 둘이 처음 만났던 그때를. 사람들이 "네 친구는 어쩌다 죽었어?"라고 물으면 에바는 이렇게 답할 것이다. 물에 빠져 죽었어.

결국 호텔 앞 콘크리트 바닥 위에 부서져 있던 키라의 몸은 에바가 그 애를 떠올릴 때 기억이 회귀할 곳이 아니다. 에바는 자주 키라를 생각할 테고 특히나 앞으로 영영 무엇이든 첫 황홀감, 첫 교통사고, 첫 섹스처럼 먼저이자 유일하게 하는 쪽이 에바가 되는 순간마다 그럴 것이다. (그 특정한 죄책감 한 조각은 잠잠해지다 이내 평온함 비슷한 어떤 것 속으로 매끈하게 스며들 것이다.) 결혼식 날 밤 에바는 남편과 가슴을 맞대고 춤을 출 것이다. 확신은 없어도 자신이 사랑한다는 생각 정도는 드는 남자, 에바를 바라보는 남자, 에바가 갈구하는 것을 굳이 말하려 들지는 않는 그런 남자. 밀착한 두 몸이 흔들리며 편안한 온기가 피어오를 때 에바는 열세 살이 끝나가던 어느 날을 떠올릴 것이다.

친구의 열네 번째 생일이 될 뻔했던 그날, 에바는 키라네 뒤뜰로 몰래 들어가 연못으로 가서 지는 해와 물, 분홍빛으로 불타는 하늘을 보았고, 키라와 함께 올챙이들을 겁주어 쫓으며 소리 내어 웃고 우쭐댔던 바로 그 둑에 올라섰다. 두 괴물 같은 여자애들이 온 세상의 주인이었던 그곳. 수평선 아래로 해가 미끄러지듯 떨어진 뒤 에바는 왔던 길로 다시 나갔다. 하늘은 어두워지고 사위는 고요해진 뒤뜰로 빠져나가다 그 어스름을 날카롭게 끊어내는, 숨죽인 듯 작게 나는 어떤 소리를 들었다. 키라의 엄마가 뜰 구석 간이의자에 고꾸라진 채 얼굴을 양손에 묻고 있었고, 휘감아 걸친 목욕가운 사이로는 푸른 정맥이 비치는 우윳빛 허벅지 한쪽이 드러나 있었다.

이것이 바로 결혼식 날 밤과 수많은 다른 밤이면 에바의 기억이 되돌아가 닿는 장면이다. 다가가 그 앞에 서서 한쪽 어깨에 손을 올리던 순간, 키라 엄마의 몸 전체는 마치 스스로를 들이마셔버리는 것처럼 움푹해 보였다. 에바가 그의 가운을 열고 그의 몸을 자기 몸에 끌어다대어 살갗이 서로를 빨아들이며 봉인되던 그때를 떠올릴 것이다. 사방으로 시간이 무너져 내리는 동안 그곳에 말없이 머물렀던 그때를, 에바의 정맥 속에서 거세게 솟구치는 자기 딸의 피를, 열기를 내뿜는 울부짖음을 키라의 엄마는 느낄 수 있는지 궁금해하던 그 순간을.

향연

오직 달빛만이 히스의 어깨 위로 엎질러진 채 내게 등을 돌리고 모로 누운 그의 모습을 비춘다. 동시에 커튼봉 위로 떠 있는 작디작은 한 쌍의 손, 인형의 은 포크 끝부분만큼이나 작은 손가락들도 비춘다. 남편의 이름을 부르니 내 목소리가 쪼개지듯 갈라져 나오고 잠에서 깬 히스가 침대맡의 등을 켜고는 바싹 붙어 몸을 기울인다. 하도 가까이라 그의 숨결에서 잠 냄새가 난다. 그는 내 눈동자를 살펴보더니 내 이마에 자신의 시원한 손등을 갖다 댄다.

"어디 아픈 데 있어?"

그렇게 물으니 내 입을 통째로 삼켜 입술이 터지도록 최대한 접어 넣고 잘근잘근 씹어서라도 웃음을 참고 싶다. 나는 두 손을 배 위에 올리고 고개를 끄덕거린다. 히스가 내

잠옷 셔츠 안으로 손을 뻗어 살갗이 말랑한지 살핀다.

"어디가 아픈데?"

그는 내가 찰흙이라도 되는 양 손가락으로 내 몸을 계속 눌러본다.

"전부."

그 순간 나를 바라보는 그의 표정에서 나는 그가 미래의 어느 시점, 그러니까 앞으로 10년이나 20년 뒤에 내가 어떨지 상상하고 있다는 걸 알아챈다. 지금의 나는 우리가 결혼하던 때에 그가 알았던 나라는 여자애의 희미한 자국과도 같고, 네모나게 벌린 흉측한 내 입은 마치 검은 동굴 같다.

"레이나, 괜찮아, 다 괜찮아. 악몽을 꾼 거야."

히스는 그렇게 나를 다독이고는 다시 불을 끈다. 나는 그 말에 토를 달지 않고 아직 커튼 주름을 타고 오르내리고 있는 그 조그마한 손들에 관해서는 역시 입 밖에 내지 않는다. 우리 둘 다 시치미를 떼고 있다. 그래야만 잠을 잘 테니까.

몸의 조각들에 관한 이 일도, 크기에 대한 이런 집착도, 나로서는 수긍이 됐다. 이게 다 그 아기 성장 기록 앱 때문인 것 같다. 배 속 아이의 성장 수치를 금귤과 방울양배추, 석류씨, 렌틸콩 같은 농작물의 크기와 비교하는데, 차이는 뿌리 대신 뇌와 혀, 눈썹, 쪽쪽 빨 엄지손가락 따위를 기른다는 점뿐이다. 한마디로 나는 그 앱과 사랑에 빠졌다.

히스와 나는 결혼한 지 3년째로, 그에게는 나와는 전혀 무관한 과거, 그러니까 전혀 다른 아이와 전 부인이 있다.

나는 친구들에게 질문을 받았고(너희 아이는 언제 가질 건데?) 엄마의 확신에 찬 발언을 들었다(그 아이는 머릿결이 아름다울 거다!). 나는 두 손을 내밀고 내 몫을 받으려 기다리는 중이었다. 내가 원했던 건 허니문 베이비, 황금빛 피부에 히스처럼 녹갈색 눈을 지닌 곱슬머리 아이였다. 아이가 생기길 기다리는 동안 히스의 아이와 연습하곤 했다. 같이 저녁을 먹으러 나가면 닐라의 머리 한 가닥을 꼬아 귀 뒤로 넘겨주며 너무 급하게 먹지 말라고 타이르기도 하고 그 애를 우리 딸이라 소개하기도 했다.

아홉 달 전, 월경을 건너뛰었을 때, 임신 테스트기와 병원 진료로 임신 사실을 확인하고는 비싼 샴페인 한 병과 '아빠'라고 적힌 카드를 준비해 히스에게 그 사실을 알리던 나는 안에서부터 환하게 빛났다. 이 아기는 마치 석사학위나 좋은 학점처럼 나를 입증해주었는데 히스는 내게 한쪽 무릎을 꿇기까지 했다. 나는 아기에 관한 책들을 사고 최고급 아기침대를 둘러봤다. 그리고 엄마라면 응당 멀리해야 마땅하다 여겨지는 수백만 가지를 멀리했다. 모든 규칙 하나하나를 지키던 나는 세상이 엄마에게 기대하는 그 자체였다. 아기에게 좋은 것이라면 절반이라도 얻기 위해 기꺼이 두 배는 애썼다.

워싱턴체리만 한 크기의 아기에게는 아주 작은 성기도 있었는데 워낙 작아서 실력 있는 의료기사 눈에도 미처 보이지 않던 그때, 나는 아기를 잃었다. 내내 아무 증상도 없었고, 아기는 파르르 떨기에도 너무 작았다. 배아가 이제 태아가 되었음을 확인하려던 그날의 진료에서 의사는 유감이라는 말을 전하며 엄숙하고도 능숙한 얼굴을 보였다. 심장 박동이 없었다. 있었는데 어느 순간 없었다.

"임신 초기에 흔한 일입니다. 늘 일어나는 일이에요. 일단 이 태아가 나가고 나면 배란이 또 시작됩니다. 다시 노력하면 돼요."

이 태아, 몇 분 전만 해도 나를 그토록 들뜨게 했던 그 단어는 그새 시큼하게 상해버렸다.

자궁을 긁어내는 수술이나 약물을 택하지 않고 상황이 '자연스럽게' 풀려나가기를 기다리기로 했다. 내 안에는 아직 희망이 있었다. 의사들은 늘 잘못 짚곤 했으니까. 나는 아기가 움직이기를 바라며 내 홀쭉한 배를 쿡쿡 찌르고 흔들어보았다.

"일어나, 아가."

난 분명 그렇게 말했지만, 다음 날 시작된 출혈은 쉽게

멎지 않았다. 의사가 말했다. 시작됐네요. 그 뒤로 할 일은 아무것도 없었다. 히스는 내 이마에 입을 맞추고 나를 꼭 끌어안으려 했는데 나는 그럴 수가 없었다. 아기에 관한 책들을 들고 화장실로 들어가 문을 잠그고는 책들을 조심스레 넘겨보아도, 그 어디에도 시간을 되돌리거나 아기의 멈춘 심장을 다시 뛰게 하는 법은 적혀 있지 않았다. 자궁을 가치 있게 만드는 법도 없었다. 책장을 한 움큼씩 뜯어 변기에 넣고 물을 내리며 그것들이 흐물한 덩어리가 되어 회오리쳐 돌아나와 내 발치에 멈추는 걸 지켜보았다. 샤워하는 동안 이제 내 아기도 이런 식으로 세상에 나오겠지.

아기의 첫 조각은 히스가 그날 밤 집에 가져온 금잔화 꽃다발 속에서 보였다. 꽃잎들 속에 가만히 자리 잡고 있던 성기 모양의 작고 가느다란 구멍. 여자아이였다. 눈을 깜박거리기가 겁났다. 사라져버릴까 봐. 그 아이가 곁에서 내게 말을 걸고 있다는 건, 아마 나도 대꾸할 수 있다는 뜻이었을 것이다. 그 애를 이렇게라도 만날 수 있어 기뻤다. 만일 작은 귀로 나타났다면 그 귀에 대고 내가 그 애를 얼마나 기다려왔는지 속삭였을 것이다. 하지만 차츰 이런 징후가 축복이 아닌 저주처럼 느껴지기 시작했다. 히스에게는 말하지 않았다. 이건 내가 감당할 몫이었으니까. 그리고 정신과에 가보지 않아도 난 이런 환영들의 정체가 무엇인지—아직 아기가

내 안에 무사히 있었다면 이렇게 커갔으리라고 알려주는 일
종의 비망록이라는 걸―이해할 수 있었으니까.

전화벨 소리에 잠이 깼을 때 달이 있던 자리에는 이미
버터 빛깔로 환히 빛나는 정오의 태양이 있었다. 굳이 확인
하지 않아도 엄마 아니면 히스인 걸 알았다. 이제 다른 사람
은 굳이 전화할 일이 없지.

"여보세요."

"아직 누워 있구나."

히스다. 질문은 아니었다.

"응."

대학 측은 친절하게도 몇 달간 상황이 마무리될 때까지
'병가'의 해석 범위를 넓혀줬다. 나는 모든 계좌에 담당 인력
을 배치하고 방치된 신청자가 한 명도 없도록 부지런히 만
반의 준비를 해두었다. 지금은 주로 집에서 일하면서 기존의
재정 지원 프로그램들을 운용한다. 학생들이 교과서나 피임
약을 사거나 인스턴트 라면을 사둔다거나 할 수 있게 돕는
일이다. 하지만 내 주요 근무처는 침대고 실제 직무는 잠을
통한 망각 연습이라는 걸 히스는 알고 있다.

"당신 오늘 닐라를 학교에서 데려와야 해."

나는 전화를 든 손의 반대편 손을 눈앞에 가져와 손가

락을 하나하나 살펴보았다. 분홍빛이 감도는 흰 손톱과 우둘투둘 일어난 손톱 주변 각질까지 꼼꼼히 살펴보고는 손을 이내 입으로 가져가 거스러미를 물어뜯는다.

"듣고 있어?"

히스가 묻는다. 요즘 우리 둘이 가장 흔히 쓰는 배합인 날 선 걱정에 능숙하게 섞어 넣은 약간의 짜증이 그의 목소리에 묻어 있다.

"그래."

나는 여전히 손을 물어뜯으며 대답한다. 배에서는 꾸르륵 소리가 난다.

"레이나…… 그 애랑 같이 시간을 보내겠다고 약속한 날이잖아."

히스는 잠시 말이 없고 우리 둘 사이의 공간에 쉭쉭 하는 잡음이 끼어든다. 그가 바라는 것들과 내가 바라는 것이 전화선을 통과하며 뒤틀려버린다. 히스가 "부탁이야"라고 말하자 나는 한숨이 나왔다. 지금 나는 한심한 처지고, 호구니까.

"일어날게."

나는 그렇게 말하며 입안의 침을 모아 찢겨 나온 살갗을 삼킨다.

아이 마중 장소라고 표시된 길목을 따라 진을 치고 있는 엄마, 아빠 무리를 벗어나 길가에 차를 세웠다. 하도 이리저리 움직여서 아지랑이처럼 보이는 불규칙한 형형색색의 파편 같은 아이들이 학교에서 전속력으로 쏟아져 나왔다. 손에 든 스케치북을 흔드는 아이도 있고 몇몇은 옛날식 플라스틱 도시락 통을 들고 있다. 내가 엄마에게 사달라고 애원하던 바로 그런 종류다. 모든 것은 돌아오는 법. 아이들은 바닷새마냥 깍깍 소리를 내고 파도가 기슭에 닿을 때 같은 에너지로 부모에게 달려와 부딪친다. 나는 눈이 부셔 손으로 햇볕을 가린 채 무리 속에서 닐라를 찾는다.

연석 끄트머리에 몰려 있는 다른 아이들 틈에 보이는 그 애는 나를 찾느라 집중한 나머지 혀를 삐죽 내밀고 있다. 그 애를 보니 내 배 속에서 무언가가 불쑥 솟구치는 느낌이다. 일종의 노크 같기도 하고 알아달라고 요구하는 어떤 감정 같기도 하다. 차 키는 내 손안에 있고 연료탱크는 가득차 있다. 눈에 띄기 전에 그냥 차를 몰고 가버려도 거뜬할 것 같았다. 사라져버릴 수 있을 것이다. 낯선 고속도로를 따라 눅눅한 여름 공기를 좇아가며 부엌 조리대 위에서 춤추는 그 작은 다리들과 침실 탁자에서 쌕쌕대는 강낭콩만 한 폐들로부터 도망쳐버릴 수 있을 것이다. 갈라진 땅과 거대한 사와로선인장과 내가 달려가는 저 서쪽을 바싹 말려버리는 뜨거운 공기와 붉게 이글대며 가라앉는 태양을 상상해본다. 그곳에서 표백된 듯 흰 모래를 헤치고 독사의 뒤를 쫓다 서늘한 달의 시선을 받으며 누우면 살집으로 꽉 찬 배가 흔들흔들할 것이다. 코요테들이 내게 자장가를 불러줄 테지.

나는 시동을 끄고 차 키를 뽑은 뒤 차 밖으로 나와 길을 건넌 다음 손을 번쩍 든다. 아이를 향해 손을 흔든다. 거의 5주 만에 아이를 만나는 터라 나를 무척 좋아하는 여섯 살짜리 아이의 활기와 그 반들거리는 머릿결을 잊고 있었다. 아이는 두 팔을 뻗어 내 허리에 두르고는 그 말랑하고 토실한 배를 내게 갖다 댄다. 나는 그 애 어깨를 잡고 떼어내 얼굴을 마주 보지만, 그저 허기만 느껴질 뿐이다.

"뭐 좀 먹으러 가자."

나는 그렇게 말하며 억지로 잡아 늘이다시피 한 미소를 지어 보인다.

차 뒷좌석에 닐라를 앉히고 안전벨트를 채우자 닐라는 목성의 위성들과 별들이 태어난 우주의 먼지구름 이야기를 들려준다. 우리가 땅에 계속 붙박이로 있고 사과가 나무에서 떨어지는 건 중력 때문이라고도 알려준다.

"오늘은 그림도 여러 장 그렸어요."

아이는 그렇게 말하며 이따가 내게 그림을 보여주겠다고 약속한다. 무슨 말을 해야 할지는 나도 알지만, 못 하겠다.

나는 죽은 위성이라서, 정보를 받을 수는 있어도 어떤 것도 다시 전달할 수는 없다. 닐라는 똑똑한 아이라 다 알아챈다. 아이는 나를 보고 싶었다고 말하고, 나는 노력 중이니까, 이 애를 많이 좋아하니까, 거짓말을 한다.

"나도 보고 싶었어."

그렇게 말하고는 차를 몰고 도로로 나선다.

히스와 전 부인은 닐라가 끼니마다 신선한 과일과 통곡물 한 그릇에 채소를 곁들여 먹어야 하고 쓰레기 같은 가공식품은 어지간하면 허락하면 안 된다는 데 의견을 모았다. 나는 웬디스에서 주문한 베이컨치즈버거와 감자튀김 큰 사이즈를 주차장에서 닐라와 먹는다. 초콜릿프로스티 하나를 가운데 두고 함께 감자튀김을 찍어 먹는데 입안에 냉기가 꽉 차는 바람에 둘 다 머리가 찡하게 얼어붙는다. 햄버거를 한입 가득 베어 물어 우물거리는 닐라에게 중간중간 내 오렌지소다를 들이켜서 남은 조각을 꿀떡 삼키게 하니 빨대에 빵 부스러기가 벼룩처럼 달라붙는다.

"우리끼리 비밀이다."

나는 만화에 나올 법한 윙크를 하며 말한다.

"이거 먹고 장난감가게 가도 돼요?"

나는 만만치 않은 협상임을 알아차렸지만 부모를 상대

로 한 이 첫 번째 협박 시도에 저항하지 않는다. 닥치는 대로 읽어뒀던 아동기 초기 발달에 관한 책들 덕분에 이런 일은 자연스러운 거라는 사실을 나는 알고 있으니까. 정상적인 발달의 징후다. 아이는 장난감가게에서 내가 준 25센트 동전을 낡은 사탕껌 뽑기 기계 손잡이에 밀어 넣는다. 그러고는 공이 빙글빙글 돌아 통로를 타고 내려와 기다리던 자기 손안에 들어오는 걸 보며 씩 웃는다. 공 안에 든 껌을 씹으니 아이의 작고 빈틈없는 이가 사탕껌 즙으로 이내 얼룩지고, 나는 아이 입이 벌겋게 물들며 엉망이 되는 모습을 물끄러미 지켜본다.

식탁에서 닐라의 숙제를 함께 하는 동안에도 닐라는 여전히 종알거린다. 물길을 바꿔가며 거침없이 밀려드는 이 아이의 마음은 끝없는 강물 같다. 제 아빠와는 달리, 같이 하자는 것들은 죄다 소소한 것뿐이다. 아이는 우주만큼 이상한 유일한 공간은 바다뿐이라고 내게 말해준다. 히스는 기껏해야 한두 시간이면 집에 올 테고 그럼 나는 여기서 빠져나가 침대로 기어들어가 다 벗고 이불 속에 누울 수 있다. 나는 닐라의 스케치북 빈 곳에다 그 애가 학교에서 쓰는 통통한 연필 하나로 회색 나선을 그리며 내가 사라지는 상상을 하는 중이다.

"이거 봐요."

닐라가 책가방에서 마분지로 된 정육면체를 꺼내 들고 오는데 뿌듯한 표정으로 온 얼굴이 환하다. 정육면체는 살짝 찌그러져 있다.

"내가 만든 거예요."

제각각 다른 색으로 칠해 테이프로 이어 붙인 종이 여섯 면 각각에는 매직마커와 크레욜라로 얼굴이 그려져 있다.

"여기 엄마랑 아빠랑 나예요."

닐라는 육면체를 돌려가며 보여준다. 로빈에그블루색 면에 히스 얼굴이 그려져 있는데 히스의 눈썹이 구불구불한 머리 위에 하이픈 두 개처럼 공중에 떠 있다. 마치 자기 딸의 꼼꼼한 솜씨 덕에 그림이 돼버린 자신을 발견하고는 놀란 것 같은 표정이다. 그리고 닐라가 키우는 프렌치불독 마우이가 행복하게 혓바닥을 내민 모습으로 있다. 거기엔 나도 있는데, 노란색으로 그려져 있고 내 입은 씨가 없는 수박 조각이다. 웃는 모습일 수도 있고 비명을 지르는 모습일 수도 있겠다.

닐라가 마지막 면을 마치 선물처럼 내미는데 그 분홍색 면에 그려놓은 것은 또 다른 신체 조각이었다. 평범한 아기 얼굴이었다. 다만 목이 있어야 할 자리에는 원형의 후광과 새의 날개들이 있고 아기의 눈은 감겨 있다. 마치 평안히 잠들었다는 듯. 나는 느꼈다. 고마워 내지는 잘 그렸구나 하는 말을 해주었으면 하고 기대하는 마음, 내 인정을 바라는 아이의 마음을. 닐라는 내가 엄마가 되기를 기다리고 있다.

나는 복도 화장실로 뛰쳐나가 변기에 대고 구토한다. 하고 또 하다 보니 쓰디쓴 담즙만 나오는데 막대기 그림으로 그려진 아까 그 얼굴과 똑같은 빛깔이다. 문밖에서 닐라의 목소리가 들리고, 큰 소리로 나를 부르며 손잡이를 돌려보는 닐라의 목소리에는 두려움이 묻어 있다.

"들어오지 마!"

나는 그렇게 말하고는 변기 물을 내리고 욕조로 기어 올라간다.

닐라에게 가서 나는 괜찮다고 말해주며 안심시켜야 한다는 걸 잘 알면서도 당장은 그 애를 도저히 못 보겠다. 나는 미소를 지어보이는 일이라면 이제 넌더리가 난다. 히스가 의사들 말에 동조하며 우린 금세 다시 노력할 수 있다고, 마치 생명이 교체할 수 있는 것이고, 이것과 저것이 다 그게 그것이라는 양 말할 때마다 마주 웃어 보이는 일에. 지금은 괜찮은 척도, 닐라가 내 딸인 것처럼 구는 것도 못 하겠다. 시치미를 뗀다고 해서 내가 덜 끔찍한 기분을 느낄 방법도, 내 아기는 이제 없는데 대체 왜 저 아이가 생생히 살아 숨 쉬며 여기 와 있는 건지 종일 어리둥절한 상태인 사실도 바뀔 리

없을 테니까.

히스가 집에 왔다. 나지막하게 달래는 그의 목소리가 화
장실 문을 뚫고 내게 와 닿는다. 도중에 잠깐씩 그가 말을
멈추는 동안에는 닐라가 우리가 보낸 하루에 대해 세세히
알리며 문 뒤에 있는 내 존재로 그의 관심을 돌리고 있다는
걸 알 수 있다. 문틈으로 머리를 들이밀고는 욕조 안에 웅크
리고 있는 내 모습을 본 히스의 표정이 어두워진다. 그런 그
를 보니 마음이 좋지는 않지만 그렇다고 시시콜콜 설명해줄
기분도 아니다.

"여기 애 혼자 얼마나 있었던 거야?"

그가 묻기에 나는 어깨를 으쓱하며 대꾸한다.

"집에 불이라도 났어?"

히스의 뺨 근육이 굳는 게 보인다.

"나 갔다 오면 얘기 좀 해."

그렇게 말하고는 문을 닫고 나간다. 그가 저벅저벅 걸어
나가 닐라의 물건들을 한데 모아 챙긴 뒤 닐라를 데려다주
러 차에 태우는 소리가 들린다.

30분 뒤 어쩐지 한층 거대한 남자로 변한 듯한 히스가
무거운 기운을 몰고 돌아올 무렵 나는 현관에서 그를 기다
린다. 싸울 준비가 돼 있다.

"차에서 내려주기 전에 닐라한테 나는 괜찮다고 말해줬어?"

그는 눈을 질끈 감더니 나를 지나쳐 거실로 간다.

"도대체 언제쯤에나 흘려보낼 수 있는 거야? 우리 원래대로는 언제 돌아갈 수 있는 건데?"

"흘려보내?"

나는 한밤중의 별처럼 불꽃이 번쩍 튀고 갑자기 감정이 울컥한다.

"당신한텐 이게 그렇게 쉬운 일이라니 참 좋네."

"세상에, 레이나! 나도 어떻게 해야 할 줄 모르겠다고. 8개월이나 지났잖아."

히스가 콧날을 잡고는 말을 이어간다.

"쉬운 일이라는 소리가 아냐. 다들 당신한테 이미 했던 그 이야기를 하는 거라고. 흔한 일이잖아! 늘상 일어나는 일이라고. 심지어……."

그러고는 말을 멈췄는데 마치 돌아오지 말 걸 그랬다는 듯한 표정이다.

"그게 뭐였는지 우린 알지도 못했잖아."

나는 알고 있었어. 금빛으로 반짝이는 보드라운 꽃잎들, 내 딸아이. 그리고 나는 히스가 나와 같은 고통을 느끼길 원했다.

"당신은 내 임신을 바란 적이 없었을지도 모르지. 그 순수한 혈통을 더럽히기 싫어서 말야."

내 비아냥에 히스의 얼굴이 일그러진다. 질질 끌고 가던 그 가느다란 선을 내 스스로가 이제 막 넘으려 한다는 걸 느꼈지만, 최후의 만찬처럼 흡족한 이 분노가 꽤나 달콤했기에 스스로 갉아먹기를 멈출 수가 없다.

"당신은 사실 행복하겠지. 어쨌든, 당신한테는 이미 완벽한 딸이 있으니까."

"거기까지만 해!"

히스가 소리를 지르더니 다가와서 내 손목을 꽉 붙잡는다. 어지간한 남자 같으면 어떻게 흘러갈지 뻔한 상황이다. 그러나 히스는 내가 어떤 사람인지 도저히 모르겠고 더 이상 알고 싶지도 않다는 양 그저 빤히 나를 쳐다보기만 한다. 거친 숨을 내쉬다 이내 분노가 사그라든 히스가 나지막하게 울먹거리자, 창이 하나 열리고 그 창을 통해 나는 처음으로 그의 슬픔을, 그의 들쑥날쑥 모난 욕구를 알 것 같았다. 나는 놀란 눈으로 그가 그 슬픔을, 그 욕구를 삼키는 모습을 지켜본다.

"어떻게 나한테 그래."

그의 나직한 목소리에 부끄러워졌다. 내 이마를 히스의 이마에 기대자 그는 가만히 있다.

"미안해. 그런 뜻은 아니었어. 내가 미안해."

이 상실감을 두고 닐라든 무엇이든 탓하고 싶은 마음이지만, 탓할 만한 어떤 이유도, 어떤 사람도 없다. 그 애의 잘못도 히스의 잘못도 아니라는 걸 나도 안다. 내 잘못도 아닐 것이다. 내가 키스하자 히스도 내게 입을 맞춘다. 그러다 우리는 옷을 벗기 시작했고 그가 몸을 내 살갗에 기대어왔다. 우리는 이것이 필요했고 그리웠다. 충만해지는 방법은 아주 많다. "제발, 제발, 제발." 오직 아는 단어가 이것뿐인 사람처럼 나는 애원하고 또 애원한다.

나는 마치 몸의 열기와 샤워기의 수증기에 데워진 아기가 날것인 생명의 색으로 떨어져 나왔던 바로 그때처럼 애원한다. 간처럼 검붉은 색깔의 줄무늬가 있고 샴페인을 만드는 포도알 크기로 응어리진 붉은 핏덩어리들. 다음으로 나온 건 미끈한 은빛의 동전만 한 주머니. 조각조각 난 내 아가, 검붉은 무화과 빛으로 반짝이는 내 아가. 텅 비어버린 채 샤워기 아래 웅크리고 앉아서 물이 차가워지게 내버려두기 전에, 그 주머니를 지퍼백 안으로 미끄러뜨리기 전에, 히스가 나를 병원에 데려가기 전에, 내가 내 아기를 집어 들고 흔들어 어르며 내 안에 있던 그 이질적 풍경 속에서 얼굴이나 아주 작은 무릎을 알아볼 수 있는지 확인해보려 애썼던 그때. 나는 손 안의 아기를 흔들며 다 괜찮아질 거라고 말해주었다. 엄마가 해야 하는 일을 나는 이미 알고 있었다.

우주만큼 이상한 공간은 바다뿐이에요, 라는 닐라의 말을 떠올리며 다음 날 아침 나는 차를 몰고 시립수족관에 가서 입장권을 한 장 산다. 은은히 빛나는 수족관 실내는 물과 땅을 아우르는 농밀한 침묵으로 가득하다. 여기서라면 정처 없이 헤매도 안전해. 나는 쏜살같이 헤엄치는 형광빛 물고기들을 눈이 휘둥그레 쳐다보는 척하고, 인공조명을 향해 너울거리는 해초에 사로잡힌 척한다. 얕은 바위웅덩이에서는 성게의 보랏빛 등뼈를 손가락으로 훑어보며 그것이 부르르 떨며 되는대로 촉수를 꿈지럭대는 모습을 지켜보다가 그 등뼈 한가운데에 내 손가락을 그대로 둔 채 성게가 나를 붙들 때까지 내버려둔다.

갑자기 수족관이 견학 온 1학년 아이들로 와글대기 시작한다. 지친 모습이 역력한 선생님들을 따라 꼬마들이 달려 들어오는데 다들 눈이 휘둥그레져서는 손을 사방으로 뻗는 모습이 촉수를 꿈지럭대는 성게 같다. 문득 저 애들을 껴안고 싶다는 생각이 들었다. 그 작은 가슴들을 내 가슴에 대고 생명의 박동을 느끼고 싶다. 아이들은 얕은 수조 바닥에 가만히 있는 뼈 없는 생물들을 보며 감탄하는데, 그들의 즐거움은 너무나도 단순하고도 촉각적이다. 이 아이들에게

걸맞지 않는다는 느낌이 들자 나는 좀 더 어둡고 좀 더 고독한 공간을 찾아 스르륵 빠져나온다.

물이 가장 무거워 보이는 어느 어둑한 방에서 나는 유리에 머리를 기댄다. 잠시나마 아직 태어나지 않은 상태가 어떤 것인지 기억이 날 듯하다. 이 캄캄함, 이 무게, 일종의 편안함. 곧이어 무언가가 물속을 휘저으며 내 시선을 빼앗는다. 수조 한쪽 구석 돌 틈에 숨어 있던 문어 한 마리다. 각도에 따라 무지갯빛으로 변하는 오렌지색 몸통을 푸른색 고리 모양의 무늬들이 휘감아 오르고 있다. 깜박도 하지 않는 금빛 눈의 문어는 시커먼 입속으로 촉수 하나를 천천히 밀어넣는다. 나머지 팔들은 계속 너울거리고, 그중 일부 뜯어먹힌 두어 개는 짧아져 있다. 문어의 무덤덤한 시선이 느껴진다. 그 몸의 조각들과 마찬가지로 이것 역시 나를 위해 준비된 것임을 알 수 있다. 어떤 동시성. 재가 된 유골과 부활에 관한 어떤 것, 제 꼬리를 먹어 삼키는 우로보로스.

"이봐요!"

내 옆에 있던 남자가 말한다. 양손에 아이들을 한 명씩 잡아끌고 있는 안경 쓴 중년의 아빠였다. 내가 얼어붙은 듯 꼼짝없이 서 있는 동안 가까이 다가왔던 모양인데, 아마도 너무 정신이 팔려 있는 내 모습을 보고 다가온 것 같았다. 그는 근처 직원의 주의를 환기시킨다.

"이 오징어 뭔가 이상하군요!"

참견하기 좋아하는 무식한 남자다. 문어와 오징어 구분도 못 하잖아.

나는 수조에 더 바싹 붙어 기대어 내 그림자를 문어 위에 포개고, 눈을 번득여 문어의 몸에 어두운 빛을 쏘아 보낸다. 남자는 광기 혹은 위험을 감지하고는 당황한다. 눈에 보이지는 않지만 무언가 유독한 신호가 물결마저 가로질러 뿜어져 나오고 있었으니까. 그러나 나는 이 행위가 자연스러운 것임을, 그 아래엔 근육이 있고 빛을 발하는 어떤 진실이 있음을 안다. 나는 이미 그 생명체의 말을 들었다. 가끔은 부서진 몸을 먹어치우고 세포 하나하나를 소화시킨 뒤 새로운 시작을 맛보아야만 하는 거야.

나는 입술이 유리에 닿을 만큼 몸을 숙여 기대고는, 그 눈을 들여다본다. 구경꾼들이 다가와 멍하니 쳐다보기 전에, 직원들이 이 신성한 과정을 방해하기 전에. 그리고 문어에게 말한다.

"그래, 그거야. 한 번에 한 입씩."

허들

애들러 선생의 책상에는 '오늘의 단어' 달력이 있어서 제이는 4교시가 되면 미국 역사에 관해 미주알고주알 늘어놓는 선생님의 이야기는 귓등으로 흘려들으며 새로운 단어들을 익혔다. 질책, 변동, 모호한, 주해註解. 형태를 계속 바꾸는 미끈한 그 단어들을 제이는 허겁지겁 삼켰다, 게걸스러운.

매일 뭐든 배우렴, 애들러 선생이 늘 하는 말이다. 선생님은 젊다. '케이티라고 불러줘' 선생님은 교실 밖에서는 빨간 립스틱을 발랐고, 다리를 꼬고 앉을 때면 맨 위에 가터 달린 스타킹에 수놓아진 꽃무늬가 보였다. 언젠가 제이는 선생님이 방과 후에 어떤 남자와 진한 키스를 나눈 다음 그 남자의 근사한 차에 올라타 활짝 웃는 것을 본 적이 있는데 그 모습은 열일곱 고등학생과 다를 바 없어 보였다.

오늘의 단어는 '빛나는luciferous'이고, 제이는 틀리게 발음한다. 그게 아니야, 루-시-퍼르-어스, 애들러 선생이 말한다. 그래도 제이는 접두사를 못 본 척할 수가 없다. '루시퍼 Lucifer'는 아는 단어니까. 타락한 천사, 어둠의 왕자잖아. 담뱃갑 모양 사탕 상자에 그려진 작은 뿔 달린 남자. 그런데 어떻게 이 단어가 빛난다는 뜻일 수가 있어요? 애들러 선생이 말한다. "그 사람들"에게는 네가 몰랐으면 하는 것들이 아주 많단다. 이 말을 정말 오묘하게 하는 선생님이 마치 금발의 호리호리한 예언자처럼 보인다. 하지만 이런 생각과 그 단어는 제이의 머릿속에서 가속도가 붙더니 끝없는 남부의 열기 속에서 점점 부풀어 오른다.

집에 돌아온 제이는 사전을 들고 화장실로 가 악마에 관해 뭐라고 쓰여 있는지 살펴본다. 불경하게도 문까지 잠그고 말이다. 제이는 목사나 식구들이 일요일에 보는 성경에서 응당 하는 뻔한 설명 말고 다른 의견을 찾고 싶었는데 이를테면 대략 이런 것들이다. 1)사탄이라고도 하는, 오만과 불순종으로 천국에서 쫓겨난 천사장, 2)새벽에 샛별로 뜨는 금성, 3)(소문자로 표기) 성냥

그 주 일요일 새생명제일침례교회의 긴 의자에 앉은 제이와 남동생 더크 사이에는 부모가 북엔드처럼 끼어 있는데

도 더크는 손가락들을 제이의 손 안으로 스륵 밀어 넣어 제이의 손바닥을 간지럽힌다. 어른 누군가가 우스꽝스러운 농담 따위를 할 때면 둘이 주고받는 지루하다는 신호다. 열두 살 더크는 아직 자기 별명을 순순히 받아들일 정도로 마냥 순진하다. 자그마한 더크의 머리가 조약돌처럼 매끈매끈하던 시절, 엄마 품에 안겨 있던 더크의 모습을 제이는 기억한다. 하품하던 입, 엄마 젖 냄새가 나는 숨결은 얼마나 달달하던지. 더크는 그 무엇과도 다른 방식으로 제이의 것이었다. 찬송가를 따라 부를 때마다 더크는 일부러 틀린 음정으로 부르는데, 그래도 오늘만큼은 제이도 지루하지 않다. 그렇다고 노래를 부르는 것도 아니다. 그저 지켜본다. 헌금 접시가 한 바퀴, 두 바퀴 돌고, 목사는 보랏빛 소맷자락을 길게 늘어뜨린 채 연단에서 울부짖고, 사람들은 축복을 간청하며 성령이 임하시기를 기다리다 목사가 엄지손가락으로 미간을 꾹 눌러주면 예배당을 떠난다.

제이는 목사가 하는 말을 가만히 들어본다. 형제자매여, 나를 구세주로 영접하는 모든 자들은 천국에서 영생을 얻으리라! 회개하라! 목사는 눈에 안 보이는 뭔가를 내몰기라도 하듯 허공을 후려치고 있다. 축도 혹은 사죄. 그가 필요로 하는 자리는 바로 이런 것들이 힘을 발휘하는 곳이다. 성도들은 몸부림을 친다. 앞자리에서는 꽃 장식 가득한 모자를 쓴 루스 자매가 몸을 뒤로 축 늘어뜨리며 방언을 시작하는데, 이 이상한 언어는 영혼이 사는 저 깊은 곳, 신이 자신을 풀어주기를 기다리고 있는 그곳에서부터 흘러나오는 것이다. 루스 자매의 턱 아래로 흐트러진 머리카락이 파르르 떨리고, 다 큰 딸이 옆에서 얼굴에다 연신 부채질을 해준다. 다른 신도들은 성령이 임한 상태다. 그 유령이 불길처럼 교회 전체를 날름거리며 핥고 있었다. 목사가 말했다, 모두 고개를 숙이고 기도합시다. 하지만 제이는, 눈을 감은 채 고개를 떨군 모든 사람을 쳐다본다. 신도들, 엄마, 아빠, 더크. 오직 제이와 목사만이 눈을 뜨고 있었고, 제이는 목사를 관찰한다. 환희에 찬 목사의 구릿빛 피부에서는 땀이 흐르고, 숙인 머리를 하나하나 바라보며 예배당 안을 구석구석 핥는 모습이 마치 자기 영향력을 측정이라도 하는 것 같다. 그러던 그의 시선이 제이의 눈에 닿자 제이는 재빨리 고개를 숙인다. 하지만 너무 늦었고, 신도들이 아멘을 외칠 때까지 제이는 고개를 들지 않는다. 차를 타고 집으로 돌아오는 길에 제이는 아까 본 목사의 얼굴에 스치던 찰나의 표정을 머릿속으로 번역해본다. 안하무인이군, 수수께끼야. 배가 고프군.

그 다음 주 성경공부가 끝난 뒤, 새로 산 옷을 차려입고 나온 엄마가 한 바퀴 돌고 오는 동안 목사는 제이를 비품보관실 두 배가 될까 말까 하게 비좁은 자기 집무실로 부른다. 책상 주변에는 '크리스마스'와 '성찬'이라는 스티커가 붙어 있는 상자들이 산더미처럼 쌓여 있고, 제이는 그 단어들을 읽으며 안에 무엇이 들었는지 상상한다. 마리아와 구유에 누인 흑인 아기 예수, 대량 주문한 싸구려 와인과 예수의 살로 만든 아무 맛이 없는 말린 제병 같은 것들. 책상 앞에 놓인 의자에 앉자 목사가 묻는다. 우리 제이 양은 경건한 사람인가요? 제이는 어떻게 답해야 할지 모르겠다. 그러자 목사는 제이에게 여자가 되는 법을 알려준다. 그러니까, 나긋나긋하게 말하고, 순종하고, 독실하며, 정결하게 구는 일 같은 것들. 그러고는 이브의 역사에 대해 되짚으며, 이브가 선악과를 따서 남편을 꼬드기는 바람에 세상이 이브의 죄 때문에 피해를 입은 것이라고 강조한다. 여자가 자기 분수를 몰랐던 탓에 인류가 불행과 파멸로 향하게 된 거라고. 목사가 이야기하는 동안 제이는 입술 안쪽을 잘근잘근 씹는다. 창문 틈새에 갇힌 파리 한 마리가 왱왱거린다.

제이의 엄마는 여자가 되는 법을 여기서, 믿음으로 배웠고, 아빠는 남자가 되는 법을 배웠지만 제이는 도서관을 들락거리며 노예선, 마녀재판, 맨발의 여자들*에 대한 진짜 역사를 찾아봤다. 빌린 책마다 임금 격차, 협상 한계선 같은 단어들로 가득해서, 제이는 문학이 됐든 자서전이 됐든 장르를 막론하고 페이지마다 얼룩진 남자들의 분노가 사람들의 마음속에 거짓말을 흰 씨앗처럼 심고 있음을 눈치챘다. 목사는 주변의 뒤죽박죽인 물건 더미를 붙잡으며 자리에서 일어서더니 책상 위에 걸터앉아 양발을 제이의 발 양 옆에 놓는다. 몸을 앞으로 숙이며 묵직한 손을 맨살이 드러난 제이의 무릎에 올려놓는다. 우리 교회의 중추를 담당할 착하고 어린 소녀들―그러니까 하느님을 두려워하는 너 같은 여자애들―이 필요하단다. 무슨 말인지 알겠니? 그가 물으며 손가락을 힘주어 구부린다.

제이는 목사가 하는 말을 듣고 그 이면에 감춰진 뜻을 이해한다. 자신은 머리에는 털이 있어도 되지만 겨드랑이에 있어서는 안 되고, 팔에는 털이 있어도 되지만 다리에 있어서는 안 되며, 다리 사이의 털은…… 남자 취향에 달려 있다는 것. 구경당할 수는 있어도 구경할 수는 없다는 것. 그의 얼굴을 쳐다보려니, 제이의 눈에 눈물이 점점 차오르고 심장은 목구멍에서 쿵쿵거린다. 제이는 아무 말도 하지 않는다. 목사가 움직이기 전까지는 움직일 수도 없고, 면전에서

---

*   중세 가톨릭교회는 이단을 심문하는 종교재판 당시 '마녀'로 의심받아 잡혀온 여자들을 맨발로 있게 했다. 마녀는 맨발 상태에서는 사악한 힘을 발휘하지 못한다는 속설 때문이다.

는 울지 않을 생각이다. 결국 제이는 시선을 떨구었고 목사는 뒤로 기대어 앉으며 무릎을 놓아준다. 그러고는 제이가 나갈 수 있게 문을 연다. 하느님은 너를 축복한단다, 꼬마야, 목사가 말한다.

제이는 그 순간을 머릿속으로 생각하고 또 생각한다. 학교에서도, 집에서도, 심지어 잠을 자는 동안에도. 2주간 일요일마다 부모 가운데 끼어 앉아서도 내내 그 생각에만 빠져 있는 제이를 더크조차 어쩌지 못했다. 지극히 높으신 분과 연결된 맨 윗사람인 목사가 제이처럼 중요하지도 않은 사람을 굳이 위협하려 들었다는 건 무슨 뜻이었을까? 수많은 이들에게 시몬* 같은 존재인 목사가 기뻐하라 말하면 사람들은 기뻐하고, 회개하라 말하면 회개하는데. 기도하라 말하면 온 교회가 눈이 멀어버린다.

영어 수업에서 선생님이 《주홍 글씨》를 읽어 오라는 숙제를 내준다. 제이가 읽어본 남녀관계에 관한 책 가운데 가장 지루한 책이다. 선생님은 학생들에게 헤스터와 마을 사람들 사이의 상호작용 속에서 무엇을 발견했냐고 묻는다. 제이네 반 친구들 대부분은 그저 눈만 멀뚱거리고 애꿎은 손이나

* 예수의 열두 제자 중 한 사람.

꼼지락대며 시선을 피한다. 그러다 누군가가 말한다. 그 사람들은 그 여자를 혐오했어요.

그래! 선생님은 요란하게 맞장구를 치며 아이들을 집중시킨다. 그런데 왜 혐오했을까? 조용한 가운데 종잇장 부스럭대는 소리만 난다. 부도덕해서? 다른 학생 하나가 내놓은 나름의 답에 선생님은 고개를 한쪽으로 갸웃하는데 이건 어떤 대답을 틀렸다고 대놓고 말하는 대신 정말 그러냐고 되묻는 선생님 특유의 방식이다. 실제 우리 삶, 우리가 사는 세계에 적용시켜 한번 생각해봅시다. 선생님이 말한다. 혐오의 본질은 뭘까요? 어디에 쓸모가 있죠? 제이는 그 마을 사람들, 그들의 귓속말, 매정한 규범, 편협한 시선을 머릿속으로 그려본다. 철저히 소외시켜 여자의 빛을 꺼뜨리려고 공모했던 그들을.

그들은 그 여자를 두려워했던 거예요. 제이는 선생님에게 이렇게 답하며 스스로도 깨닫는다. 선생님은 제이를 향해 손가락을 뻗으며 말한다. 그래! 바로 그거야. 드디어 신이 난 선생님은 학생들 책상 앞을 서성거리고 제이는 그가 말하는 진실과의 간격을 좁히려는 듯 앉은 채로 몸을 앞으로 숙인다. 선생님은 설명을 이어간다. 혐오는 대부분 자신이 심리적으로 인지한 위험, 그러니까 우리의 죄책감이나 고통을 은폐하는 거예요. 두려움인 거죠. 우리는 두려운 대상을 어떤 식으로 다루나요?

목사와 함께 있었던 그 순간이 배움에서 싹튼 배짱과 뒤엉켜 빙글빙글 돌면서 점차 깎여나가더니 마침내 환히 이해된다. 다음 일요예배가 끝난 뒤, 목사는 더크와 농담을 주고받고 제이 부모의 칭송에 화답하며 제이의 어깨에 그때 그 손을 올린다. 제이는 그 손을 노려본 다음 이내 목사를 노려보며 그 손을 떨쳐낸다. 목사는 웃음으로 그 순간을 얼버무리지만, 옆으로 내린 그의 손은 어느새 주먹으로 바뀌어 있다.

그날 밤 목사는 저녁 식사 직전에 제이의 부모에게 전화를 했다. 무슨 대화가 오갔는지 제이는 알 수 없지만 그가 수화기 저편에서 부루퉁하니 개구리 같은 얼굴로 복수를 한답시고 거짓말을 실타래처럼 줄줄이 자아내고 있는 모습이 머릿속에 그려진다. 엄마는 전화를 끊더니 식탁으로 와 제이의 뺨을 때리며 욕설을 내뱉는다. 당혹, 치욕, 낙오자. 목사님께 버릇없이 굴어? 너 대체 뭐 하는 애야? 더크는 복도에 숨어서 듣고 있고, 제이는 벽에 비친 더크의 그림자를 본다. 엄마가 말한다. 너 때문에 내가 얼굴을 들 수가 없어!

제이는 어떻게든 해명해서 엄마의 분노와 그 이면에서 벌어지고 있는 엄마만의 추격전에서 스스로를 방어해보려

하지만, 엄마는 수치스럽다며 상황에 대해서는 더 알려 들지도 않는다. 엄마가 저녁밥도 안 주고 제이를 방으로 들여보내는데도 아빠는 거실에서 물끄러미 지켜볼 뿐이다. 암묵적인 동조다.

그날 밤 엄마와 아빠가 제이의 침실 문을 뜯어내는 동안 제이는 이불을 뒤집어쓴 채 애들러 선생님을 떠올리며 그가 뱀처럼 연인의 몸을 휘감은 채 자기 죄 안에서 보드라워진 모습을 상상한다. 제이의 소원은 부모에게 죄지은 자가 되는 것과 갇힌 자가 되는 것 중에 어느 쪽이 더 나으냐고 질문을 던져보는 것이지만, 엄마는 진실을 두려워하고 아빠는 진실을 인정하지 않으리라는 것을, 진실의 초대를 받고 들어가 그 신선한 열매를 받아 든다 해도 마찬가지라는 것을 이제 제이는 안다.

제이는 자신을 믿어주지도 보호하지도 못하는 부모에게 나름의 사소한 방식으로 반항해본다. 음식은 육체를 위한 것이든 영혼을 위한 것이든 다 거부한다. 교회 안에는 발도 들이지 않을 생각이다. 그들이 주는 벌은 등 뒤로 흘러내리게 둔다. 루시퍼라는 이름을 마치 주문처럼 크게 부르다 점차 흐릿하게 소리를 내자 그것은 마침내 쉬익거리는 소리, 제이만의 방언이 된다. 그 소리의 진동은 문까지 뜯겨나간 제이의 방을 가득 채우고는 벽 속을 파고들고 관통하여 동생에게까지 전달되었고, 일요일마다 엄마 아빠가 누나를 남겨둔 채 집을 나서기 시작하자 더크는 슬퍼졌다. 그는 누나의 행동 때문에 혼란스러운 엄마, 아빠의 목소리를 엿듣는다. 엄마는 제이를 어딘가로 보내야 하는 건 아닌지 고민한다.

어느 날 밤 더크는 제이 방에 몰래 들어와 제이가 있는 침대로 기어오른다. 자그마한 아이였을 때 그랬던 것처럼. 더크는 왜 모든 게 예전 같지 않냐고 물어보려 말을 고르는 눈치다. 예전엔 제이가 더크의 점심을 쪽지와 함께 싸주거나 아빠 차를 빌려 식료품점에 심부름을 하러 같이 갔는데. 더크는 뒷좌석에 앉아서 안전벨트를 매고 누나 말만 잘 듣는 조건으로 따라갈 수도 있었는데. 그런데 이제는 독수리처럼 주위를 맴도는 부모님 때문에 둘에게 자유로운 시간이라곤 캄캄한 밤뿐이다.

드디어 더크가 입을 연다. 그만할 수는 없는 거야? 제이는 그 말뜻을 짐작해본다. 내가 달라진 것, 못되게 구는 것 말이겠지. 제이는 동생의 보드랍고 덥수룩한 머리에 손을 넣고 머리카락을 이리저리 꼰다. 동생을 이해시킬, 마음이 놓이게 할 만한 그 어떤 말도 찾을 수가 없다. 환히 비추는 것이 빛의 속성이며, 많은 이들이 그랬듯 제이는 이미 본 것을 잊을 수는 없으니까. 제이는 이 정도 유대의 순간으로 충분

하기를 바라지만 더크가 아직 기다리고 있으니 뭐라도 대답
하기는 해야 한다. 진실은 아름다운 거야, 에머슨의 말을 인
용하여 동생에게 답을 해본다. 하지만 거짓말 역시 아름다
운 것.

이제 '귀신들린possessed'이라는 단어를 알게 된 더크는 학
교에서 가장 친한 친구 두 명에게 자기 누나가 아무래도 그
런 상태 같다고 털어놓는다. 그러면서 누나가 벽에 두 다리
를 기대어 올린 채 방바닥에 누워 있다든가, 누나가 내는 특
이한 소리가 누나 머리 주변 허공에서 은은하게 빛을 내는
데 마치 알파벳 대문자 'S'가 살아 움직이는 것처럼 보인다든
가 하는 이야기를 자세히 늘어놓는다. 그리고 목사가 지난
주 일요일에 자기를 불러내더니 마귀는 온갖 형태로 나타나
는데 대부분 여자 형상을 한다고 말해줬다는 이야기도 덧
붙인다.

둘은 더크에게 가장 친한 친구지만 둘에게는 아니다. 둘
이 다른 친구들에게 이 이야기를 전하고 결국 소문이 퍼진
다. 어느 날 갑자기 운동장에서 라일란이 더크 앞을 막아선
다. 이발한 지 며칠 지나지 않은 듯 짧은 옆머리를 한 라일란
의 두툼한 입술에는 비웃음이 서려 있고, 목에는 자기 아빠
의 금목걸이가 걸려 있다. 커다란 손은 시간이나 때우듯 축

늘어뜨렸는데, 뼈마디 부분의 손등은 건조해서 갈라져 있다. 라일란은 더크와 같은 학년이지만 유급생이다. 열네 살이 다 되었기에 같은 학년이라는 이 꼬맹이 남자애들 전부에 대한 짜증으로 할 말을 잃다시피 한 상태다.

너네 누나 귀신 쫓고 막 그런다며, 그가 말한다. 머리도 막 돌리고 지랄이라던데. 더크는 우물쭈물하며 자리를 슬쩍 피해보려 하지만 라일란은 더크의 가슴팍에 그 튼실한 손을 올려놓는다. 그년이 내 자지에서도 그렇게 빙빙 돌 수 있을까?

순간 운동장이 폭발하고, 더크가 쥐어터지는 꼴을 구경하러 반 친구들이 쏟아져 나온다. 더크는 알았다. 이건 엄마에 대한 모욕 다음으로 남자애가 할 수 있는 가장 나쁜 말임을. 그냥 흘려보낼 말이 아니다, 다른 애들이 다 듣고 있는 여기서 들을 말은 진짜 아니다. 앞으로 나서기도 전에 자신이 질 것을 이미 알고 있다. 그래도 어쨌든 나선다.

현관 계단에서 책을 읽고 있던 제이는 부모님의 감시의 눈초리가 동생을 낚아채기 전에 문 앞에서 불러 세운다. 동생의 턱을 붙잡고 눈을 똑바로 쳐다보며 묻는다. 무슨 일이 있었던 거야? 더크의 뺨은 부어올라 있고 살갗 아래에는 피가 고여 있다. 누나를 보는 더크의 눈빛이 어둡다. 학교에서 애들이 누나를 악마년이라고 불러, 더크의 말에 제이는 고개를 뒤로 젖히고 허공을 본다. 동생 입에서 처음 들어보는 욕이다. 걔네들이 누나는 지옥 갈 거래.

누가 그래? 제이가 묻자 더크가 답했다. 라일란하고 걔네들. 그리고 목사님. 그러고는 제이에게서 몸을 떨어뜨리며 제이가 물러설 때까지 빤히 쳐다보더니 집 안으로 들어간다. 엄마는 얼린 콩자루를 들고 나와 더크의 멍든 얼굴 위에 대며 야단법석이다. 무슨 일이니, 엄마가 다그쳐 묻자 더크는 늘 고분고분한 아이답게 싸움에 대해 털어놓지만 이유를 말하지는 않는다. 엄마가 수화기를 집어 들고 교장선생에게 전화를 걸려고 하자 아빠가 끊어버린다. 애 망신 주지 말아요. 그러면서 더크를 자기 턱 밑으로 지나가게 둔다. 분명 그 다른 녀석 꼴은 더 엉망일 거야. 아빠가 눈을 찡긋한다.

부모님이 잠들고 나면 제이는 수월하게 집에서 빠져나올 수 있다. 여자아이가 이렇게 다니면 위험하긴 하지만 제이는 밤 시간의 거리, 그 말끔한 느낌이 좋다. 마치 그 거리가 자기 것 같아서. 가끔씩 조용한 하늘을 올려다보다 가장 밝은 빛에 시선이 꽂히면 언젠가 과학 수업 시간에 선생님이 항성과 행성의 차이를 알려주던 기억이 난다. 〈반짝 반짝 작은 별〉 노래를 떠올려보라고 선생님은 말했다. 수성, 금성,

화성 이런 행성들은 절대 깜박거리는 법이 없단다.

제이는 몇 블록을 금세 지나쳐 새생명제일침례교회에 도착한다. 어둠 속에서는 첨탑 달린 작은 교회의 본모습이 그대로 드러나 보인다. 공허하고, 잘못된 길로 이끄는 일종의 무대. 목사가 하는 이야기들은 다른 사내들에게 배운 것이고 여러 세대를 거치며 전염병처럼 퍼져서 마침내 정신 자체가 되었음을, 그리고 그렇게 자리 잡은 법칙들의 원본은 결국 남자들이 꿈꿔온, 벽안碧眼의 천국임을 제이는 안다. 애들러 선생님이 말한 '그 사람들'이 누구인지, 그리고 그 사람들이 제이가 영영 모르기를 바랐던 것이 무엇인지 역시 알겠다는 생각이 든다. 제이 자신은 이류二流가 아니며 아담의 갈비뼈도 아니라는 것, 그리고 자신의 존재 자체가 신이라는 것도 이제 안다. 목사 같은 부류의 사람들이 계속해서 연단에서 소리를 지르며 동생 더크와 같은 소년들을 혐오와 공포에 가득 찬 인간으로 키워내고 있다는 것도.

제이는 아빠의 빨간 석유통 뚜껑을 열고는 심호흡을 한다. 제이가 꼬마였을 때 아빠는 주유를 해보게 허락하곤 했다. 휘발유 냄새는 늘 좋았다. 불탈 수 있는 것들의 냄새가 좋았다. 제이는 지나치게 큰 나무문에 휘발유를 끼얹은 다음 뒤로 물러서 잠시 내일자 신문 머리기사를 상상해본다. '흑인 소녀가 흑인 교회를 불태우다.' 그리고 이 행위가 오해될 방식들에 대해서도. 백인들은 전부—그리고 일부 흑인들도 —죄가 죄를 낳는다고 떠들어댈 구실을 찾았으니 얼마나 흥분들을 할지. 제이는 한 차례 더 주춤했다가 이내 성냥을 긋는다.

하지 마.

제이가 돌아보니 더크가 서 있다. 잠옷 바람인 더크의 한쪽 눈은 검은 달처럼 빛나고, 부어오른 다른 한쪽은 감겨 있다. 더크와 제이가 팽팽히 맞서는 동안 성냥은 아직 제이의 손안에서 타오르고 있다. 지옥이 펼쳐질 가능성이 코앞이다. 더크는 성큼 다가서 제이의 빈손을 잡고, 제이는 불이 꺼지게 내버려둔다.

금요일 아침, 제이는 손으로 입을 틀어막고 기침을 해대며 거짓말로 아픈 척하고, 실랑이에 지친 부모님은 별다른 질문을 하지 않는다. 침대 정리는 했구나, 엄마가 말한다. 집이 비자, 제이는 옷을 챙겨 입고 주방으로 가서 식빵 두 조각에 땅콩버터와 사과잼을 듬뿍 바른다. 제이는 자신이 곧 열여덟 살의 문을 통과하고 부모님의 집에서도 빠져나오면 어디로 들어가게 될 것인지 안다. 또렷이 보이지는 않아도 자신을 기다리는 미래의 형상, 그 음울한 윤곽만큼은 감지할 수가 있다. 제이는 모든 지식, 그러니까 잉크 냄새 나는 전지식全知識, 핍진성逼眞性 같은 단어를 줄줄이 엮어 캔버스백에 넣고 짐을 꾸린 뒤 여자다운 자기 몸에 걸치면 그 단어들이 거기서 타히티 진주처럼 빛날 테고 자신이 집을 떠나면 부모님과의 관계는 그걸로 끝날 것이다. 더크는 1년에 기껏해야 한두 번 편지를 보내겠지. 종이에 펜으로 사랑을 담아 쓴 편지에는 어찌 지내냐는 질문은 있어도 언제 돌아오느냐는 질문은 절대 없을 것이다. 제이는 애들러 선생님 생각이 날 것이고, 애써 자기 나름의 힘을 궁리하고 타인들의 말 속에 숨어 있는 그림자를 찾아보려 할 것이다. 가끔은 그 교회를 불태워버리지 않은 것을 후회하겠지만 동생이 자신을 구했다는 사실도 부인하지는 않을 것이다.

제이는 갈색 종이봉투에 땅콩버터와 잼을 바른 샌드위치와 꼬마 당근 한 봉지를 집어넣는다. 동생이 다니는 학교까지 걸어가 본관 건물 안으로 들어서자 시간을 되돌린 느낌이 든다. 제이가 이곳에 있었던 그때와 모든 것이 똑같다. 벽마다 그려진 정글 벽화와 축 처진 얼굴의 행정 직원들, 숨기 좋은 그 모든 장소들. 학생처장실에는 늘 웃고 있는, 보조개가 많은 학생처장 선생님이 있다. 이 여자 선생님은 아침 내내 중학생들을 상대한 탓에 잠시 틈이 난 것이 너무 다행인, 책상에 앉은 여성과 담소를 나누고 있다. 제 동생이 도시락을 두고 갔어요, 제이가 말한다. 다정한 누나네, 그 여자가 말한다. 동생 이름이 뭐라고?

라일란이요, 제이가 답하자 여자는 교실 쪽을 쳐다보고
는 수업 끝나고 나올 때 누나 보러 들르라고 전해주겠다고
말한다. 그러고는 제이에게 길을 설명하려고 하는데 제이가
웃으며 말한다. 다 기억하고 있어요.

여자의 시야에서 벗어난 제이는 점심이 담긴 봉투를 쓰
레기통에 던져 넣고는 자신을 향해 다가오는 라일란의—통
통하니 우쭐대는—모습을 보자 씩 웃는다. 녀석은 갑자기
걸음을 멈추더니 주춤주춤하는데 그 모양새가 마치 제이
앞에 꼼짝없이 마주 서게 되기 전에 여차하면 달아날 태세
다. 제이는 녀석에게 묻는다. 너 나 누군지 알아?

녀석은 양손을 주머니에 쑤셔 넣으며 턱을 치켜든다. 안
다, 어쩔래? 원하는 게 뭔데?

제이는 삐딱하게 서서 이를 드러내며 씩 웃는다. 듣자 하
니, 네가 나를 위해 준비한 게 있다던데. 제이는 이 남자애
눈에 자신이 어떻게 보일지 안다. 눈까지 내려오는 곱슬곱
슬한 앞머리, 커피우유색 살결. 금성에서 온 여자이자 바다
에서 갓 나온 아프로디테겠지. 라일란은 어깨 너머로 뒤를
흘끗 보며 볼 안에서 혀를 굴린다. 근처 교실에서 나와 통로
로 지나가는 학생 한 명 말고는 둘 뿐이다. 제이는 녀석이 겪
는 갈등을 짐작해볼 수 있다. 녀석의 자아가 녀석의 상식과

싸우는 중이다. 제이는 어느 지점쯤에서 밀어붙여야 할지 알아차린다. 겁나니?

라일란은 땅바닥을 차며 툴툴대는데 고민이 묻어나는 그 소리가 행동보다는 훨씬 얌전하다. 난 겁나는 거 없어.

그렇다면 따라와, 제이가 말한다.

녀석은 제이를 따라 비품창고로 들어간다. 제이의 기억에 따르면 이곳은 학생들이 과학 과제물들을 보관하는 장소였는데, 온갖 화산이나 태양 모형 같은 것들이 있었다. 창고 안은 어둠침침하고, 접착제와 무언가 엎질러진 약품 냄새가 난다. 제이는 녀석을 한쪽 벽에 밀어붙이고는 자기 손바닥에 침을 뱉은 다음 녀석의 바지 속으로 미끄러지듯 집어넣는다. 녀석은 딱딱하다가 부드럽다가 다시 딱딱하고 그리고 바짝 일으켜 세워지더니 그대로 있다. 녀석의 안 씻은 냄새가 다른 냄새들과 뒤섞이고 녀석의 한숨이 제이의 뺨에 끈적하게 와닿는다.

제이는 녀석이 이걸 약간 즐기게 놔둔 채 손을 느릿느릿 문지른다. 그러고는 녀석이 이제 운동장에서 같이 노는 친구들에게 좀 더 자랑할 만한 것, 그날 밤 이불 밑에서 써먹을 따끈한 재료를 떠올리며 뭔가 다른 상상을 시작하려던 바로 그때 녀석을 다시 꽉 옥죈다. 가만있어, 제이는 녀석의 귀에 속삭이고, 녀석은 뻣뻣하게 군다. 제이는 좀 더 세게 틀어쥐며 녀석의 눈을 노려본다.

제이가 말한다. 다음에 또 내 동생한테 좆같이 굴면 네 침실로 찾아가서 이걸 쥐어뜯어 놓을 거야. 제이가 뱉는 말에는 어떤 그림자도 숨어 있지 않았다. 그 탁 트이게 열린 곳에서 녀석은 스르륵 열려버렸고 허세와 유산으로부터 도망쳐 나온 두려움이 녀석의 얼굴 위로 떠오른다. 제이는 그 두려움을 뚫어져라 본다. 그리고 그 시답잖음을 음미한다. 그래 내 말 알아들었어? 제이가 묻자 녀석이 고개를 끄덕인다. 어둠 속에서도 제이는 뜨거운 빛을 뿜어내고 있으니까.

천국을 잃다

남자의 몸무게는 알몸으로는 95킬로그램이었고, 가죽 재킷과 부츠 차림으로는 98킬로그램이었다. 서늘하던 3월의 그날 저녁 입었던 그 재킷에는 깃에 스페이드 모양 금색 장식 핀도 달았는데, 아내가 선물해준 것이었다. 둘 다 젊었던 시절, 남자가 비싸 보이는 물건들을 굉장히 좋아한다는 사실을 알게 된 아내가 사주었다. 남자는 잘생기지는 않았지만 밝은색 피부, 곱슬한 머리, 윤기 나는 손톱, 지갑에 빽빽이 꽂힌 지폐 다발 덕분에 잘생긴 것처럼 보였다.

앨버트로스에 들어가던 남자는 입구에 딱 멈춰 서서 자기 몸이 TV 화면을 꽉 채우는 장면을 상상하며 사람들에게 자기가 누군지 궁금해할 시간을 주었다. 주크박스에서는 템테이션즈의 노래가 흘러나왔고 화려한 색색의 조명이 남자의 얼굴에 쏟아졌다. 근처 테이블에 있던 여자 두어 명이 파스텔색 마티니잔에서 시선을 옮겨 그를 흘끗 쳐다보았고, 그중 한 명은 마티니 속에 있던 체리를 꺼내 빨아 먹었다.

남자는 흡족해진 기분으로 바에 들어섰다. 행주로 바 테이블을 닦던 힐다는 지루해 보였지만 가지런히 자른 앞머리 너머로 카운터 자리에 있는 남자 세 명에게 웃음을 지어 보였다. 가슴 깊은 곳에서부터 흘러나오는 예쁜 웃음이었다. 남자는 한가운데 놓인 스툴 자리, 거치적거리는 것이 없어 힐다를 잘 볼 수 있는 자리를 골랐다.

"왔어요, 프레드? 짐 앤드 코크?"

둘의 의식을 시작하는 질문이었다. 힐다의 나지막하고 느릿한 목소리가 남자의 뱃속에서 무언가를 바짝 끌어당겼다.

"알잖아, 자기."

프레드가 말했다. 그가 재킷을 벗어 의자 등판에 걸쳐놓을 때쯤 힐다는 커다란 얼음이 세 개 담긴 위스키잔을 채워줬는데 얼음이 꽉 차 있어서 한 잔 다 마시는 동안에도 녹지 않고 그대로 있을 것 같았다. 프레드는 힐다를 만난 지난 몇 달 동안 힐다의 등줄기 곡선을 얼음으로 훑어 내려가며 몸의 열과 녹는점의 정확한 비율을 기록하는 자신을 자주 상상하곤 했다.

"라임은 없어요."

힐다가 흥얼거리며 미리 소금을 뿌린 흰 사각 냅킨을 깔고는 프레드 앞에 술잔을 놓았다.

"계산은 한꺼번에?"

"계산은 갈 때 하는 걸로."

프레드는 언제나처럼 그렇게 말하고는 바에 5달러 한 장을 꺼내놓았고, 힐다는 물 흐르듯 자연스럽게 앞치마에 지폐를 슬쩍 넣었다. 힐다가 프레드에게 거스름돈을 준 적은 한 번도 없었다.

화요일 저녁마다 앨버트로스의 손님들은 조용했다. 정장 차림의 회사원들, 일용직 노동자들, 면도를 사흘간 하지 않은 트럭운전사들이 뒤섞였다. 이 바의 매력은 싸구려 지하 술집과 고급 라운지바의 중간 어디쯤이라는 데 있다. 목재 인테리어와 자줏빛 실내장식이 특징인 곳, 햄버거 스페셜 메뉴들이 있고 가게 뒤쪽에는 빨간 펠트가 깔린 신식 당구대가 있는 곳. 나이 지긋한 신사들은 어둠침침한 구석 테이블에 앉아 호밀 위스키를 홀짝거리며 남자들만 알아들을 만한 이야기를 자기들끼리 나누고 있었고, 그중 몇몇은 아내 아닌 여자들—실은, 소녀들—의 허벅지 깊숙한 곳에 손을 계속 올려두고 있었다. 그 어린 여자들은 아직 살림도 해본 적 없는 나이라 세상 물정이라든가 온갖 실망거리에 대해서 뚜렷한 생각이 없었고, 어딘가 말랑한 구석과 상대의 말에 감동하겠다는 의지가 있었으며, 보드랍고 앳된 두 뺨은 지극히 시시한 칭찬에도 붉어지곤 했다. 이런 것들이야말로 남자들이 스스로를 위해 병에 고이 담아 간직하고 싶어 하는 지난 시절의 달콤한 재질이었다.

프레드는 술잔을 들어 꿀꺽꿀꺽 들이켜고는 술잔의 윤곽 너머로 어린 바텐더를 지켜보았다. 유니폼으로 입은 검은색 스커트 안에서 엉덩이가 건강하게 움직이는 모습이, 여자의 어두운 갈색 살결이, 여자가 다른 남자들에게 말을 거는 모습이, 주문을 받기 위해 바 테이블 위로 몸을 기울일 때면 앞으로 쏟아져내리는 윤기 나는 머릿결이, 모든 단어 아래 깔리는 시원한 미소가 좋았다. 잔당 2달러라는 팁의 값어치를 잘 알고 있는 것도, 남자의 잔이 한순간도 비지 않는 것도 좋았다. 힐다는 잔을 새로 채워줄 때마다 마치 둘만 어떤 비밀을 공유하기라도 하는 것처럼 프레드를 잘 안다는 듯한 미소를 지었고 프레드의 손가락을 슬쩍 건드리며 묵직한 열감을 피워 올리곤 했다.

"아직 괜찮아요, 프레드?"

힐다는 이따금씩 이렇게 물어 자꾸 바라보게 만들기도 했다. 남자가 스스로의 존재감을 절대 망각할 수 없게 말이다. 그는 아직 괜찮았다. 프레드는 방금 넘긴 버번 한 모금이 목구멍에서 아직 따끈한 채로 힐다를 향해 잔을 들어올렸다. "아름다운 우정을 위하여"라고 말하자 힐다가 웃는데 그 웃음조차도 오직 프레드만을 위한 것 같았다.

프레드는 귀가하기 전까지 바에서 거의 30달러를 썼다. 집으로 가는 길에는 라디오보다는 차바퀴가 자갈길에서 달그락거리며 굴러가는 소리를 들으면서 좌석 밑 V6엔진의 진동을 느끼는 편이 좋았다. 프레드는 쉰두 살이 되던 해인 6년 전에 자신을 위한 선물로 85 뷰익 리갈 신형을 샀다. 레이싱카 느낌의 줄무늬가 있는 메탈릭 블루 색상 자동차였다. 그가 차를 몰고 집 뒤뜰로 들어서자 아내는 보자마자 웃음을 터뜨리며 중년의 위기에 대비한 응급처방 같은 거냐며 물었다. 그러고는 "이다음은 대체 뭘까?"하고는 잠깐 뜸을 들이더니 스스로 답했다.

"내연녀?"

프레드는 순간 기분이 상했다. 자신은 늙지 않았다. 아직은 말이다. 근사한 것들을 누릴 자격도 있다. 지금 그는 백미러 속의 자기 자신과 시선이 마주쳤다.

"너 아직 남자라고."

프레드는 혼잣말을 하고는 그 말을 스스로 믿는지 확인하듯 거울 속의 자기 눈을 똑바로 바라보았다.

프레드가 차를 댈 때 나이트가운 차림으로 현관 밖에 나와 있었던 글로리아의 근사한 손가락 사이에는 담배 한 개비가 걸려 있었다. 프레드는 시동을 끄고 잠시 그대로 앉아 운전대에 올렸던 손에 힘을 주어 주먹을 꽉 쥐어보며 마음을 가다듬었다. 시비 걸어봤자 무슨 소용이 있겠어.

프레드는 차에서 내려 현관 계단 쪽으로 천천히 걸음을 옮긴 뒤 글로리아 곁에 있는 난간에 기대어 섰다. 프레드는 글로리아의 옆얼굴을 찬찬히 바라보았다. 갈가리 뜯긴 갈색 면직물처럼 새로 돋아난 머리카락, 조그만 귀와 움푹한 이마, 각진 턱. 턱 아래로 늘어지기 시작한 작은 삼각형 부위의 피부. 얇은 나이트가운은 반들거리는 한쪽 어깨에서 흘러내려 다리를 꼬고 앉아 있는 글로리아의 발목 주변 바닥에 내려앉아 있었다. 글로리아는 마치 엄마 옷을 입은 아이처럼 보였는데, 프레드는 그 순간의 글로리아를 끔찍이 사랑했다.

글로리아가 자신을 바라보는 프레드를 그대로 내버려두는 동안 현관의 은은한 오렌지빛 조명은 갈팡질팡하는 나방들 때문에 어른거렸다. 글로리아는 담배를 입으로 가져가 길고 부드럽게 빨아들였다. 프레드는 그 연기가 글로리아의 흉곽 안으로 빙글빙글 돌아내리며 모든 뼈 하나하나를 환히 비추고는 일부분만 남은 폐를 돌덩이 같은 색으로 바꾸어버리는 상상을 했다. 마침내 글로리아도 얼굴을 돌려 프레드를 마주보는데, 눈물이 글썽한 두 눈은 그 움푹한 어둠 속을 파고드는 듯했다. 프레드는 자신이 글로리아를 나의 작은 글로리*라고 부르던 시절이 떠올랐다. 언제부터 그렇게 부르기를 그만뒀는지는 모르겠다.

"오늘 하루는 어땠어?"

프레드가 물었다.

"기대만큼 괜찮았지."

글로리아가 담뱃재를 털며 대답했다.

"의사는? 의사는 뭐래?"

"프레드."

글로리아가 마치 닻을 내리듯 낮게 떨군 목소리로 그의 이름을 부르고는 말했다.

"괜찮다고."

프레드는 대화를 시작하려다가 마음을 고쳐먹었다. 글로리아를 뒤흔들고 싶었다. 새의 뼈처럼 가느다란 그 어깨가 탁 부러지는 느낌이 들 때까지 세게 붙잡고 싶었지만, 죽어가는 사람을 그렇게 다루는 것은 괴물이나 할 법한 일이었다. 대신 프레드는 글로리아에게 손을 내밀었다.

---

*   영광이라는 의미.

"들어가자."

글로리아는 프레드를 보며 미소를 지으면서도 그의 손을 잡지는 않았다.

"나는 밤과 함께 좀 앉아 있을게."

글로리아는 뜰 너머로 아직 저무는 중인 태양 때문에 진홍색으로 물든 수평선 끝자락을 바라보았다. 프레드는 갑작스럽게 느껴지는 여러 무게로 어깨가 축 처졌다. 글로리아는 프레드보다도 담배와 홀로 있는 것을 더 좋아한다는 것, 그리고 애초에 그 빌어먹을 담배 따위를 피우기 시작했고 이제는 그 사실을 숨기려 들지도 않는다는 것.

두 달 전 글로리아를 담당하는 종양전문의가 침울한 얼굴로 둘을 급히 진료실로 불러 재발, 전이, 수술 불가 같은 거창하고도 추한 단어들을 줄줄이 읊었을 때, 글로리아는 마치 비정한 죽음의 언어에 익숙한 의사라도 되는 양 눈물 한 방울 흘리지 않고 고개를 연신 끄덕이며 그 상황을 받아들였다. 의사가 공격적인 치료를 곧바로 시작하기를 권하자 프레드는 손을 입에 대고 콜록거렸다. "이제 남은 가능성이 어떻게 되죠?"

이 말을 하면서 프레드는 글로리아가 옆에서 고개를 세차게 젓는 걸 못 본 척했다.

"비용은 아무래도 상관없습니다."

프레드는 이 백인 남자나 다른 누군가의 눈에 자신들이 가난한 사람으로 비치게 두고 싶지 않았다. 의사는 목청을 가다듬고는 이렇게 말했다.

"연구 결과에 따르면 이 단계에 들어선 환자들에게는 표적치료를 동종요법과 함께 처방해야 하고요, 치료 계획에 충실히 따라주신다면……."

글로리아는 중간에 일어서서 밖으로 나갔다.

10분 뒤 프레드가 나와 보니 글로리아는 자동차 보닛에 지갑을 올려놓고 그대로 걸터앉아서는 손톱에 묻은 뭔가를 떼어내는 시늉을 하고 있었다. 프레드는 차 문을 열면서 의아한 표정으로 글로리아를 쳐다봤는데 글로리아는 그저 고개만 저을 뿐이었다. 그렇게 무시무시한 평결을 듣고 화난 얼굴을 할 수 있는 사람이 있다면 오직 글로리아 자신뿐일 것이라고 프레드는 생각했다. 오직 아픈 본인만이 그토록 괴로울 수 있는 것이다. 지난겨울 처음 진단 결과를 들었을 때 글로리아는 집으로 돌아오는 차 안에서 내내 엉엉 목놓아 울었고 프레드는 그런 글로리아를 부축해 집 안으로 데려가야만 했다. 프레드는 그런 반응이 뒤늦게라도 나오기를 기다렸지만, 글로리아는 울지 않았다. 대신 창밖으로 지나치는 거리 풍경을 내다보며 이렇게 말했다.

"다 나와는 상관없는 것들이었어. 그냥 전부, 그냥 방 안에서 두 남자가 이야기를 나눈 게 다였다고."

정작 글로리아의 반응은 돼지고기찜에 으깬 감자와 완두콩을 곁들여 저녁 식사를 할 때 나왔는데 프레드의 예상과는 달랐다.

"나 항암 치료 안 할 거야. 이제 됐어."

"자기야, 당신 지금 충격받은 거야."

프레드는 글로리아에게 말했다. 자신도 확실히 충격받았으니까.

항암 치료는 힘든 과정이었다. 항암 화학요법, 방사선 치료, 매번 치료한다기보다는 더 아프게 만드는 것처럼 느껴질 뿐이었다. 그들은 글로리아의 몸을 열고 폐엽 하나를 절제해냈다. 오른쪽 가슴 아래에 두툼하게 솟아오른 긴 곡선 형태의 흉터가 아직 남아 있었다. 글로리아는 그 흉터를 마지막 기념품이라 불렀다. 마치 하하, 암의 나라에서라면 뭘 가지고 돌아오겠어? 하듯이. 흉터며 탈모, 구내염, 어지러움과 구역질, 그 모든 것에 대한 두려움 따윈 전부 잊고, 마침내 암을 격퇴한 것이다. 이제 막 기뻐하며 정상 비슷한 것으로 드디어 슬슬 다가가던 찰나였는데 이 꼴이라니.

최악의 배신이라는 생각이 들었지만, 프레드는 한 번 해냈으니 한 번 더 해낼 수도 있다는 걸 알고 있었다. 그는 글로리아가 혹시라도 암 치료에 많은 돈을 쏟아붓는 것에 죄책감을 느낄까 봐 다시 한번 말했다. 재정적으로 우린 아직 괜찮다고. 프레드는 부양하는 입장이었다. 옛날에도 그랬고, 앞으로도 그럴 것이다. 열세 살 이후로 항상 일을 했던 그는 대형 트럭 운전사로 일하다 은퇴했다. 무엇보다도 그는 남자였고, 스스로를 돌볼 줄 알았다. 어느 누구도 이를 부정하지는 못할 것이다.

포크를 내려놓고는 눈 사이를 문지르더니 다시 말을 하는 글로리아의 표정이 마치 피곤하지만 참고 있는 순교자 같은 얼굴이라, 프레드는 기분이 상했다.

"프레드, 당신은 내 말을 듣지를 않는구나. 이제 됐다고 내가 분명히 그랬잖아. 이제 내 일이니까 내가 알아서 해."

프레드는 글로리아의 말을 곧이 곧대로 믿지 않았지만, 당장 그날 밤부터 글로리아의 옷에서는 담배 냄새가 나기 시작했다. 처음에 글로리아는 옆에 담배 피우는 사람들이 있었다는 둥 뻔한 거짓말로 둘러댔었지만 프레드는 곧 글로리아의 차 뒷좌석 바닥에서 반만 남은 담뱃갑을 발견했다. 프레드가 따져 물으려 집 안에 들어섰을 때 글로리아는 흘러내린 안경을 콧등에 걸친 채 거실에서 책을 읽던 중이었다. 프레드는 담뱃갑을 집어던졌고 담뱃갑은 글로리아의 가슴팍에 맞고 떨어졌다.

"아주 작정을 했나 보군."

프레드가 으르렁대듯 말했다.

"내가 원하는 대로 살기로?"

"그러니까 원하는 대로 죽겠다는 소리잖아?"

그러자 글로리아가 물었다.

"뭐가 다른데?"

프레드는 글로리아가 자신을 벌하고 있다는 것을 알고 있었다. 글로리아가 말하지 않는 모든 것들, 자신의 모든 질문에 "괜찮다"라고 대답하며 자신이 가까이 다가서지 못하게 막는 그 모든 것들을 떠올리기만 해도 프레드는 위장이 콱 옥죄어드는 느낌이었다. 프레드는 어쩐지 글로리아가 자신의 모든 것을 꿰뚫어보고 있다고 확신했다. 암 덩어리가 글로리아의 몸을 끊임없이 갉아먹으며 무언가를 빼앗아가는 대가로 글로리아에게 일종의 신성한 앎을 선사한 것이 틀림없었다.

프레드는 글로리아가 자신을 바라볼 때마다 자기가 저지른 잘못된 행동들이 빛을 흠뻑 쐬는 듯한 느낌이 들었다. 다른 여자들과 놀아났던 일들, 아이들이 요구할 짐을 짊어지기 싫어서 글로리아에게 아이를 갖지 말자고 했던 일 같은 것들. 글로리아도 알았다. 프레드의 지갑 비밀 칸에 비상금이 있다는 것을. 처음 종양이 발견되었을 때 글로리아의 허약한 몸에 대해 프레드가 느꼈던 불쾌감과 아홉 살 아래인 글로리아가 응당 자신을 돌보리라 생각했는데 역할이 뒤바뀌어버린 데 대한 프레드의 분노도. 그리고 최악의 가능성도. 홀로 남겨지는 것에 대해 프레드가 느끼는 극도의 공포와 수치심은 글로리아의 혀끝에서 녹으며 씁쓸한 맛을 냈다. 글로리아는 자신이 곁에 없으면 프레드가 겁쟁이가 될 것이라는 사실을 알고 있었고, 프레드는 글로리아가 그런 생각을 어느 정도는 즐기고 있다고 믿었다.

프레드는 집 안을 천천히 가로질러 걸었다. 침실 세 개가 각각 독채 구조로 된 이 집은 두 사람의 소유다. 글로리아는 둘이 살기엔 너무 큰 집이라고 자주 말했다. 글로리아는 프레드가 이 집을 샀던 것은 가족을 원했기 때문이라고 생각했지만, 프레드가 좋아했던 것은 이 집이 자리 잡은 넓은 땅과 자신이 그 땅의 주인이 됐다는 사실 자체였다.

세월이 흐르면서 프레드는 글로리아가 아이들로 채울 수 없는 그 방들을 미술품과 각종 식물과 희귀 서적들로 채우게 놔두었다. 프레드는 자기 부츠와 가죽 재킷을 둘의 침실에는 두지 않게 되었다. 글로리아가 세탁하지 않고 쌓아두어 점점 불어나는 옷더미 위에 옥스퍼드 셔츠와 내의를 올려놓고는 바지를 벗은 뒤 지갑 비밀 칸에 빳빳한 100달러짜리 지폐 열 장이 그대로 있는지 재차 확인하곤 했다. 지폐들을 꺼내 손가락으로 구깃한 모서리들을 훑을 때면 손바닥 위에서 지폐의 무게를 가늠할 수 있었다.

프레드와 누이들이 한창 데이트를 하던 시절, 어머니는 딸들이 새로 사귄 남자애와 데이트를 하러 갈 때면 양말에 돈을 숨겨 넣어주며 주의를 주었다. 어머니든 아버지든 프레드한테는 한 번도 그렇게 돈을 후하게 챙겨준 적이 없었다. 대신 프레드가 여자를 만나러 나갈 때면 아버지는 이렇게만 말했다. "임신은 시키지 마라." 프레드는 일장 연설을 들은 적도 없었고 비상금을 받은 적도 없었기에 소외당하는 느낌이었다. 자신도 도망쳐야 할 상황이 된다면 어쩌란 소리지?

돈을 쥐고 있으면 프레드는 어쩐지 소름이 돋았고, 뷰익을 몰고 떠나버리는 상상만으로도 논리적으로 설명되지 않는 쾌감을 느꼈다. 어쩌면 그는 플로리다의 질척이는 악취로부터 도망쳤다가 언덕들이 있는 고향 테네시로 돌아가 아버지가 손수 지었던 그 집에서 살지도 모른다. 어쩌면 힐다가 그의 곁에 있을지도 모른다. 조수석에 앉아, 눈부시게 풍성한 머리카락을 바람에 흩날리며. 프레드는 미소 짓는 힐다의 붉은 입술과 자신의 팔에 올려놓은 그 손을 머릿속에 그려보았다. 이런 것이야말로 다들 가장 갈망하는 것 아니었던가? 곁에서 행복해하는 예쁜 여자?

프레드는 속옷과 양말만 걸친 채 서서 지폐들을 제자리에 다시 두고는 글로리아의 협탁을 샅샅이 뒤졌다. 자기만의 공상에서 시작해 망상에 사로잡힐 때면 늘 나오는 버릇이었다. 하지만 아무것도 찾지 못했다. 비상금도, 도망 계획도 없었고, 아직 열지 않은 버지니아슬림 담뱃갑만 하나 있었다. 글로리아의 작은 심술 개비들. 프레드는 그것들을 쓰레기통에 던져 넣고 싶었지만 그래봤자 소용없다는 걸 알았다. 담뱃갑은 항상 또 있었으니까.

프레드는 서랍을 닫고는 욕실로 걸어가 걸치고 있던 나머지 옷도 다 벗었다. 알몸이 된 채 체중계에 올라서서 눈을 감았다. 눈을 떠보니 체중은 여전히 똑같았다. 95킬로그램. 안에 모든 죄들이 아늑하게 자리 잡고 있는데도.

다음 며칠 내내 프레드는 밤새도록 꿈에 시달렸다. 꿈에서 글로리아는 앞뜰에 피투성이가 된 이불을 널어 말리거나, 텅 빈 하늘을 등지고 프레드를 마주 보고 서 있거나, 그러다 홀연히 떠나버려서 무력감이 그의 세상을 완전히 지워 없앴다. 어느 날 밤 문득 자다가 깬 프레드는 당황스럽고도 멍한 기분으로 손을 뻗어 곁에 글로리아가 있는지 더듬어보았다. 모로 누워 있는 칼날처럼 명료한 글로리아의 가냘픈 몸.

프레드는 글로리아를 자기 몸 안으로 밀어 넣어 다시 하나가 될 수 있으면 좋겠다 생각하며 글로리아를 가까이 끌어당겨 몸을 밀착시켰다. 글로리아는 프레드를 밀어냈지만 이내 둘은 서로의 잠옷을 더듬거렸다. 글로리아의 앙상한 뼈들이 프레드에게 와 부딪쳤고, 글로리아의 실존이 방과 충돌했다. 이 추함, 스스로 되어가는 중인 그 어떤 것이 자랑스러운 듯했다. 글로리아는 자기 입술을 프레드에게 꾹 눌러 붙였고, 그 입에서는 병의 맛이 났다.

자신의 온몸을 뒤흔드는 거부감에도 불구하고 프레드는 휘몰아치는 힘에 떠밀려 글로리아의 안으로 들어갔다. 광활한 애정과 토할 듯한 메스꺼움에 동시에 압도된 채였다. 프레드는 글로리아 아래서 거침없이 날뛰며 자기 손가락을 글로리아의 예전 살결에 대한 기억으로 채워보았다. "글로리, 글로리, 글로리"하며 신음을 내뱉었지만 과거는 돌아오지 않았다. 오직 앙상한 모습으로 모든 걸 아는 새로운 아내만이 있을 뿐이었고, 어둠 속에서 그를 내려다보며 활짝 웃는 표정은 마치 경멸 같았다.

글로리아가 숨을 헐떡이는 소리는 쌕쌕대는 소리로 바뀌었고 글로리아는 프레드에게서 미끄러져 내렸다. 거칠게 기침을 토해내던 몸이 이불 위로 고꾸라졌다. 마침내 잠잠해진 글로리아가 똑바로 앉아 손등으로 입을 훔치자 프레드가 물었다.

"피났어?"

글로리아는 대답 대신 협탁 쪽을 훑어보며 담배를 찾았다. 프레드의 입이 주인의 동의도 없이 멋대로 삐죽거렸다.

"당신 정말 무덤에 가려고 환장했구나."

글로리아가 무슨 소리를 냈는데 프레드는 그게 웃음인지 기침인지 알 수 없었다. 프레드에게 등을 돌린 채 천천히 옷을 입는데 희미한 불빛 아래서도 글로리아의 등뼈는 또렷이 도드라져 보였다. 하지만 프레드 쪽으로 걸어왔을 때의 얼굴 표정은 흐릿하니 번져 있었다. 프레드는 불을 켜고 그의 글로리인 글로리아를 제대로 보고 싶었지만 글로리아의 시선에 어쩐지 꼼짝도 할 수 없었다.

"있잖아, 가까워질수록 그게 더 뚜렷이 보이더라."

글로리아는 그렇게 말하고는 달을 보며 푸른 연기를 내뿜으러 바깥으로 나갔다. 프레드는 그대로 누워 밤새 깨어 있는 채로 글로리아는 왜 두렵지 않아 보이는지, 아직도 자기를 사랑하는지 궁금해했지만 물어보기에는 스스로 너무 두려웠다.

프레드는 화요일마다 앨버트로스 문을 닫기 시작했다. 늦게까지 남아 있다가 힐다의 공인된 동행으로 함께 시간을 보내고, 힐다의 살갗에서 퍼져 나오는 맥주와 바닐라가 섞인 냄새에 흠뻑 취하곤 했다. 프레드는 자신이 힐다의 빛을 계속 켜둘, 힐다의 식탁 위에 먹을 것을 올려줄 책임이 있다고 상상하면 좋았다. 그러니까, 어떤 식으로든 자신이 저 여자에게 책임이 있다는 생각, 힐다가 기댈 만한 좋은 존재라는 자기 혼자만의 그런 생각.

4월 중순의 어느 금요일, 프레드는 이발소에 갔다가 집으로 돌아와 주머니를 뒤져 열쇠를 찾던 중에 문 너머에서 울리는 전화벨 소리를 들었다. 두 차례. 세 차례. 프레드는 미간을 잔뜩 찌푸린 채 열쇠를 꽂아 넣고 허둥지둥 안으로 들어서다가 제 발에 걸려 넘어져 반짝이게 닦은 지 얼마 안 된 구두가 긁혀 욕지거리를 내뱉었다. 글로리아가 집 뒤편에서 움직이는 기척이 나자 프레드는 글로리아가 왜 전화를 받지 않았는지 의아했다. 다섯 번째 벨이 울릴 때 프레드가 가쁜 숨을 몰아쉬며 전화를 받았다.

"무어 씨."

늘 중간에 끊겨버렸을 글로리아 주치의인 종양전문의의 한숨 섞인 목소리가 수화기에서 흘러나왔다. 안도하는 듯한 목소리였다.

"한번 말씀 나누고 싶었습니다."

프레드의 가슴 근육이 뻐근해졌다.

"제가 어떻게 하면 좋을까요, 선생님?"

"아내분이 오늘 검진차 다녀가셨는데, 다른 의사를 찾아

가겠다고 으름장을 놓고 가셔서 걱정입니다. 아시겠지만, 방사선 치료를 안 받으시겠다는 결정에 저는 극구 반대 입장입니다."

그는 전문가로서의 소견들, 히포크라테스 선서를 지킬 자신의 책무, 자신의 평판 같은 것에 대해 줄줄이 늘어놓았다. 그리고 글로리아의 치료는 촉박한 시간 싸움이라는 말도 덧붙였다. 어쩌면 몇 개월일 수도 있어요.

"제가 결정할 수 있는 일이 아닌 건 압니다만, 그래도 남편분이 직접 아내분을 더 설득해보셨으면 좋겠어요. 무어 씨?"

"네, 듣고 있습니다."

프레드는 대답하며 침실로 이어지는 복도로 시선을 떨구었다.

"선생님, 죄송합니다만, 제가…… 제가 다시 전화 드려도 될까요?"

프레드는 전화를 끊고 수화기를 든 채 잠시 서 있었다. 마치 한참을 충분히 기다리기만 하면 전화가 다시 걸려와 평결 내용이 바뀔지도 모르겠다는 듯이. 더는 기다리고 서 있지 못하겠다 싶을 즈음 그는 터벅터벅 침실로 걸어갔다. 글로리아가 옷가지들을 곱게 접어 작은 여행가방에 넣고 있었다. 방의 기운과는 맞지 않는 경쾌한 분홍색 스웨이드 가방이다.

"하워드 박사였지? 머저리 같은 인간. 그 인간이 나를 '까다로운 환자'로 분류해놓은 거 알아?"

글로리아는 원피스 두어 벌을 가방에 쑤셔 넣었는데, 하도 자그마해서 마치 인형옷 같았다. 프레드는 그런 글로리아가 실존할 수 있다는 것 자체가 놀라웠다.

"그 인간 치워버리려고. 내 편에 서주는 의사가 필요해."

"그런 말도 안 되는 소리를 편 들어줄 사람이 도대체 어딨어?"

프레드가 말했다. 글로리아는 프레드를 벌 줄 필요도 없었다. 죄인은 늘 스스로 벌을 주지 않았던가? 그는 눈가에 시큰거리는 열기를 느꼈고 그래서 글로리아가 지독히 미웠다.

"프레드, 당신은 처음에 내가 어땠는지 모르잖아."

"나도 거기 있었어! 바로 옆에 있었다고……."

"당신은, 몰라, 절대."

글로리아는 프레드를 향해 돌아서서 자기 손을 프레드의 손안에 넣었지만 프레드의 손가락은 힘없이 늘어진 상태였다.

"내가 그랬으면 좋겠어? 산 송장처럼?"

프레드는 그저 글로리아를 원했다. 그게 전부다. 하지만 그 말을 하지는 않을 생각이었고, 자신이 무너지는 모습을 보는 쾌감을 글로리아에게 선사할 수는 없었다. 프레드는 가방을 가리키며 말했다.

"어디 가는구나."

속은 기분이었다. 아무런 기색도 없었는데, 자신이 늘 뒤지고 있었는데. 돈은 대체 어디에 숨겨뒀던 건지 묻고 싶었다.

"그냥 며칠만 엄마랑 언니 보러 가는 거야. 내가 아직 갈 수 있을 때. 다들 나를 알아볼 수 있을 때 가야지."

글로리아가 말했다. 내일 오후 비행기였다.

프레드는 가방을 침대에서 내동댕이치고 싶었다. 옷을 흩뜨려놓고 불태워버리고, 글로리아를 침대 기둥에 묶어놓고 싶다 느끼던 그때, 글로리아가 프레드를 쳐다봤다.

"내가 그냥 있기를 바라는 거면, 그렇게 말을 해."

프레드는 오래전 청혼할 때 그랬던 것처럼 무릎을 풀썩 꿇고 무너지는 자신의 모습을 보았다. 양팔로 글로리아를 감싸안고 얼굴을 글로리아의 엉덩이에 기댈 수도 있었다. 글로리아가 원하는 것을 건네며, 그 삭막하고도 공허한 곳으로는 가지 말라고 속삭일 수도 있었다. 그러나 자신의 자존심, 자신의 공포가 그를 붙잡았다. 그는 헛기침을 하며 목을 가다듬었다. 글로리아로부터 한 걸음 물러났다. 차로 데려다주면 좋겠냐고 물었다.

여러 감정이 글로리아의 머리카락 없는 얼굴 위로 단출하게 내려앉았다. 글로리아는 프레드가 결국 고개를 돌릴 때까지 그의 눈을 똑바로 쳐다보았다. 그러더니 프레드의 이마에 묻어 있던, 이발사가 놓치고 떼어주지 않은 머리카락 몇 가닥을 털어주며 고맙다고 했다. 그리고 짐을 마저 싸기 시작했다. 프레드는 미소를 지으며 옆에 그대로 서 있었다.

"당신 돌아오면 세인트피터즈버그로 드라이브 가자. 해안에서 일주일쯤 머물고. 어때?"

"좋은데."

하지만 글로리아의 그 말에는 어떠한 기쁜 감정도 담겨 있지 않았다.

다음 날 저녁 앨버트로스는 프레드의 마음에 영 들지 않는 낯선 소음과 활기로 떠들썩했다. 프레드는 2시 비행기를 타는 글로리아를 잭슨빌 공항에 내려준 뒤 시내를 처량한 마음으로 정처 없이 빙빙 돌다가 결국 앨버트로스 주차장에 도착했다. 자신이 어쩌다 그곳에 왔는지 알 수 없다는 양 해를 등진 채 쪼그리고 앉아 있는 그 작은 건물을 보며 눈을 끔벅거리다 이내 달리 갈 곳이 아무 데도 없음을 너무도 확실히 알아버렸다. 머쓱해진 그는 창을 내린 채 운전석에 그대로 있다가 오후 4시에 힐다가 출근하는 모습까지 보았고, 그 뒤로도 30분을 더 기다렸다.

프레드는 어쩐지 초조한 기분으로 바 안으로 들어서며 손을 주머니에 넣은 채 손가락으로 자기 허벅지를 가볍게 두드렸다. 입구에서 잠시 멈춰선 그는 그냥 나갈까도 생각했지만 그 순간 그를 본 힐다가 "어머! 토요일에 자리를 빛내러 와주시다니!"하고 외치자마자 다시 마음이 놓였다. 여기서는 그를 원하는 사람이 있었다. 힐다가 그를 원했고, 그는 다시 당당해졌다. 주머니에서 손을 빼고 씨익 웃으니 본래 자기가 알던 바로 그 남자가 된 기분이 들었다.

"짐 앤드 코크?"

"역시, 자기야."

프레드가 재킷을 벗었고 힐다는 마실 것을 들고 왔으며, 처음 한 시간가량은 모든 것이 평소와 똑같은 느낌이었다. 그러나 곧 그는 젊어 보이는 요란스러운 무리들과 어깨를 맞대고 앉게 됐는데 모두 서로 주의를 끌어보려고 바에 모여들었다. 그 바람에 한 모금 마시기가 멀다 하고 누군가가 그를 밀쳐 술이 자꾸 쏟아졌다. 주크박스에서는 인기곡 40이 쿵짝거렸고, 인위적인 비트에 멍청한 웃음소리들이 얹혔다. 트인 공간이면 어디든 무대가 되는 것처럼 바 곳곳에서 느닷없이 춤을 추는 사람들을 프레드는 물끄러미 쳐다보았다.

"마치 더러운 클럽이라도 된 것 같군."

힐다가 마침내 눈앞에 나타나자 프레드는 눈을 부라리며 말했다. 거의 다 마신 프레드의 술잔에는 다 녹은 얼음들이 종잇장처럼 쌓여 있었다. 프레드는 힐다의 이런 모습은 싫었다. 살갗이 땀으로 번들거리는 힐다. 젊은 육체들 속에서 들뜬 걸로도 모자라 너무 바빠서 프레드한테는 신경도 못 쓰는 힐다.

"토요일이잖아요."

힐다가 변명하듯—프레드의 느낌이지만, 어쩐지 끈적하게—말하더니 새 칵테일을 만들어 가져다주었다.

프레드 오른쪽에 앉은 덩치 큰 남자가 계산을 하고 나갔다. 여유 공간이 생겼다고 한숨을 돌리기도 전에 또 다른 몸이 그 자리를 비집고 들어왔다. 신경이 곤두선 데다 이곳에 들어설 때보다도 더 쓸쓸해진 프레드는 얼른 이 잔만 비우고 나가리라 다짐했다. 앞으로는 화요일에만 오기로 마음먹고는 혼자 웃었다. 형편없었던 오늘 밤의 서비스에 대해 힐다에게 농담조로 핀잔을 주어 약간 속상해진 힐다가 만회하려 애쓰게 만들 것을 미리부터 상상하면서 말이다.

옆자리에 새로 온 남자가 프레드의 어깨를 두드렸는데 프레드의 눈에 그는 남자로는 안 보였고 술집에 올 수 있는 나이를 간신히 넘긴 남자애로 보였다. 뒷머리를 날렵하게 자른 헤어스타일에 흰 야구 모자를 쓰고 목둘레 부분에 두어 개 구멍이 나 있는 녹색 스웨트셔츠 차림에다 그곳에 온 여느 젊은이들처럼 검정 디키스 바지를 골반에 헐렁하게 걸쳐 입은 그 남자애가 물었다.

"몇 시예요?"

먼저 프레드는 셔츠 주머니에서 빗을 꺼내 머리부터 넘겨 빗었다. 그러고 나서 소매를 걷어올려 시계를 보았다. 인조가죽 시곗줄에 시계판은 금색이고 숫자가 큰 시계였다. 다들 롤렉스인 줄 알았지만 프레드는 시간을 확인하는 일에 그런 돈을 쓴 적은 한 번도 없었다.

"9시 15분 전."

"감사합니다."

그 남자애는 인사하며 손을 내밀었다.

"안토니오예요. 친구들은 절 토니라고 하죠."

"프레드요. 반가워요."

프레드는 일부러 토니의 손을 꽤나 세게 꽉 잡았고 남자애의 얼굴에 어떤 표정이 스쳐지나갔다.

"저희 아빠가 늘 하던 말인데 남자의 견실함은 악수해보면 안대요."

프레드는 의기양양하게 말했다.

"아버님 말씀이 틀리진 않았네요."

"여기 정신이 없죠, 그쵸?"

토니는 그렇게 말하며 아직도 주문받으러 오지 않은 힐다를 바라보며 얼굴을 찌푸렸다. 프레드도 힐다를 쳐다봤다. 힐다는 바의 반대편 끝에서 기름 범벅인 어니언링이 담긴 바구니를 건네주는 튀김 담당 요리사와 같이 웃고 있었다.

"아주 부끄러운 수준의 서비스지."

프레드는 심술궂게 내뱉은 뒤에 토니를 향해 물었다.

"뭐 마실거요?"

"글쎄요. 맥주로 할까 하는데. 버드와이저?"

그 말에 프레드가 웃자 토니가 물었다.

"아, 너무 애송이 같은가요?"

"그럴 수도. 무슨 일 합니까, 우리 젊은 친구는?"

토니는 기계 정비기사가 되려고 직업학교에 등록했고 보람된 직업이라고 생각하고 있었다. 그는 자기 또래에는 타이어 교체조차 할 줄 모르는 애들이 대부분이라고 했다. 프레드가 정말 그렇다고 맞장구를 치자 토니가 물었다.

"선생님은 어떠셨어요?"

"상용 차량 운반트럭을 몰았지요, 35년 동안."

퇴직했다고 굳이 말하지는 않았다. 토니의 눈썹이 모자 끝부분 안쪽으로 사라져버렸다.

"와, 믿을 수가 없네요."

"뭘요?"

프레드는 기분이 상할 것을 알면서도 되물었다.

"저희 아빠도 같은 일을 하셨었거든요. 이층으로 된 대형트럭이던가요?"

프레드가 고개를 끄덕이자 토니는 덧붙였다.

"진짜 정직한 일이죠. 숙련돼야 하고요."

토니의 존경심이 프레드를 버번처럼 달궜다. 이 녀석은 제대로 키운 놈이라는 생각이 들었다. 자신이 아버지가 됐더라면 아들은 딱 이랬을 것이다. 그는 잠시만 더 있기로 했다. 프레드는 그곳의 소음을 가로지르는 날카로운 휘파람 소리로 힐다를 불렀다. 어깨 너머로 그를 돌아본 힐다가 예쁘게 입을 뻐끔거렸다. 튀김 담당 요리사가 제자리인 부엌으로 슬그머니 들어갔다.

"내 친구에게 한 잔 줘요. 여기 두 잔은 내가 계산하는 걸로."

프레드가 잔을 들어올리며 말했다. 힐다는 둘에게 짐 앤드 코크를 한 잔씩 갖다주며 코를 찡긋거렸는데 정신은 다른 어딘가에 팔려 있는 것만 같았다.

"다른 뭐 필요한 거 있어요?"

프레드는 힐다를 쳐다보지 않았다. 유리잔 겉면에 맺힌 물방울을 엄지손가락으로 문지른 뒤 바의 모서리를 그 엄지

손가락으로 훑었다. 그런 다음 20달러를 던져놓음으로써 돈이 대신 말하게 두었다.

둘은 '오늘밤의 스페셜 버거―튀긴 양파, 문스터치즈, 갈릭마요'를 주문해서 먹고 계속 술을 마셨다. 토니는 이런저런 질문들을 쏟아냈다. 고향이 어느 쪽이에요? 그런 차 사는 데는 얼마나 들었어요? 그런 시계는요? 그런 집은요? 프레드는 취하면서 점점 말이 많아졌다. 그는 토니에게 자신은 무일푼에서 출발한 거라고 말했다. 가족에게 받은 것은 한 푼도 없다고.

"근데 지금은 멋진 차가 있지. 이 멋진 옷도 있고. 나는 땅도 있다고!"

그러면서 잔을 바에 탕 내려놓는 바람에 술이 왈칵 흘러넘쳤다.

"사람들 대부분이 신분 상승에 대해서 잘 몰라. 항상 손이나 벌리고 뭘 달라고만 하지. 난 안 그래요! 난 혼자 다 알아서 해!"

몇몇 사람들이 프레드를 흘끔 쳐다보는데 궁금한 표정이거나 짜증 난 표정이거나 재미있다는 표정이었다. 토니도 프레드를 쳐다보는데, 신중하고도 생기 넘치는 눈빛이었다.

"아내분은 분명 죽여주는 미인이시겠죠."

그 말에 글로리아, 떠나버린 글로리아가 떠오르자 프레드는 배 속이 움찔거렸다. 그는 양손으로 머리를 감싸 쥐며 그렇다고 대답했다. 그때 행주를 들고 지나가던 힐다가 프레드를 흘끗 보고는 프레드가 어질러놓은 주변을 닦아냈고, 토니는 몸을 숙여 귓속말로 물었다.

"얘보다 예쁘죠, 그쵸?"

프레드는 당장 힐다를 옆에 두는 상상을 해보았다. 같은 나이대로 둔다면 두말할 것도 없이 글로리아가 힐다를 압도할 것이었다. 하지만 힐다는 자신에게 한결같이 잘해줬다, 오늘 밤만 빼고 말이다. 그리고 둘은 친구가 됐잖아! 프레드는 토니에게 자신이 아직 죽지 않았다는 것을 보여주고 싶었다. 아직 그런 남자라고 보여주고 싶었다. 그는 힐다의 손목을 잡았고 힐다가 가버리려 하자 가까이 끌어당겼다.

"어디 가."

프레드는 혀 꼬부라진 소리를 내뱉으며 힐다와 눈을 맞추려 애썼다.

"가지 말고 여기 내 새 친구랑 인사하라고."

힐다는 웃으며 프레드의 손아귀에서 팔을 빼려 했지만 그는 더 세게 움켜잡았다. 이번에 힐다가 다시 내뱉는 사무적인 웃음에는 긴장이 묻어났다.

"프레드, 아프다고요."

"1분만 있으라고."

프레드가 고함치듯이 말했다. 왜 다들 내 곁에 머물지 않았던 거지?

"프레드, 이제 놔줘요."

단어들이 둘 사이에 무겁게 주저앉았다. 프레드는 힐다의 얼굴을 유심히 들여다보며 그다지 예쁘지는 않다고, 이여자를 특별하게 만드는 건 그저 젊음일 뿐이라고 생각했다. 자신도 이 여자처럼 말쑥했던 시절이 있었다. 그런 확신 속에서 우월감이 생기자 프레드는 손을 풀어 힐다를 놓아주었지만 표정만은 으르렁거렸다. 옆에 있던 남자애는 구경만했고 프레드는 귀까지 벌겋게 달아올랐다.

프레드는 힐다가 종종걸음으로 그 미끈한 요리사가 기다리고 있는 바 끄트머리로 돌아가서는 카운터에 기대어 걸터앉는 모습을 지켜봤다. 힐다가 손목을 문지르며 요리사에게 뭐라고 말했고 둔한 얼굴의 그 남자가 프레드가 있는 쪽으로 고개를 돌려 쳐다보는데 어금니를 꽉 깨무는 것 같았다. 프레드는 술잔을 마저 비우고는 혼잣말로 중얼거렸다.

"그래, 어디 한번 덤벼보시지, 친구."

프레드는 벌떡 일어나서 재킷을 휙 걸쳤다.

"그냥 술이나 한잔 더 사주시죠?"

토니가 자신의 빈 술잔을 카운터에 두드렸고 프레드는

코웃음을 쳤다. 프레드는 이 남자애의 함정에 빠져 놀아났던 것에 불과했다. 이 녀석은 손이나 벌리는 흔한 시시한 놈이었고 녀석에게든 누구에게든 프레드가 증명해 보여야 할 것은 아무것도 없었다. 프레드는 녀석에게 말했다.

"그만하면 너한테 할 만큼 한 거 아닌가?"

프레드는 바에서 일어나 성큼성큼 걸어 나오는데 가슴속 분노가 열선이라도 녹여버릴 듯 끓어올랐다. 어슴푸레한 조명이 비추고 있는 조용한 주차장은 조잡해 보였고 자기 수준에는 어울리지 않는다는 생각이 불현듯 들었다. 바닥에 침을 뱉은 뒤 다시는 오지 않겠다 맹세했다. 어둠 속에서 차 열쇠를 찾으며 뷰익 앞으로 가 술기운이며 당혹스러움과 씨름을 하고 있던 프레드의 목을 누군가의 팔이 거칠게 휘감았다. 프레드는 열쇠고리를 떨어뜨렸고 머릿속이 하얘졌다. 압박이 살짝 느슨해진 사이 프레드가 버둥거리자 그 팔은 프레드의 목을 다시 제대로 졸랐다.

"아파요."

헐떡거리며 내뱉은 말이 사실이라 프레드는 스스로 놀랐지만, 그 팔이 프레드의 목구멍을 점점 더 옥죄고 들어오는 바람에 프레드는 막아놓은 배수관 틈새로 물이 빨려나가듯 숨이 차츰 폐 속으로 천천히 그리고 점점 더 천천히 빨려들어가는 느낌을 받았다. 시야는 가장자리부터 흐려졌지만 소리는 더 선명해졌다. 근처 풀밭에서 들려오는 귀뚜라미 소리와 고속도로의 백색소음과 계속해서 씩씩대는 남자의 숨소리. 프레드가 그 팔을 붙잡아 간신히 고개를 돌린 순간 음침한 집중으로 구겨진 토니의 얼굴이 보였다. 그리고 곧 그 얼굴과 다른 모든 것이 암전됐다.

프레드는 몇 분 뒤 아스팔트 바닥에서 혼자 깨어났는데, 누군가의 차량 아래 몸이 절반쯤 비틀려 들어간 상태였다. 뷰익이 있던 자리에는 쓰레기만 나뒹굴고 있었고, 검은 기름 자국이 사방에 흩뿌려져 있었다. 프레드의 지갑은 펼쳐진 채 얼굴 옆에 내팽개쳐져 있었다. 몸을 일으키려니 목이 욱신거렸다. 그는 지갑을 집어 들고 안을 뒤져보며 마치 이 일을 없던 일로 되돌리는 주문이라도 되는 양 중얼거렸다.

"안 돼, 안 돼."

운전면허증은 그대로 있었고, 신용카드도 전부 있었지만, 가운데 칸에 있던 현금은 사라지고 없었다. 프레드는 눈을 감고 비상금 칸을 열었다. 아직 여기 있지, 그렇게 희망을 품어봤지만, 당연히 없었다. 비상금, 결혼반지, 뷰익, 다 사라져버렸다. 시계는 그대로 두고 간 걸 보니 토니는 전혀 바보가 아니었다. 수치심으로 가득 찬 프레드는 절룩거리며 다시 안으로 들어갔다.

"경찰 좀 불러줘요!"

프레드가 소리치자 술집 안이 조용해졌고 모든 시선이 일제히 그를 향했다.

"강도를 당했어요!"

다들 술렁였다. 몇몇 남자들은 마치 토니가 아직 거기 있을지도 모른다는 듯이 주차장으로 나가보았고, 또 어떤 남자는 프레드를 바 의자로 데리고 갔으며, 손님들은 길을 비켜주었다. 잔뜩 부풀려 올린 머리를 하고 매니큐어를 칠한 긴 손톱에 인조 보석을 붙인 여자가 물을 한 잔 따라주었다.

"마시지도 않네."

여자가 말했다. 탭을 당겨 맥주를 따르고 있었던 힐다는 탭을 쾅 닫아 잠그고는 카운터 뒤에서 휙 몸을 돌려 부엌 안으로 들어가버렸다.

프레드는 자리에 풀썩 쓰러지듯 앉아 목을 주무르며 얼굴을 찡그렸다. 바 너머 거울에 비친 모습을 보니 벌겋게 된 살갗 아래로 멍이 푸르스름하게 올라오고 있었다. 다른 손님들이 뻔한 위로를 건넸고 그의 편을 들며 화를 내기도 했다.

"참 별일이네요."

남자들이 중얼거리며 양손을 주머니에 넣고 손가락으로 각자의 지갑을 더듬었다. 프레드는 그들의 얕디얕은 위로를 받으며, 손바닥 아래 자리한 바 테이블의 매끈한 감촉을 느끼면서 자신의 목젖을 세게 누르던 토니의 억센 팔을 떠올렸다. 마치 연인처럼 부드러운 손길로 손가락에서 반지를 스륵 빼가던 토니의 모습도. 녀석이 자신을 간단히 바닥에 눕혀놓은 것인지, 무려 95킬로그램을 시답잖은 감자 포대 다루듯 재빠르게 내려놓은 것인지 궁금했다.

술집 영업이 끝난 직후 나타난 경찰 두 명은 푸른 눈에 머리를 짧게 깎은 근육질의 백인이었는데 세상의 모든 시간이 자기네 것이라도 되는 양 걸어 들어왔다. 프레드는 분한 마음을 묻어둔 채 무슨 일이 일어났는지 설명했다. 힐다는 5분째 바의 같은 자리를 계속 행주로 닦으며 귀를 기울였다. 경찰들은 메모를 했고 술집 사장도 뭔가를 적으며 사무적으로 보이려 애를 쓰는 모습이었다. 경찰의 노란색 리갈 패드에는 '사건일지'라는 제목이 붙어 있었다. 프레드는 모욕을 당한 기분이 들면서도 피곤했고 또 중요한 사람이 된 느낌이 들기도 했다. 프레드는 그들 앞에서 말했다.

"그 자식이 나를 죽일 뻔했다고요."

그러고는 말을 잠시 멈추고 이 말을 들은 힐다의 마음이 어떻게 흔들렸는지 보려 했다. 하지만 힐다는 흘러내린 머리카락이 칸막이처럼 얼굴을 가리고 있어서 표정을 읽을 수가 없었다.

경찰관들은 뒤쪽에 있었던 다른 손님들 몇 명과 이야기를 나눴다. 그 남자가 어디로 가는지 본 사람 있냐는 질문에 한 남자가 기다렸다는 듯이 "아니요"라고 하더니 덧붙였다.

"근데 그 남자가 나가는 건 봤어요. 둘이 이야기 나누는 모습을 보고 저는 둘이 친군 줄 알았어요."

"친구?"

기가 막힌 프레드가 눈을 부라리며 내뱉었다.

"점잖게 대하는 것도 죕니까?"

모두가 자기 의견 좀 들어보라는 듯 저마다 이야기를 나누기 시작하는 바람에 경찰관들은 프레드를 바에서 떨어진 구석진 곳으로 데리고 가 조사를 마무리했다. 프레드는 힐다를 향해 얼굴을 내밀며 그간 자신이 베풀었던 모든 것을 갚을 기회를 주려 했다.

"기다려줄 거지, 그치?"

힐다는 등을 돌리고는 영수증을 모아 정산을 시작했다.

"아, 그럼요, 프레드. 잠깐은 더 있을 거 같아요."

하지만 프레드는 힐다가 몇 분 뒤 앞치마를 네모반듯하게 접어 품에 안고 바 뒤로 슬쩍 빠져나가는 모습을 보았다. 아까 그 요리사의 팔이 힐다의 허리에 둘러져 있었는데 제자리를 찾은 듯 편안해 보였다. 힐다는 뒤도 한번 안 돌아보고 가버렸다. 프레드는 목구멍에서 울컥 올라오는 날것 그대로의 약한 흐느낌을 어쩌지 못했고, 경찰관들은 시선을 돌렸다.

프레드는 경찰관들의 질문에 네, 아니요, 맞습니다, 모르겠어요 같은 대답을 쉴 새 없이 하는 동안 입안의 혀가 자꾸 무거워졌다. 경찰관들은 무언가라도 찾는 즉시 연락을 주겠다고 했다.

"아, 차는 아마 금방 찾을 겁니다. 다 털어간 다음에 어디 공터에서 불이나 지르겠지요. 근데 그 녀석 말은 들어볼 것도 없을 겁니다. 보통 이런 사건은 아주 뻔하거든요."

경찰 하나가 이 말을 지나치게 명랑하게 했다. 그들은 조사를 마무리하고 프레드를 집까지 데려다주었는데, 뒷좌석에 떠밀려 탄 채 문이 닫히는 순간 프레드는 자신이 범인이나 다를 바 없는 모습이라는 걸 깨달았다.

프레드는 현관 계단 근처 가짜 바위 밑에 숨겨둔 비상용 열쇠를 꺼내 집 안으로 들어갔다. 농밀한 어둠이 집에 내려앉아 있었고, 현관문을 딸깍 여는 소리부터 발 딛는 소리까지 모든 소리가 미끄러지듯 그 안으로 사라져버렸다. 마치 그의 존재에 육체적인 것이라곤 아무것도 없다는 듯이.

프레드는 당장 전화벨 소리라도 듣기 위해서라면 뭐든

할 수 있을 것 같았다. 힐난하는 듯 끔찍한 이 완연한 고요, 더는 도망쳐 숨을 수 없는 영원하고도 공포스러운 어떤 것을 암시하는 이 고요를 깨뜨릴 수만 있다면. 아내의 주치의가 좀 나은 소식을 전해주러 전화를 걸 수도 있지 않을까? 아니면 경찰관들이, 어쩌면 토니라도⋯⋯. 엇나가버리긴 했어도 토니는 아직 착한 녀석일 수도 있다. 그래서 전화번호부에서 그의 이름을 찾아 무사한지 확인 정도는 하고 싶을 수도 있다. 프레드는 강렬한 소망에 휩싸여 전화벨 소리를 들었다는 생각에 달려가 수화기를 홱 잡아들어 거칠게 귀에 갖다 댔다.

"글로리아!"

목이 터져라 외쳤지만 돌아오는 것은 발신음뿐이었다. 거기엔 아무도 없었다.

전날 글로리아와 함께 흘리지 못했던 눈물이 병을 마구 흔들어놓은 탄산음료처럼 자기 안에서부터 솟구쳐 오르는 것을 느꼈다. 프레드는 몇 분간은 스스로를 그저 울게 내버려두었다. 간절히 그리고 숨 가쁘게 모든 걸 비우고 나니, 울음 소리마저 빠르게 사라져버렸다. 프레드는 콧물을 소맷단으로 훔친 뒤 옷깃에 달았던 스페이드 모양의 금색 핀을 뽑아 한 손에 쥔 채 옷을 벗었다. 휘발유가 묻은 재킷, 부츠, 바지도. 그는 벗은 옷들을 현관에 그대로 던져둔 뒤 손에 쥔 핀을 이리저리 굴리며 컴컴한 방마다 들어가 서성거렸다. 그가 벌거벗은 상태라는 사실이 복도에서 그의 뒤를 따라 걸었다. 침실에 들어가니 활짝 열린 벽장에는 글로리아의 블라우스들과 글로리아가 가장 좋아하던 신발들은 없고 안에서 흘러나온 한층 더 순전한 어둠만이 매달려 있을 뿐이었다. 프레드는 다가가 벽장을 닫았고, 거울 앞을 지나칠 때는 결코 쳐다보지 않았다.

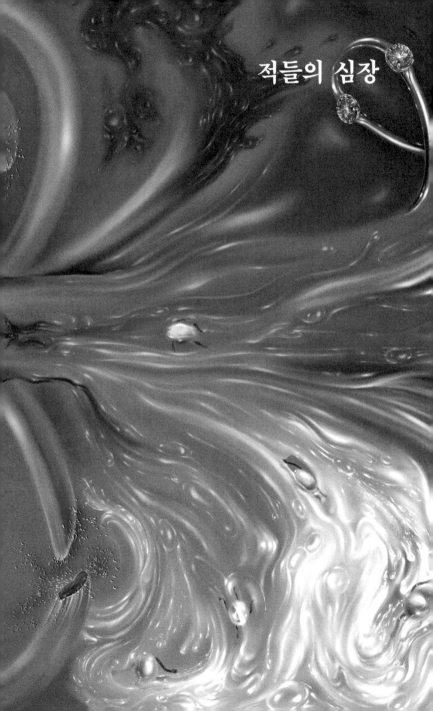

적들의 심장

담배 한 개비를 꺼내게 하고 자그마한 용기를 불러일으킨 것은 다름 아닌 접혀 있던 작은 쪽지 한 장이었다. 프랭키는 6주 전 마고가 가장 좋아하는 청바지 뒷주머니에서 이 쪽지를 발견했다.

프랭키는 차 안을 매캐한 연기로 가득 채우고 싶은 마음에 자기를 소모시키려 담배에 불을 붙인다. 다음 행위를 위해서는 숨어 있는 느낌이 들어야 한다. 삼나무 비슷한 냄새가 직물 시트에 스며들고 프랭키에게도 내려앉는다. 머문다. 프랭키는 담배를 피우지 않고 그냥 타게 두는데, 그 간접적인 것들에 흠뻑 젖는 것이 일종의 위안이 되었다. 남편—아직도 남편이기는 하다—은 프랭키가 이러는 걸 알면 화를 낼 테지만, 그러리라는 사실을 안다는 것 자체가 그 어떤 니

코틴 못지않게 좋다.

기분이 너무 좋은 나머지 프랭키는 첫 개비를 다 태우자마자 또 한 개비에 불을 붙인다.

프랭키는 꽃 이름을 가진 양방향의 말끔한 거리를 내다본다. 유명 브랜드의 운동복에 크로스핏 운동화를 신은 여자들이 유아차를 밀며 걷고 있는데 그 가냘픈 손목과 유아차의 폭신한 손잡이에는 어김없이 개 목줄이 감겨 있다. 여자들은 건물 앞에 유아차를 세워두고 우편물이나 식료품이 담긴 갈색 종이봉투, 드라이클리닝을 마친 남편 옷을 들고 나오고, 평화 유지용 막대사탕 덕에 끈끈해진 아이들을 몇 명 더 데리고 나온다. 이 여자들은 팔이 대체 몇 개인지 모르겠다.

프랭키의 냉랭한 마음 한구석에서는 얼마든지 저 봉투들을 땅에 떨구고는—자색 양배추가 통통거리며 언덕을 굴러 내려가고, 콘크리트 바닥에 떨어진 계란 한 판이 끔벅이며 벌어지겠지—떠나버릴 수도 있을 텐데 어떻게든 기어이 냉정을 유지하는 그들이 대단하다는 생각도 든다. 저 줄들을 그냥 놓아버리고 아기들이 양배추 뒤를 쫓는 걸 멀뚱하게 지켜볼 수도 있을 텐데.

프랭키는 거기 그대로 앉아 자신이 아는 자아, 그러니까, 엄마, 한때 흡연자, 온갖 푸른색은 다 좋아하는 사람, 갓 만든 신선한 버터를 흔치 않은 사치로 삼는 사람 따위를 붙들고 있어보려 애쓴다. 하지만 스스로도 정체를 알 수 없는 좀 더 낯설고 어두운 면면들이 깊은 슬픔, 죄책감, 분노와 함께 켜켜이 쌓여 있었다. 그런 면들을 걸러내고 낱낱이 헤집어보면 이미 알고 있던 요소들의 실마리가 풀릴 테니 프랭키는 일단 그 엉망진창인 상황을 그대로 둔다. 그 안에 가만히 누워 있으려니 번쩍 하는 빛, 햇볕에 얼룩져 반점이 생긴 자신의 맨살, 남편의 것이 아닌 손, 입술에 대고 누르는 손가락들. 그 굴곡과 짠맛이 느껴진다.

프랭키는 조심하지 않는다. 담뱃재가 떨어져 시트에 내려앉는다. 엄지손가락을 핥아 시트에 대고 문지르니 황갈색 천 시트에 긴 회색 얼룩이 생긴다. 차를 산 지는 아직 1년도 채 안 되어 지불해야 할 금액이 많이 남아 있는 데다 이제는 그 돈도 전부 혼자 벌어야 할 것이다. 프랭키는 시선을 다시 창밖으로 획 돌린다.

처음 그대로인 건 없지, 저 여자들에게 말해주고 싶다. 분명 다들 이미 알고 있으리라 생각하면서도 말이다. 그들의 차, 옷, 몸, 어떤 것도 새것 그대로가 아니다. 미소 짓는 아이들, 그 통통하니 아직 행복하고, 아직 그들의 손길이 필요한 아이들.

6주 전에 프랭키는 마고의 방에 몰래 들어갔었다. 딸깍하고 걸쇠 걸리는 소리에 딸아이와 아이 친구가 자다 깨지 않도록 손잡이를 오른쪽으로 끝까지 돌린 채 문을 잡아당겨 열고는 조심조심 들어갔다. 바닥은 발 디딜 틈이 없었다. 유행하는 스카프들, 아무 데나 던져둔 재킷들, 여기저기 널린 교과서들. 프랭키가 그만 한 나이였을 때는 바르지 못했을 빛깔의 립스틱들도 보였는데 그중에는 갓 딴 크랜베리처럼 반짝이는 진한 붉은색도 있었다.

마고는 역시나 자는 모습도 예뻤다. 작은 침대에 대자로 뻗어서는 양다리 사이에 엉클어진 이불을 끼운 채 갈색 피부의 한쪽 팔은 침대 가장자리에 늘어뜨리고 나머지 한쪽 팔은 친구의 배 위에 걸치고 있었다. 마리사 역시 홀쭉하고 가무잡잡한 피부를 가진 예쁜 아이였고 하늘하늘한 노란색 얇은 가운을 휘감고 있었다. 요즘 여자애들도 잘 때 저런 것을 입고 자는 줄은 몰랐다. 마고는 지난 몇 년간 입던 캐미솔과 거기에 맞는 파자마 세트는 협탁 뒤에 처박아둔 채, 큼직하니 헐렁한 티셔츠와 제 아빠의 낡은 사각팬티 차림으로 베개에 얼굴을 절반쯤 묻고 둥그런 얼룩 위에 입을 벌린 채 코를 골고 있었다. 드러난 쪽 눈꺼풀은 파르르 떨리면서도 간밤에 늦게까지 이야기를 한 모양인지 잠에 취해 묵직하게 닫혀 있었다.

프랭키는 그게 어떤 것인지 기억이 났다. 인조 눈썹이 좋네 안 좋네 하는 이야기나 두꺼운 화장을 한 학교 여자애들에 대해 이러쿵저러쿵 속닥거리는 이야기도 하고, 카페테리아의 피자 한 조각은 윗몸일으키기 몇 개와 맞먹는지, 어떤 선생이 어떤 선생과 그렇고 그런 사이인지, 잠들기 전에 언급했던 남자애들과 언젠가는 섹스를 하게 될지 그리고 섹스하는 걸 좋아하게 될지 같은 이야기들도. 프랭키와 친구들은 거울에 비친 서로의 몸을 나란히 비교해보곤 해서 어떤 몸이 정상인지도 깨닫기도 했다. 프랭키는 요즘 여자애들도 여전히 그러는지, 아직도 자기 팔을 무감각하게 만든 뒤 낯선 과일을 살펴보듯 만져보곤 하는지 궁금했다.

창을 통해 들어오는 햇살 속에서 마고를 물끄러미 바라보는 일은 물속에서 숨을 참고 있는 것과 같다고 프랭키는 생각했다. 마고를 바라볼 때마다 약간의 공황처럼 가슴이 조여오는 느낌이 들었지만 그보다 더 크게 다가오는 것은 경이로움이었다. 그 모든 중요한 문제가 바닥에 가라앉아 있는데 몸은 어찌 저리 가벼울 수 있는 걸까. 발바닥부터 코 안쪽의 점막까지, 모든 곳을 동시에 건드리는 그 느낌. 깊은 곳을 떠돌면서도 나는 정말로 심장의 박동을 느낄 수가 있는 걸까. 딸이 잠든 모습을 지켜보면서 프랭키는 그런 감정을 느꼈다. 조금은 두렵고, 조금은 아픈. 그리고 들뜬. 프랭키는 그 완만한 이마에 입 맞추고 싶었다. 딸아이를 너무도 환하고 너무도 어렵게 만든 그 모든 속성들이 모여들어 박동하는 그 이마에.

그러지는 않았다.

마고는 잠을 자면서도 경고의 말을 내뱉었다. 나한테 손대지 마.

프랭키는 들어갈 때처럼 최대한 조용히 방에서 빠져나와 부엌에 있는 자기 의자로 돌아갔다. 담배 생각이 났지만 담배 대신 꿀과 시나몬 향기가 어우러진 진한 커피를 석 잔째 마셨다. 프랭키는 딸과 딸의 친구에게 만들어줄 크레페가 생각났다. 자신이 할 수 있는 아주 유창하고 유일한 언어로 선사할 수 있는 평화. 냉장고에는 아침에 농산물 직판장에서 사온 생크림과 달콤한 향기를 풍기는 짙은 빨간색 딸기가 있었다. 조리대에 밀가루를 뿌려두고 스토브 위에는 프라이팬을 준비해두었는데, 모두 아이들이 일어나기만을 기다리는 중이었다. 프랭키는 바빠야 했고, 불 피우는 냄새로 그 공간을 채워야 했다. 두 손으로 쓸모 있는 일을 해야만 했다.

아이들은 한 시간이 지나도록 일어나지 않았다. 그동안 휴대전화는 두 번 울려서 첫 번째 전화(프랭키의 엄마였다)는 받고 두 번째 전화(남편이었다)는 발신자 확인 후 받지 않았다. 메시지를 알리는 불빛이 마치 능동추적 장치처럼 깜박거렸다.

정오가 되자 기적이 들렸다. 심각한 대화에 곧잘 젖어드는 여자애들 특유의 숨죽인, 어쩐지 음악적인 소리. 프랭키는 웅웅거리며 새어나오는 둘의 대화를 들어보려고, 그 진동의 상황을 파악하려고 벽에 몸을 바짝 붙였지만 느껴지지가 않았다. 알아들을 수는 없었다. 벽에서 몸을 떼어낸 뒤 스토브 옆에서 두 손을 꼭 쥐어 따뜻하니 두둑한 배 위에 올린 채 기다렸다. 몇 분 뒤 둘은 잠이 아직 덜 깬 모습으로 나타났다. 마고는 머리에 수건을 둘렀고 마리사는 머리를 가지런히 빗어 내려 윤기가 흘렀다.

마고는 눈가에 붙은 귀여운 눈곱을 떼고 있었다. 프랭키는 문득 자기도 모르게 이 아이에게 압도당했다. 한때 자신의 몸이었다가 이제 열여덟 살이 다 되어 무릎 위에 앉거나 악감정을 간단히 털어버리기에는 너무 커버린 이 생명체. 자신이 만든 너무도 눈부신 존재. 딸아이가 자신을 경멸하기 전, 자신이 모신母神처럼 추앙받던 그 짧은 세월이 어땠는지 떠올리려 애쓰면서 프랭키는 둘에게 "좋은 아침이네!"하고 말했다. 더 이상은 좋은 아침이 아니었지만.

마고는 얼굴을 구긴 채 부엌 조리대 쪽으로 걸어 들어오더니 엄마에게 등을 돌리고는 빵 보관통을 획 열었다.

"지금 크레페 만들 건데."

프랭키는 팬을 가리키며 다시 말을 건네보았다. 게임쇼 진행자가 된 기분이었다. 견디기 힘든 친절한 행동 하나만 견뎌낸다면 딸아이가 탈 수 있는 모든 상을 강조하며 호들 갑을 떠는 진행자. 프랭키가 만드는 걸 먹어주기만 하면 좋을 텐데.

마고는 빵 보관통에서 온갖 씨앗이 토핑된 베이글을 골랐다.

"우린 크레페 생각 없어."

여전히 엄마에게는 눈길도 주지 않았다. 아이 친구는 문틀에 기댄 채 한쪽 팔을 반대쪽 팔에 두르고 마치 경찰관처럼 창밖에 시선을 고정한 채 말했다. 이쪽은 별거 없네, 평상시랑 똑같고. 엄마와 딸 사이의 표준운영절차는 예외처럼 지키면서 하는 석 달간의 냉전이란 건 대체 뭐였을까? 마고가 베이글을 반으로 갈랐는데 빵은 마치 살갗처럼 칼날을 받아냈다. 절반을 토스터에 넣더니 나머지 절반은 조금씩 떼어 대강 우물거리며 먹기 시작했다. 귀찮은 듯 입에 묻은 빵 부스러기도 털지 않았다.

"쇼핑몰에 우리 좀 태워다줄 수 있어요?"

마고가 물었다.

"할 일이 좀 있어서."

무덤덤한 어투로 덧붙였지만 프랭키는 마고의 눈매가 약간 샐쭉해지고 목소리에 반항기가 묻어나는 것을 느꼈다. 마고의 얼굴은 톱니 모양 칼날이 가득한 빵칼 같았다. 딸아이를 탓할 수 없는 그 상황만 아니었다면, 이게 그저 십대의 뻔한 어깃장이라면, 애초에 프랭키 본인의 잘못이 없었더라면, 프랭키는 이런 행동을 참아주지 않았을 것이다. 마고도이 점을 잘 알고 있었다. 프랭키는 아니라고 말하고 싶은 달콤한 유혹을 느꼈고, 어쩌면 그럴 만도 했지만, 유혹을 떨쳐냈다. 자신이 진 빚을 알고 있었으니까.

"그럼, 당연히 되지! 옷 갈아입고 나오면 태워다줄게. 돈필요하니?"

"됐어요. 아빠가 지난주에 준 거 있어."

애아빠는 좋은 사람이자 불쌍한 찰스다. 그 이야기가 퍼진 이후로 빵집에서나 정육점에서 타임을 듬뿍 넣은 소시지들을 둘러볼 때면 그런 귓속말이 들렸으니까.

"잘했네! 좋구나!"

이렇게 말하는 프랭키의 목소리가 너무 밝아서 듣는 사람이 질릴 정도였다.

토스터에서 베이글이 튀어나오자 마고는 손가락 끝이 살짝 데는 것도 아랑곳하지 않고 집어 들어 친구에게 불쑥 내밀었다. 친구가 베이글을 이 손으로 들었다 저 손으로 들

었다 하자 마고는 베이글을 감싸 쥐라고 종이타월을 한 장
건넸다. 둘은 부엌에 들어설 때와 마찬가지로 잽싸게 부엌을
떠나 프랭키는 갈 수 없는 공간으로 돌아가버렸다. 프랭키는
사람들이 떠나버릴 수 있는 그 빠른 속도에 멍해졌다. 닫혀
버리는 문에 대해, 작별 인사를 하는 것이나 작별 인사조차
없다가 나중에야 안녕을 비는 것에 사람은 어떻게 익숙해질
수 있는가.

아이들을 데려다주고 혼자 집으로 돌아와 팬을 치우고
환풍기 날개 위로 침묵이 다시 내려앉자, 프랭키는 마고의
옷을 빤다고 부산을 떨었다. 마고는 집에 돌아오면 흐트러
진 침대 위에 쌓아둔 포근한 이불로 들어가 티셔츠 속에 얼
굴을 묻고는 건조기 유연제 냄새, 개구쟁이 꼬마처럼 천방지
축이 되게 하는 그 인공 라일락향을 들이마시는 것을 좋아
했다. 프랭키는 딸아이의 모습을 이렇게라도 그려보는 것이
좋아서 자질구레한 집안일을 계속했다.

아무 데나 널려 있던 옷가지들을 전부 빨래바구니에 집
어넣은 후에 청바지를 집어 들었다. 명색이 새 옷인데 이미
찢기고 바래고 긁혀 있어서 사주고 싶지 않았던 그 청바지
다. 습관처럼 주머니에 양손을 밀어 넣고는 깜박하고 그대
로 둔 껌이나 펜, 구깃구깃한 지폐는 없나 뒤져보았다. 네모
반듯하게 접고 또 접어서 접힌 모서리가 닳아 있는 종이쪽

지가 나왔다. 프랭키는 쪽지를 손바닥 위에 올려놓고는 마치 날아가버릴 기회라도 주듯 손을 멀찍이 뻗어보았다. 그런 다음 쪽지를 펼쳐보았다.

두 벌의 손글씨가 있었다. 하나는 꽃이 핀 듯한 딸아이의 글씨로 3학년 이후로 다들 익히는 필기체와 인쇄체가 정신없게 뒤섞여 있었고 또 하나는 다른 사람이 종이 위에 힘을 주어 눌러쓴 것 같았는데 마치 울타리에서 풀려난 황소들처럼 힘차게 달려나가는 인상을 주는 글씨였다. 글은 세 줄이었다. 그중 단 한 줄만이 마고가 쓴 문장이었고 물음표가 달려 있었다. 쪽지 대부분은 프랑스어라 프랭키는 무슨 말인지 알 수 없었는데 그래서 무해해 보였다. 프랭키가 아는 프랑스어라고는 요리학교에서 배운 단어들, 가령 루roux, 미장플라스mise en place 같은 것들이 전부였다. 아니면 차세대를 대표하는 훌륭한 셰프가 되고 미슐랭의 영예를 안은 식당 주인이 되겠다는, 잠시 꾸었던 꿈과 관련된 것들이었다. 이런 환상은 다 마고가 있기 전, 좀 더 수시로 이용 가능한 아내를 원하는 남편의 꿈이 이기기 전까지의 이야기다. 프랭키는 쪽지에 쓰인 글을 실눈을 뜨고 바라보았다. 신전. 불. 사랑? 그냥 흘려보낼 수도 있었다. 어지간하면 그러려고 했다. 그런데 저 영어 단어들 사이마다 찍힌 의도적인 마침표들이라니. 매번. 언제나. 그렇게.

빨래는 내팽개쳐둔 채 쪽지를 들고 남편 서재로 갔다. 떠나야 하는 것이 자기로서도 얼마나 불편한 일인지 알기나하냐고 남편이 강조하던 그 공간으로. 남편한테 일이란 아주 중요했고, 안정적으로 접속할 수 있는 컴퓨터가 없다면 남편의 생산성은 엉망이 될 것이 분명했다. 그 대신 모든 공과금은 남편이 내고 있었으니 프랭키는 그쯤에서 성이 찼던 걸까? 새것으로 바꿀 능력만 있었다면야 프랭키는 저 컴퓨터를 부숴버렸을 것이다. 하지만 부수는 대신 컴퓨터를 켠뒤 질서정연한 느림과 지글지글거리는 모뎀 접속 신호음 속에서 프랭키는 흰 냅킨과 희끄무레한 작약이 꽂힌 꽃병이 놓여 있는 테이블을 상상했다. 크림처럼 부드러운 랍스터비스크*가 담긴 그릇, 민트젤리를 곁들인 양고기구이, 이 틈새에 끼어버릴 것처럼 생긴, 오래 구워 캐러멜화된 작은 양파. 인터넷에 연결되기까지는 8분이 걸렸고 그 단어들의 뜻을 어림짐작하기까지는 또다시 10분이 걸렸다.

너의 육체라는 신전에 나는 경배하겠어/불은 켠 채로?

매번. 언제나. 그렇게.

* 랍스터살, 크림, 토마토 페이스트 등을 넣어 만든 수프.

몇 분이 지난 뒤, 프랭키는 마고의 방으로 가 그 나달나달한 쪽지를 나달나달한 청바지 주머니 속에 넣었다. 그러고는 더러운 옷들이 담긴 빨래바구니에 청바지를 보탠 다음 세탁실로 가 세탁코스를 선택한 뒤 세탁기 속에 그 옷들을 전부 쏟아 넣었다.

마고와 마리사는 분수대 구석에 앉아 있었다. 학교에서 둘은 엠앤엠m&m*이라 불렸다. 둘은 불평 없이 그 별명을 받아들이긴 했지만, 자신들을 혼동해서 붙인 별명이라는 어처구니 없는 이유마저 다행이라고 생각하진 않았다.

마리사는 망을 보고 마고는 한쪽 팔로 몸을 괴어 기댄 채 이따금 반대쪽 손을 차가운 구정물에 담갔다 빼고 있었다. 느릿느릿 퍼지는 잔물결들 너머로 은색 동전과 구리색 동전과 이끼 낀 동전들이 마고를 향해 윙크했다. 지나가는 사람이 뜸하다 싶으면 마고는 손을 바닥까지 담그고는 미끈미끈하게 흰곰팡이가 낀 타일 위를 손가락으로 더듬거려 슬쩍 한 움큼을 떠냈다. 그러고는 25센트짜리 동전들만 남겼다. 둘은 낚시를 하는 내내 수다를 떨었다.

＊ 　알록달록한 단추 모양의 초콜릿 스낵으로, 마고와 마리사의 영문 이름 첫 글자가 둘 다 M인 데서 붙은 별명.

드루랑 화해는 한 거야?/ 걔 이야기는 집어치워. 다 지난 얘기라고.

마고는 정말로 그랬다. 자신이 달아오르는 데 필요한 것은 스스로가 매력적인 존재라고 확신하는 것뿐임을 마고는 일찍부터 깨달았다. 드루가 그걸 알아버렸을 때는 만난 지 한 달이 지난 뒤였고, 마고도 이미 그 애에게 시들해진 상태였다. 하지만 마고는 감정에 휘둘리지 않았다. 드루와 별다를 것 없는 사이였음을 알고 있었다. 여섯 살 때부터 남자들의 시선을 받아왔던 마고는 그런 낌새쯤은 바로 알아차릴 수 있었다. 언제나 다른 누군가가 있었고, 간혹 더 나은 누군가가 있을 때도 있었다.

마고와 마리사는 팔짱을 끼고 주머니를 짤랑거리며 아이스크림 가게까지 걸어가 엄청나게 커다란 와플콘을 두 개 샀다. 하나는 블루베리 치즈케이크맛, 다른 하나는 딸기맛이다. 흐릿한 눈빛에 단답형으로만 말하는 계산대의 남자애는 동전의 축축한 물기나 소독약 냄새에 대해서는 아무 말도 하지 않았다. 최저임금을 받고 일하는 이 남자애는 자기 친구들은 물론 자신과 데이트해줄 것 같은 여자애들에게는 아이스크림콘을 공짜로 줬고, 마고와 마리사처럼 분수대에서 건진 동전을 내밀고 물건을 사는 사람을 처음 보는 것도 아니었다. 아이스크림을 먹으며 죄책감을 느낀 마리사는 허겁지겁 증거를 먹어치워 없애는 중이었지만, 마고는 숟가락으로 아이스크림을 떠먹으며 혀 위에서 녹는 그 맛을 천천히 즐겼다.

아빠가 어린아이에게 하듯 마고의 침대 위로 몸을 굽혀 작별 인사로 입맞춤을 하고 떠난 뒤로 마고는 더 이상 그 어떤 것에 대해서도 안타까워하지 않겠다고 다짐했다. 다시 오신대? 마고가 그 장면을 묘사하는 것을 듣더니 마리사가 물었다. 글쎄. 마고는 엄마 아빠가 이혼하리라는 생각은 하지 않았다. 그건 아빠 스타일이 아니었으니까. 아빠는 보여주기를, 일벌백계 방식을 좋아했다. 마고는 아빠가 단지 엄마를 벌하고 있는 거라고, 배신 그 자체가 아닌 엄마가 자신을 배신할 수도 있다고는 생각 못 한 본인의 상상력 부족에 대해서 벌하고 있는 거라고 생각했다. 난 아빠가 다시 안 왔으면 좋겠어. 마고는 그렇게 말했고, 그 순간 그 말은 진심이었다.

마고 역시 프랭키를 벌주고 있었지만, 프랭키가 생각한 그런 이유는 아니었다. 동네에 도는 소문 따위, 불륜이라는 단어 따위는 아무래도 상관없었다. 동네의 나이 지긋한 여자들은 마치 자기네 남편들은 혼인신고를 한 뒤부터 단 한 번도 자신들을 속인 적이 없었다는 듯 그 단어를 낯선 나라의 화폐처럼 주고받았다. 자기네는 단 한 번도 달아날 생각 같은 건 해본 적 없다는 듯이. 그들은 모여서 틈만 나면 프랭키를 쏘아봤다. 타인의 치욕이야말로 수많은 관중을 끌어모으는 진정한 구경거리 스포츠니까. 그렇게 배포 큰 여자가 다른 남자 붙잡은 건 그렇다 치더라도 애초에 어떻게 남편을 만나 결혼을 할 수 있었는지 모르겠다며 큰 소리로 떠들어댔다. 마고가 들으라는 듯 큰 소리로 속닥거리기도 했다.

"저 불쌍한 애 좀 봐, 풍비박산된 집에서 사는 거야."

마고는 어떤 쪽도 신경 쓰이지 않았다.

마고가 미치도록 화가 났던 것은 엄마가 지레 겁먹고 뒷걸음질을 쳤고 실제로 다른 남자랑 잠을 잔 것도 아니라는 사실 때문이었다. 게다가 다른 사람은 달리 알 길도 없었던 그 사소한 과거 일을 엄마 스스로 남편에게 굳이 말했다는 점이 화가 났다. 엄마는 이웃들의 의기양양한 악의에 눈을 내리깐 채로 스스로를 마치 버릇없는 반려동물처럼 창피를 당하게 내버려두더니 이제는 마고 뒤를 졸졸 따라다니며 마고 발밑의 마룻바닥이라도 핥을 기세였다. 최근의 다짐에도 불구하고 마고는 프랭키에 대해 자꾸 측은한 마음이 들곤 했지만, 차츰 나아지는 중이었다. 어쨌든 엄마가 자초했던 일이니까.

마고는 기억하고 있었다. 언젠가 우울하고 심란해하던 프랭키가 시장 다섯 군데를 돌며 구해온 재료로 오징어먹물 파스타를 만든 날이었다. 부엌에서 몇 시간을 서 있느라 머리는 뜨거운 수증기에 북실북실해졌고, 끈적해진 솥과 팬은 싱크대에 산더미처럼 쌓여 있었다. 저녁 식사를 하러 다들 자리에 앉자, 아빠는 말없이 접시를 받아들더니 자기가 한 줄기 빛이라도 되는 양 자신감 넘치는 말투로 말했다.

"샐러드를 했으면 더 쉽지 않았겠어?"

엄마는 아무런 대꾸를 하지 않았지만 먹는 둥 마는 둥 절반을 그대로 남겼다. 마고는 아빠에게 그리고 그 상황을 그냥 두고만 봤던 자기 자신에게 구역질이 났다. 가끔은 아빠와 같은 생각이었던 스스로에게 구역질이 났다.

이 모든 것에 마고는 화가 났다. 엄마는 무언가를 원했으면서도 그것을 손에 넣지 않았고 결과는 늘 그대로였으니까.

언젠가 마고에게도 이런 일이 일어날까? 어떤 남자로 인해 자신의 육체에 갇혀 마냥 작아져버리게 될까? 마고가 이 질문을 던졌을 때 마리사는 프랭키에 관한 이야기라며 입을 다물어버렸다. 둘은 서로의 엄마에 대해서는 이야기하지 않고 그냥 듣기만 하는 것을 철칙으로 삼았다. 이 규칙 덕에 둘은 고등학교를 졸업한 이후로 시간이 한참 흐르고도 서로 진실한 친구로 남을 수 있었다. 마고는 아이스크림을 다 먹었고, 마리사는 다정한 말투로 다 안다는 듯 말했다. 우울한 얘긴 여기까지만.

둘은 가게들을 둘러보며 사지도 않을 이 옷 저 옷을 걸

쳐보기도 하고, 싸구려 옷감들을 만지작거리며 입으면 어떤 모습이 될지 상상하고는 지레 감탄부터 했다. 마고가 탈의실 구석에 벗어둔 옷들은 전부 옷걸이에서 빠지고 뒤집혀서 엉킨 채로 산더미처럼 쌓였다. 조명이 환한 어느 칸에 들어가서는 모든 옷은 속옷을 착용한 상태로 입어봐야 한다는 플라스틱 안내판을 무시한 채 레오파드 무늬의 청록색 끈팬티를 입었다. 두 걸음이면 끝날 그 작은 공간에서 마고는 속옷만 걸친 채 미인대회 참가자처럼 웃으며 뽐내듯 서성거렸다. 제자리에서 빙그르 돌았다가 어지러워지는 바람에 코바늘로 뜬 홀터넥 상의, 청 반바지, 시든 흰 꽃처럼 보이는 히피스커트 같은 것들 사이로 풀썩 주저앉았다. 마고는 그런 특별한 나이였다. 아무것도 모르는 동시에 모든 것을 아는 나이. 어디를 보든 누구를 보든 마치 기름막처럼 반짝이며 되비치는 자기 자신만 보는 그런 나이. 무엇이든 될 수 있었다, 여전히.

마고는 자신의 흔적이 그대로 남아 있도록 다리 사이에 쌓여 있던 옷들을 꽉 누른 다음 벗겨내듯 속옷을 벗고는 옷을 입었다. 그러고는 밖에 나와서 호랑이, 기린, 등에 다이아몬드 무늬가 있는 보아뱀 같은 나머지 동물 가죽들과 함께 그 옷들을 플라스틱 바구니에 던져 넣었다. 마고는 슬링키*

---

*   커다란 용수철 모양의 장난감.

처럼 생긴 팔찌 하나와 작고 투명한 튜브에 담긴 1달러짜리 립글로스를 하나 샀다. 컵케이크라는 이름이 붙어 있는 촉촉해보이는 분홍색 립글로스였다. 푸드코트에서는 마구 먹어댔다. 그날 밤 엄마와 둘만 있을 텐데 엄마가 해준 밥을 깨작거리기만 하고 접시에 그대로 남길 심산으로.

마고가 프랭키에게 차로 데리러 오라고 전화한 후 마리사는 소변도 보고 탐폰도 갈기 위해 화장실에 갔다. 그 사이 마고는 공중전화 부스 벽에 기대어 서서 양손을 주머니에 깊숙이 찔러 넣고는 침착하면서도 매력적으로, 또 한편으로는 냉담해 보이려 애를 썼다. 어린 여자는 혼자 있으면 취약한 존재가 된다는 것을 잘 알고 있었으니까. 훔친 동전들이 손가락에 와 부딪쳤다. 남아 있는 동전은 두 개, 전화 한 통은 충분히 할 수 있었다.

마고는 남은 동전들을 전화기에 밀어 넣고는 전화번호를 눌렀다. 시간이 더디 가던 어느 토요일 밤에 침대에 누워 전화번호부에서 찾아 외워두었던 그 번호. 전화벨이 세 번 울리고 나서 그의 아내가 전화를 받았다. 목소리가 마치 먼지 가득한 사이로 비스듬히 비쳐 들어오는 빛 같았고 그래서 근사했다.

"여보세요?"하고 그가 말하자 마고는 평소처럼 아무 말도 하지 않은 채 수화기만 귀에 꼭 갖다 붙이고는 수화기 너머 여자의 숨소리를 들으며 여자의 푸르스름하게 흰 이 뿌리를 상상했다. 어찌할 길 없는 신호음이 들려오기 전까지 매 순간의 침묵은 마치 종교적 경험과도 같아서 마고는 자신의 존재를 확인할 수 있었고, 전화를 끊고 나면 내면의 울부짖는 어떤 무방비 상태의 연한 구석이 잠잠해지곤 했다.

충만해진 봄의 열기가 아른아른 빛나며 레모네이드, 소나무 수액, 때 이른 각다귀 떼 같은 온갖 끈적거리는 것들을 불러냈다. 덤불에 엄청나게 깔려 있는 암거미들이 각자의 욕구를 채워줄 짝짓기 상대나 먹잇감을 기다리고 있었다.

엄마와 딸은 서로를 가두는 우리가 되어 프랭키는 자기도 모르는 사이에 마고의 전화를 엿듣는 중이었다. 졸업앨범 준비위원회의 아무개는 "약간 나쁜 년"이고 최근의 남자친구는 이제 막 전 남친이 됐으며 마고의 수준별 영어 수업 담당교사는 소설 《삼총사》의 주인공 이름을 붙인 왕우렁이들을 키우고 있고 마고는 자기 가슴이 더 커지고 허벅지가 더 가늘어졌으면 좋겠다고 생각하며 아빠가 곧 집으로 돌아오겠다는 약속을 했다고 말하는 소리를 들었다. 온갖 정보가 천천히, 또렷하게 프랭키의 귀에 들어왔다. 그러나 정작 프랭키가 알고 싶은 그 이야기가 아니었다.

쪽지를 발견한 뒤 몇 주 동안 쪽지는 프랭키의 뇌리에

박혀 있었다. 마고를 관찰하지 않는 척할 때도, 요리하다 남편의 전화를 놓쳤을 때도, 눅눅한 이불 위에 혼자 누워 있을 때도. 누군가에게는 그게 지금껏 마고에게 내뱉어본 가장 로맨틱한 말이었을까? 그 말은 마고의 내면에서 어떤 작용을 했을까? 마고는 그 남자애가 경배하게 허락했을까? 며칠 뒤 마음이 누그러진 프랭키가 남편의 전화를 받았을 때 남편은 훌쩍거리고 있었다. 어쩌면 자기 대본대로 흘러가지 않는 일들이 낯설어 훌쩍거리는 척하고 있는지도 모르겠다. "당신이 나한테 돌아오라고 싹싹 빌어야 하는 거야. 믿음을 저버린 건 당신이었다고"라는 남편의 말은 사실이었지만 생각에 골몰한 프랭키는 다른 의문들을 곱씹느라 여념이 없었다. 그 믿음이라는 건 결국 어디로 흘러들었던 것일까? 사람들은 왜 그런 문제를 그토록 맹목적으로 다뤘을까? 국가, 신, 자본주의 같은 것을 믿고 따르면서도 왜 어느 누구도 그런 단어들 너머에 대해서는 생각해본 적이 없을까?

그 남자는 프랭키가 하는 생각들을 가끔 넘나들었다. 하지만 그건 프랭키가 감정을 느끼게 만드는 중요한 생각들에 대해서만 그랬다. 남자는 프랭키보다 많이 어렸고, 키도 더 작았지만 프랭키의 무게를 다룰 줄 알았으며 그렇게 하는 것이 자신도 즐겁다고 털어놓았다. 그리고 프랭키는 이 남자와 잠을 자지는 않았지만, 잘 수도 있다는 사실을 스스로 알고 있다는 것 자체가 좋았다. 프랭키가 호텔의 퀼트 침구 위에 마치 거미줄에 걸린 것처럼 널부러져서 자신의 여덟 개 눈에 흡족한 모습으로 있을 때면 남자는 프랭키를 그냥 편히 쉬게 해주었다. 프랭키가 자신을 먹어치울 수도 있다는 것에는 아랑곳하지도 않고.

프랭키는 단어보다 값어치 있는 것들이 있다고 딸아이에게 주의를 주고 싶었지만, 호기심만은 어쩌지 못하고 물었다.

"프랑스어 공부는 어떻게 돼가니?"

마고가 몸—바로 그 신전—을 다시 일으켜 세웠다가 시선을 홱 돌렸다. 프랭키는 그 몸짓에서 딸아이가 기분이 좋다는 걸 눈치챘다. 마고의 기분이 좋은 것은 사실이었다. 엄마가 문간에서 귀를 기울이고 있다는 것을 알았던 마고는 자신이 엄마를 안으로 못 들어오게 거부하고 있다는 사실에 우쭐했다. 그리고 "나 프랑스어 수업 안 들어"라는 대답으로 둘 사이의 벽을 더 두텁게 쌓았다.

연말이 되자 마고는 졸업앨범 준비 때문에 평일과 격주 토요일에 세 번씩 차로 데리러 와달라고 엄마에게 부탁했다. 마고와 다른 3학년 학생 아홉 명은 영어 교실에서 책상 배치를 바꾸고 특집 기사 준비와 화제의 주인공들을 소개하기 위한 브레인스토밍을 했다. 자기들이랑 친한 애들을 최대한 여러 페이지에 등장시키면서도 의심의 눈초리를 받지 않을 방법을 궁리했다. 평소에 마고는 이런 활동은 수준에 안 맞는다고 생각했고, 모임이나 팀워크는 너무 힘에 부쳤다. 하지만 클라인 선생님의 지도만 받으면 자기도 모르게 많은 일을 해냈다. 주도적으로 더 나은 기사 배치 아이디어를 내고, 과장된 개념이나 진부한 문구는 잘라내고 상황을 정리해냈다. 마고는 다른 애들이 자기 뜻에 따르도록 영향력을 발휘하는 것이 좋았고, 이전 같으면 전혀 자신 없었던 일이지만 이제 자신이 해냈다는 사실이 기뻤다. 클라인 선생님이 흐뭇해하는 것이 좋았다.

클라인 선생은 30대 후반 정도로 보였지만 아직은 한참 봐줄 만한 시기였고, 짧게 깎은 금발 수염으로 덮여 있는 각진 얼굴은 지적인 느낌이 들게 가르마를 탄 곱슬머리와 대비를 이뤘다. 수업 시간에는 가끔 단추가 두 줄 달린 짙은 남색 조끼 차림이었는데 남자애들이 그를 변태라고 부르는 걸 마고는 우연히 들은 적이 있었다. 하지만 클라인 선생은 낭만적인 사람이자 파리를 꿈꾸며 글을 쓰는 작가로, 마고에게 파리는 진정한 작가라면 가야만 하는 곳이라고 말하곤 했다. 마고는 클라인 선생의 눈빛을 일찍부터 눈치챘다. 자신이 원하면 택할 수도 있다는 것도 알고 있었다. 마고는 그의 시선에 답하기 시작했다.

선생의 딸은 1학년이었는데 가끔은 졸업앨범 회의 시간에 어슬렁거리며 자기네 아빠 차를 타고 집에 가려고 기다리기도 했다. 그러는 내내 그 아이는 다 들리게 한숨을 크게 쉬곤 하면서 아빠가 말을 걸려고 할 때면 나노베이비 게임* 때문에 정신 없는 척했다. 마고는 틈날 때마다 그 아이를 유심히 쳐다보며 클라인 선생님의 특징을 찾아내기를 좋아했다. 그러면 선생님 아내의 특징도 알 수 있게 되니까. 마고는 이 아이가 자기를 좋아하게 되고, 자신과 친구가 되면 좋겠다고 생각했지만, 클라인 선생님이 원치 않을 것임을 잘 알고 있었다. 일과 시간 중에 마고는 가끔 그 여자애 사물함 근처를 어슬렁거리다가 용기를 내서 대화를 해보기도 했다. 한번은 그 애가 친구에게 엄마에 대한 불만을 터뜨리는 걸 본 적도 있었다.

"엄마는 올해 프롬에 가기엔 내가 너무 어리대. 씨발, 말이 돼?"

"만날 그런 소리들만 한다니까!"

친구도 맞장구를 쳤다. 클라인 선생님의 딸이 사물함 문을 쾅 닫았다.

"우리 엄마 진짜 최악이야. 너무 구닥다리라 자기 1학년

---

*   가상의 애완동물을 키우는 게임.

때는 어려서 프롬에 초대 못 받았었다며 나까지 망하게 만들려고 한다니까."

둘의 대화를 들으니 마고는 아무런 힘이 없는 같은 또래로서 이 아이에게 마음이 기울었고, 어쩌면 비집고 들어갈 기회일지 모른다는 생각이 들었다. 같이 속상해하면서 이 어린 여자애에게 희망을 좀 불어넣어줄 수도 있을 것이다. 마고가 가까이 다가서며 목소리를 가다듬자 두 여자애가 눈썹을 치켜올리며 마고를 돌아봤다.

"차츰 나아질 거야."

성숙하고도 매력 있는 말투로 들리기를 바라면서 마고는 목소리를 낮게 깔고 말했다.

"있잖아, 엄마랑은 말야……."

마고가 말을 이어가려는데 뭔가 쓸 만한 말을 내뱉기도 전에 그 아이의 눈빛이 마고를 훑어내렸다.

"저 알아요?"

그 애가 물으며 친구와 웃음을 터뜨렸고, 그 일 이후로 마고는 그 딸은 인정하지 않기로 마음먹었다. 마고는 마리사에게 점잔 빼는 말투로 말했다. 스스로 도우려는 사람만을 도울 수 있는 법이지. 물론 클라인 선생님은 마고에게 딸 이야기를 직접 한 적은 단 한 번도 없었지만, 딸에 관한 이야기가 넌지시 나올 때마다 마고의 머릿속에서는 '멍청이 꼬맹이'라는 꼬리표가 붙었다.

졸업앨범을 준비하는 마지막에서 두 번째 회의가 끝난 뒤 클라인 선생님은 학교 건물 바깥까지 학생들을 따라 나와 학부모들이 기다리는 픽업 장소까지 데려다주었다. 대부분 여학생인 아이들은 진급 시험, 프롬, 디즈니로 가는 졸업 여행을 화제 삼아 쉴 새 없이 떠들어댔다. 관심사라고는 온통 고등학생다운 것들뿐이었다. 클라인 선생은 양손을 주머니에 넣은 채 터덜터덜 느리게 걸으며 마고도 천천히 걷게 부추겼다. 그는 마치 구름과 대화를 나누기라도 하는 양 마고와는 떨어진 방향으로 목소리를 약간 띄우며 물었다.

"우리 집에 전화 거는 거, 너 아니지?"

마고는 최근 들어 프랭키를 위해 마련해뒀던 종류의 눈빛으로 그를 쏘아봤다.

"당연히 아니죠."

마고는 당황하기도 하고 화도 났다.

"내가 어린앤 줄 아세요?"

침묵의 호흡은 팽팽했다.

"난 전화 같은 거 안 해요."

"다행이구나."

그는 마고의 아빠가 지을 법한 미소를 지으며 말했다. 자기 생각이 실은 마고 본인의 생각이라고 믿게 만들었다 싶을 때 나오는 미소였다.

"우린 조심할 필요가 있어."

왜 마고만 조심해야 할까? 그는 손으로 마고의 엉덩이 곡선을 따라 스치듯 훑고 나서 박수를 치며 학생들에게 말을 건넸다.

"오늘 정말 잘했어, 우리 팀! 저녁때는 여러분 모두 열심히 한 것에 대해 건배를 해야겠네."

프랭키는 길가에 차를 세운 뒤 딸이 자신을 향해 떠밀리듯 다가오는 모습을 지켜보았다. 마고의 호리호리한 몸은 바짝 긴장한 상태로, 익히 봐왔던 화난 모습이었다. 가까워지자 선생이 손을 들어 인사를 했다.

"부인이 바로……."

"그냥 프랭키라고 부르세요. 만나 뵙게 되어 반갑습니다."

"정말 반갑습니다! 영광입니다. 따님을 가르칠 수 있어서 기쁩니다, 아주 영특한 학생이에요."

그러면서 또다시 박수를 치더니―긴장하면 나오는 버릇 같았다―한 걸음 물러섰다.

"그래, 수고했어, 클로셋! 잊지 마라, 토요일 오후 3시에는 여기서 만나 저녁 준비를 해야 하니까."

그렇게 말하고는 프랭키를 흘끗 보고 씩 웃더니 뛰어가 버렸다.

마고는 차 뒷좌석에 가방을 휙 내던졌다.

"나는 뭐 혼자서는 다른 할 일이 없는 줄 아나."

앞좌석에 올라타 안전벨트를 채우며 마고가 투덜거렸지만, 프랭키는 빈말을 술술 잘도 내뱉던 그 남자의 입에서 미끄러져 나왔던 말에 온 신경이 집중된 상태였다. 그 저녁 식사에 대해서는 이미 알고 있었다. 일주일 전 마고는 엄마에게 프랑스 스타일 요리를 하나 해줄 수 있겠냐고 물었다.

"클로셰트라고?"

프랭키가 물었고, 마고는 다른 데 정신이 팔린 나머지 빈정대는 것도 잊었다.

"'작은 종'이라는 뜻이에요. 선생님이 졸업앨범팀 모두에게 별명을 붙여줘. 선생님 말로는 '팀 만들기'라던데."

마고는 눈을 굴렸다. 적대감이 묻어나는 그 눈빛—마고의 몸과 그 선생의 몸 사이에서 프랭키가 포착했던 그 중력—을 보자 프랭키의 마음속에서 무언가 끔찍한 것이 재깍거리기 시작했다.

"근데…… 다들 별명이 그런 식이니?"

이런 것에 대해서는 어떻게 물으면 좋을지 모르는 데다 물어야만 하는 상황도 원한 적 없었다. 마고는 엄마가 제발 좀 사라져줬으면 좋겠다는 듯 바라보더니 말했다.

"엄마, 다들 별명이 그럴 이유가 뭐가 있겠어요? 목적에 어긋나잖아."

마고는 창밖을 바라봤다. 학교 쪽을, 그 남자 쪽을 바라봤다.

"아니에요. 그건 나만 위한 거야."

프랑스 음식과 프랑스 단어. 쪽지. 프랭키가 알고 싶어 했던 모든 것이 놀랍게도 딱 맞아떨어졌다. 그 순간 명료한 분노에 휩싸였다. 그리고 엄습하는 절망감. 프랭키는 딸아이가 사라져버렸음을, 자신이 증명해보일 길 없는 모든 것에 집어삼켜졌음을 깨달았다.

정의감과 담배 연기를 가득 충전한 프랭키는 차에서 내려 아침 햇살을 받으며 그 선생의 집을 향해 걷고 있다. 선생의 집 현관문은 프랭키조차도 도저히 좋아할 수 없는 칙칙한 파랑색이다. 지금 이 순간만큼은 프랭키도 자기 육체의 움직임에 매달린 한낱 시간의 노예에 불과해서 문을 두드리는 것 이후의 일에 대해서는 아무런 생각이 없다.

문이 열리자 프랭키는 시선을 조정해야 했다. 세련된 아내 대신 나온 것은 딸이고 호박색 눈동자에는 의심이 서려 있다. 기껏해야 열넷은 넘지 않았겠군, 프랭키는 짐작해본다.

아이의 짙은 색 머리카락은 마치 와인처럼 매끈거리며 반짝인다.

"뭐 도와드릴 거 있어요?"

아이가 그렇게 말하지만, 사실 그러지 않는 편이 낫다는 건 분명했다.

이 상황은 프랭키도 미처 대비하지 못했다.

"나는 엄마 친구란다."

자기도 모르게 튀어나온 이 말은 이 아이에게 미더운 설명이 아니다. 선생의 딸은 머뭇거리더니 눈을 가늘게 뜨는데 그 눈빛 너머로는 다 알고 있다는 듯한 영악함이랄까 프랭키도 알아볼 만한 어딘가 잔인한 구석이 느껴진다.

"엄마 집에 없는데요. 근데 이름이 어떻게 되세요?"

그 애가 묻는다. 프랭키는 아이의 권위에 놀란 나머지 솔직하게 답해준다.

"프란체스카란다."

여자애는 문 뒤에서 발걸음을 옮긴다.

"어……. 아줌마 누군지 저 알아요."

프랭키는 누군가가 말해줬겠구나 싶어서 차라리 후련한 기분이다.

"그 언니 엄마잖아요, 그 범생이 클럽의 귀염둥이 언니."

그러면서 피식하더니 고개를 한쪽으로 삐딱하게 기울인

채 프랭키를 머리부터 발끝까지 훑어본다.

"그래서 뭘 원하시는데요?"

프랭키는 자신이 뭘 원하는지 알고 있었고 엄청난 위험을 감당하지 않고서는 가질 수 없다는 것도 알고 있었다. 딸을 보호하고 싶었다. 딸은 아니라고, 아니라고, 진짜 아니라고 할 것이다. 자신을 증오하게 될 테고, 곧 열여덟 살이 되어 자신을 떠날 것이다. 프랭키는 그 선생이 죽기를 바랐고, 선생의 아내와 딸, 도시 전체가 그 작자가 무슨 짓을 했는지 알기를 바랐으며, 자신은 남편에게 전화를 걸어 본인의 실수는 다른 남자와 바람난 것이 아니라 더 이상 당신을 사랑하지 않는다는 사실을 스스로 인정하지 못한 것이었다고 마침내 말하고 싶었다.

"아하."

아이가 말했다. 프랭키가 아무 말도 하지 않으니 자기 나름의 결론에 도달한 모양인지 확신이 아이의 얼굴을 스쳐 지나간다.

"전화하는 그분이군요."

"뭐라고?"

"시치미 떼지 마세요."

그 말에 프랭키는 이 아이가 믿고 있는 이야기가 무엇인지 알았다. 프랭키가 자기 아빠가 한눈판 대상, 그러니까 프랑스어 이름으로 경배하는 사람이라는 것. 아이 엄마는 축하 만찬에 필요한 도자기나 스파클링 사과주 준비를 돕느라 선생과 같이 쇼핑을 하러 나간 것이니 곧 돌아올 것이다.

"들어오실래요?"

여자애가 뒤로 물러서고 프랭키는 잠시 망설이다 안으로 들어간다. 에어컨이 돌아가는 어둠침침한 거실에서 여자애는 의심 가는 모든 가능성을 이야기하며 천방지축으로 군다. 장식이 과도한 작은 방 한구석에 있는 수조에서 너울거리며 나오는 빛까지 더해지니 아이의 모습은 더 어지러워 보인다. 어두운색으로 칠한 선반, 온갖 책, 자잘한 청동 장식들로 꽉 들어찬 방이다. 허영이 심한 작자군, 프랭키는 속으로 생각한다.

"엄마에게 말하러 오신 거예요?"

여자애의 질문에 프랭키는 이 애도 어느 정도 이걸 원한다는 것, 두 엄마가 각자의 딸에게 저지른 죄가 무엇이든 그 죄에 상응하는 벌은 반드시 받아야 한다고 굳게 믿고 있다는 것을 눈치챈다.

"내가 그랬으면 좋겠니?"

여자애는 팔을 긁적거리며 시선을 피한다.

"알고 있는 게 낫죠."

그러더니 방어적으로 덧붙인다.

"혹시 엄마가 제 인생에 별 관심이 없다면 이미 알고 있을 거예요."

프랭키는 이 아이가 진심으로 하는 말인지, 딸이 엄마에게 품을 수 있는 이 보편에 가까운 경멸의 감정은 이후에 오는 감사의 마음에 꼭 필요한 것일 수도 있는지, 사랑을 하기 위해서라면 감수해야만 하는 것인지 궁금해진다. 만일 이 아이를 이해할 수만 있다면, 어쩌면 자기 딸의 암호도 풀 수 있을지 모른다.

프랭키는 조금 더 가까이 다가선다. 이 아이에게서 풋사과 냄새, 비 냄새, 무언가 살짝 새콤한 냄새가 난다. 손을 이 여자애의 어깨 위에 떨구고, 손가락들로 저 팔을 훑어 내리고 그 향기가 담긴 오목한 곳들을 더듬기란 얼마나 쉬운 일일지 생각해본다. 그저 공평한 일일 것이다. 경전과도 같은 복수 아닌가. 딸에는 딸이니, 이 여자애가 긴장을 풀게 만들고 두 다리 사이의 온기를 찾아낼 때까지 손가락을 계속 움직이는 것. 프랭키는 손을 뻗는다.

전화벨 소리가 그 순간을 흩뜨려놓고, 여자애의 표정이 다시 바뀐다. 경계심과 약간의 부끄러움이 묻어나는 것이 마치 화가 나는 바람에 자신이 너무 과했다고 깨닫기라도 한 눈치다. 프랭키에게 잠시 기다리라고 하더니 옆방으로 총총 사라진다.

아이가 자리를 비우자 프랭키는 움찔하며 수조의 가장 자리에서 멈춰선다. 조명이 프랭키의 얼굴을 반으로 가르듯 나누어 비춘다. 프랭키는 수조 안을 들여다보았다가 곧 못 본 체한다. 스스로 괴물이 된 느낌이었지만 그렇다고 달리 도망칠 곳이 있겠나? 그 선생과 맞붙으면 자신이 질 테고, 맞붙지 않으면 모든 게 그대로일 것이다. 그러나 자신은 그 선생이 아니고, 할 수 있는 최악의 것도 할 수 없다는 사실을 깨닫자 프랭키는 자기 자신으로 되돌아온다. 그리고 자신이 잘하는 일이 무엇인지를, 때때로 마무리하는 것이 엄마의 몫임을 기억해낸다.

수조 안에는 선생의 왕우렁이들이 작은 자두들처럼 얌전히 있다. 차갑게 식은 분노가 프랭키를 예언으로 가득 채우고 프랭키는 이제 다음에 일어날 일이 무엇인지 안다.

마고는 밖에서 엄마를 기다리며 선명한 오렌지색과 분홍색으로 저녁이 퍼지며 하늘의 가장자리에는 숄처럼 둘러진 보랏빛이 천천히 번져가는 모습을 보는 중이다. 뭘 먹었는데도 허기가 느껴지는데, 이런 허기는 자아의 팽창—좋은 신호지만 오해하기 쉽지—이라는 것은 나중에야 알 수 있게 될 것이다.

엄마는 예정대로 3시에 내려주며 따뜻한 요리 두 접시

를 품에 안겨주었다. 엄마와 다른 몇몇 학부모는 풍선을 매달고 종이로 꽃을 접어 테이블 중앙을 장식하는 일을 거들었다. 마고는 클라인 선생이 식탁보와 식기류를 들고 들어오는 모습, 자기 아내 곁을 스치고 지나가면서 슬쩍 몸을 기대고 귓불에 입을 맞추는 모습을 지켜봤다. 마고의 예상대로 매력적인 아내는 그를 찰싹 때리며 떠밀면서도 즐거운 기색이 역력했고 마고는 자신이 느끼는 감정이 질투가 아니라 슬픔뿐이라는 사실을 깨달았다. 어떤 단계에 불과한 것일진 몰라도 이미 너무도 편안한 느낌이었다.

저녁 식사 시간 동안 클라인 선생은 접시를 건네줄 때마다 매번 자기 손을 마고에게 뭉그적거렸다. 세 번째 그랬을 때는 마고가 마치 데기라도 한 것처럼 손을 거칠게 홱 뿌리치는 바람에 파란색 그릇이 바닥에 떨어져 산산조각이 났다. 선생은 벌떡 일어나 수건 몇 장을 집어 들며 지나치게 쾌활한 말투로 "걱정할 거 없어"를 되풀이했다. 다른 학생들이 종종걸음으로 다가와 타일 바닥에 떨어진 구운 야채들을 집어 올렸지만 마고는 거들지 않았다. 마고의 입에서는 단 한마디의 사과도 나오지 않았다. 이후로 선생은 농담을 과하게 많이 하고 말이 너무 많아졌다. 마고에게 손을 대지도 않았다.

차를 세워두고 기다리고 있는 프랭키를 마고가 먼저 발

견한다. 차 안에서 프랭키는 운전대를 톡톡 두들기고 백미러를 조절하며 자기 모습을 가만히 보고 있다. 여기서 바라본 엄마는 어려보인다. 저녁 식사에 참석한 어떤 여학생일 수도 있을 것 같고, 엄마는 분명 세상이 원하는 얼굴을 하고 있다는 생각이 든다. 여기에 생각이 미치자 프랭키의 모습이 갑자기 제대로 눈에 들어온다. 단지 엄마가 아니라 한 온전한 인간으로. 두려움 가득한 별개의 존재. 나이 들기는 했지만 지금 이 순간은 엄마에게도 지구상에서 처음 보내는 시간이라는 걸 마고는 문득 깨닫는다. 원하는 바는 아니지만 마고는 자기도 모르게 마음이 누그러진다.

엄마가 갈색 종이봉투에 점심 도시락을 싸주던 시절이 생각났다. 봉투에는 엔다이브, 람부탄, 작은 라미킨*에 담긴 구운 호밀흑빵에 바를 어란 등 다른 애들은 들어본 적조차 없는 음식들이 가득했다. 그 나이 또래의 아이들은 흡사 짐승과도 같아서 잔인했고, 배운 적 없어서 이해하지 못하는 것들에 대해서는 인내할 줄 몰랐다. 마고는 프랭키가 오븐에서 갓 꺼내 김이 모락모락 나는 붉은 비트를 얇게 자르

---

*   ramekin, 소량의 1인분 디저트 등을 담아내고 오븐에도 사용할 수 있는 작은 그릇.

느라 손가락 끝이 분홍빛으로 물들었던 기억이 났다. 난 그런 거 별로야. 실은 그것들을 좋아하면서도 엄마에게는 그렇게 말하곤 했고 그러면 엄마는 왜 별로냐고 물었다. 다른 애들은 점심으로 땅콩버터랑 치즈랑 델리미트나 인스턴트 매시드 포테이토를 먹었다. 마고는 이렇게 대답했다. 그런 거는 시체 조각처럼 보인단 말예요. 프랭키는 칼을 내려놓고 딸을 똑바로 쳐다봤다. 두 눈은 휘둥그렇게 뜨고서. 근데 시체 조각 맞단다! 라고 외쳤다. 그리고 누가 너를 괴롭히거든 걔네한테 말해, "우리 집에선 적들의 심장을 먹는다"고.

마고가 앞좌석에 털썩 앉자 프랭키는 살짝 돌아보면서도 손가락으로는 여전히 드럼이라도 치듯 운전대를 두드린다.

"재밌었니? 선생님이 특별 요리 마음에 들어하셨어?"

프랭키는 너무 들뜬 티를 내지 않으려 애를 쓴다. 아이들용으로는 시금치와 브리치즈로 속을 채운 퍼프페이스트리를 만들었고 더 작은 것이 선생님께 드릴 감사의 선물이라고 딸아이에게 말해뒀었다. 딸아이가 자기의 몸짓을 눈치채지 못했다는 걸 프랭키는 알고 있었다. 딸은 엄마가 늘 너무 과하다고 생각하는 경향이 있으니까. 머지않아 그 선생이나 선생의 아내는 왕우렁이가 사라졌다는 사실을 알게 될 테고 그 집 딸아이가 프랭키가 찾아왔었다는 이야기를 하게 되리라. 그 작자는 잠시 시간이 필요하겠지만 금세 엄청

난 공포를 느끼며 프랭키가 무슨 짓을 했는지 깨닫게 될 것이다. 여기에 생각이 미치자 프랭키는 입꼬리가 올라가는 것을 어쩔 수가 없었다. 어쨌거나 그 선생이 무슨 말을 할 수 있을까?

클라인 선생님 이야기는 하고 싶지 않던 마고는 프랭키에게 그가 그 껍데기들까지 빨아 먹느라 입이 번들거렸다는 이야기는 하지 않는다. 마고는 조수석에 있는 수납함을 열고는 처음부터 그곳에 있는 줄 알고 있던 담배를 찾아내고, 겸연쩍은 엄마는 아무 말도 하지 않는다. 마고는 한 개비를 꺼내 입에 물고 불을 붙이더니 고개는 돌리지 않은 채로 엄마에게 내민다. 프랭키는 잠시 멈칫한 뒤 담배를 받아들고 입으로 가져간다. 빨아들인다.

배의 바깥에서

그해 여름 우리는 아홉 살, 열 살이었고 우리 둘의 생일은 마치 서로의 등을 타넘고 놀 듯 연이어 뒤엉키며 지나갔다. 사촌인 트위트의 생일이 먼저였고 닷새 뒤가 내 생일이었다. 나는 트위트의 두 자릿수 숫자가 부러웠고 트위트는 은색 종이로 포장된 선물들과 색색의 풍선들, 하얀 크림 장식을 얹은 케이크, "생일 축하한다!"고 외쳐주는 우리 부모님 때문에 나를 부러워했다. 물론 이듬해면 나는 열 살이 될 테고, 트위트의 부모는 여전히 갇혀 있을 예정이었지만. 전당포에서 총기 강도를 벌이다 한 남자를 죽여서 종신형을 살고 있는 트위트의 부모님 사연은 보니와 클라이드 이야기 같았지만 아무도 영화로 찍지는 않았다. 트위트와 함께 살고 있는 할머니는 생일 같은 건 챙기지 않는 사람이었기 때문에 트위트의 생일은 늘 조용히 지나가며 나이만을 선물로 남겼다.

무더우면서도 싱그러운, 플로리다다운 여름이 두 팔을 활짝 벌려 우리를 맞았다. 나는 사촌 트위트와 함께 지낼 수 있는 그곳에서 아무런 방해도 받지 않고 오래 머물 생각에 잔뜩 들떠 있었다. 엄마는 그런 나를 이해하지 못했다. 그 소도시에서도 더 낙후된 지역에 있는, 싸구려 목재를 어슷하게 이어 붙여 지은 자그마한 할머니 집에서 대체 왜 내가 온통 시간을 보내려 드는지를. 케이블 TV도, 플레이스테이션도, 쾌적한 공기도 없이 여자애 둘이 거기서 할 게 뭐가 있기에?

나는 가끔 엄마가 친구와 전화 통화하는 소리를 듣곤 했다. 토요일 아침마다 집안에는 토니 브랙스턴 노래가 잔잔히 울려 퍼졌고, 엄마는 운동복 바지에다 청소할 때만 입는 전 남자친구의 티셔츠 차림을 하고는 십대 시절에 얼마나 하루라도 빨리 할머니를 떠나고 싶었는지 이야기했다.

"여자는 모든 것에서 악마들을 보니까."

엄마는 그런 말을 한 적이 있었다. 수납장 꼭대기에 앉은 먼지를 터는 엄마의 손톱에 붙어 있는 보석 장식이 반짝였다.

"물론 그것들이 코앞에 있을 때는 못 보지만."

"무슨 악마들?"

내가 묻자 엄마는 화들짝 놀랐다. 엄마는 내가 거기 있다는 걸, 말이 없어도 듣고 있다는 걸 자꾸 잊곤 했다. 대답 대신 엄마는 이렇게 말했다.

"가서 놀아. 어른들 얘기잖니."

나는 붉은 살갗이라든가 뿔이나 검은 수염 같은 눈에 보일 법한 악마들을 머릿속으로 그리며 다시 내 방으로 갔다. 할머니가 보는 책들에서 튀어나와 마요네즈를 듬뿍 바른 볼로냐샌드위치를 먹으며 마주 앉아 있는 악마들. 달달한 아이스티도 꿀꺽꿀꺽 마시면서. 엄마는 대체 할머니가 무엇을 못 본다고 생각했던 걸까?

엄마가 자기 엄마에 대해 어떻게 느꼈는지는 몰라도 아무튼 그해 여름에 엄마는 내가 거기 가고 싶어 할 때마다 나를 데려다줬다. 트위트와 나는 그 뜰을 떠날 필요가 없었고, 그 작은 집 안에서 우리의 가능성은 무궁무진했다. 우리는 비밀스런 언어로 말했고 언제나 서로를 이해했다.

어느 주말엔가 할머니가 자기 전에 목욕물을 받아줘 욕실에는 미스터버블*의 딸기향이 수증기와 함께 피어올랐다.

*   목욕용품 브랜드.

욕조 위로 몸을 굽힌 할머니의 커다란 엉덩이가 출렁거리며 우리 시야를 빛바랜 청바지로 온통 가려버렸다.

"보름달이다."

트위트의 말에 같이 낄낄대며 우리는 각자의 빈약한 엉덩이를 삐죽 내밀고는 어설프게 흉내를 내보았다. 트위트는 세면대에 엉뚱하게 놓여 있던 매직마커를 잡아들더니 할머니의 등판에 그림을 그렸다.

"트위트가 할머니한테 색칠했대요!"

내가 일러바쳤다. 나도 모르게 내 입에서 튀어나온 말이었다.

"아냐, 나 안 그랬어!"

트위트는 마커를 안 보이는 곳으로 휙 던져버렸다. 할머니는 우리를 번갈아 보더니 말했다.

"아마 원래 있었던 그림일 거다."

트위트가 그리는 걸 내가 두 눈으로 똑똑히 봤는데도 할머니는 그렇게 말했다. 할머니가 나가고 나서 트위트는 욕조 안에서 나를 꼬집었는데 나는 속죄의 뜻으로 아파도 말없이 참았다. 트위트는 미안하다는 말 한마디 없이 대뜸 거품으로 내게 수염을 만들어주며 나더러 학교에서 배웠던 노래에 나오는 그 올드맨리버*라고 했다.

"내가 뭘 하고 있는데?"

"네 딸을 찾는 중이지."

트위트는 그렇게 말하더니 숨을 참고 거품 가득한 물속으로 미끄러져 들어갔다. 그리고 나는 열심히 보고 또 봤지만 트위트를 찾을 수 없었다. 바다 위를 떠다니는 고운 물안개가 되어버렸으니까.

그날 밤 할머니가 여호와에게 우리가 잠든 때에도 우리를 보살펴달라는 기도를 했지만 우리는 이층침대 윗칸에서 잠들지 않은 채로 있었다. 이불은 걷어차버린 채 우툴두툴한 무릎들이 작은 바위들처럼 덜컹거리며 부딪쳤고 블라인드를 통해 비스듬히 내려오는 달빛에 우리의 면 속옷이 환하게 빛났다. 우리는 왜 인도의 푸른 언덕들을 어슬렁거리는 호랑이―새끼를 입으로 물어 옮기고 까끌한 혓바닥으로는 사냥감의 피를 핥는 호랑이들―로 태어나지 않은 것일까 궁금했다.

"독수리는 어때?"

나는 손을 머리 위로 훌쩍 띄워 올렸다. 마치 날개가 달려서 날 수 있게 된 것처럼.

*   old man river, 아프리카계 미국인 노동자의 역경과 고뇌를 잔잔한 미시시피강과 대비시킨 노래.

"아니면 쥐."

트위트가 장단을 맞췄다. 트위트가 이를 딱딱 맞부딪쳐 내는 소리를 들으니 작은 이로 허겁지겁 서둘러 치즈를 베어물고는 까끌한 수염으로 늘 위험을 더듬고 다니는 트위트의 모습이 그려졌다. 우리는 왜 은색 비늘을 가진 물고기로 태어나지 않고 갈색 눈과 대벌레 같은 다리를 가진 흑인 여자애들로 태어난 것일까 궁금했다.

"그만 잠들 자라."

할머니가 큰 소리로 말했다. 할머니의 묵직한 발자국 소리가 복도에 쿵쿵 울리자 우리는 이불 속으로 잽싸게 뛰어들어가 웃음을 참았다. 그러고 있으려니 그 친밀하고도 보드라운 느낌이 우리의 목구멍 뒤를 살살 간지럽게 긁었다. 우리는 서로 반대 방향으로 나란히 누웠다. 구불구불 땋은 머리와 포니테일로 묶은 긴 머리 옆에는 길쭉하고 가녀린 서로의 두 발이 놓였고, 트위트의 어두운 갈색 팔이 내 밝은 갈색 팔을 지그시 눌렀다. 트위트가 어둠 속에서 내가 아직 거기 있는지 확인이라도 하듯 내 손을 잡자 그 애의 손톱이 내 손바닥을 부드럽게 눌렀다.

"사랑해, 샤일라."

트위트가 말했다.

다음 날 할머니는 그만 놀고 성경공부를 해야 한다며 우리를 끌고 갔다. 우리는 투덜대며 뻣뻣한 자세로 발을 질질 끌면서 몸이 움직이지 않기를 바랐지만, 할머니는 워낙 유능한 양치기여서 큼직한 두 손을 휘휘 저어 앞으로 몰며 우리를 거실로 들여보냈다. 우리는 등 뒤에서 바람이 부는 건 아닐까 생각했다.

"요나*는 왜 벌을 받았을까?"

할머니가 물었다.

"하느님에게 순종하지 않았으니까요."

우리는 학교에서 느릿느릿한 목소리로 답하는 학생들처럼 대답했다. 하느님은 폭풍우를 보냈고 뱃사람들은 바다를 잠잠해지게 만들어 자신들 목숨을 구하려고 요나를 배 밖으로 던져버렸다.

"여호와는 너희 마음을 아신단다."

할머니는 우리에게 눈짓하며 말했다. 고래 배 속에서 두 손을 모아 입술에 댄 채 기도하는 요나를 떠올리며, 하느님

---

* 《구약성경》〈요나서〉에 나오는 인물로 이교도를 개종시키라는 하느님의 명을 어기고 도망쳤다가 고래에게 먹혀 사흘 동안 고래 배 속에 갇힌다. 잘못을 뉘우치고 회개하자 하느님이 고래에게 요나를 다시 뱉어내게 한다. 이 일화는 그리스도의 죽음과 부활의 예형으로 여겨진다.

이 자신을 다시 밖으로 뱉어내게 만들기 위해 그는 어떤 말을 할 수 있었을까 생각했다. 나라면 그자들이 나를 배 밖으로 던지게 내버려두지 않았을 거야, 그런 생각을 하자 새장 같은 내 가슴 안에서 심장이 콩닥콩닥 반항적으로 뛰었다. 나는 신을 본 적도, 신의 냄새를 맡은 적도 없었다. 그 햇살 같다는 신의 살도 맛본 적이 없었다.

"하느님 같은 건 없는지도 몰라."

나중에 나는 뒤뜰에서 트위트에게 말했다. 잔디가 시들어 죽어 있었다. 할머니의 내자작나무 가지에 매달린 말벌집에다 돌을 몇 개 던졌는데 죄다 빗나가 종잇장처럼 얇게 일어난 애꿎은 나무껍질에 맞고 튕겨나갔다. 그 바람에 고양이들이 타고 오르며 긁어놓은 흔적들 옆에 돌에 파인 자국이 새로 생겼다.

"그분이라는 존재가 그냥 거대한 농담 같은 거면 어떻게 해? 우리를 얌전히 굴게 만들려고 한 농담이라면?"

나는 다시 돌 하나를 내던졌고, 트위트는 내 등에다 손바닥을 가만히 갖다 대며 말했다.

"그러지 마."

벌집을 두고 하는 말인지 하느님을 두고 하는 말인지 알수가 없어서 트위트의 얼굴을, 그 크고 검은 눈을 들여다보았다. 어른들은 주지 않을 답을 찾는 기분으로. 나는 묻고 싶었다. 자기 전에 트위트가 두 손을 모을 때면 부모님의 구원을 위해 기도하는지 아니면 그들이 죽인 남자를 위해 기도하는지. 그리고 무엇에게 기도했는지. 트위트가 믿는 하느님은 트위트를 닮은 두 얼굴에다 청바지 허리춤에 권총을 숨기고 있었을까? 샤일라의 하느님은 전당포의 금붙이와 2달러 위조범들의 하느님이었을까? 금방 돌아올게, 약속해놓고는 영영 집으로 돌아오지 않는 그자들의 하느님? 그렇다 해도 나는 트위트가 찬송가를 부르듯 내 귀에 그 답을 들려주었으면 했다. 하지만 이 주제는 "어른들 이야기"였고 우리끼리도 금지된 것이어서 나는 아무 말도 하지 않았다. 나는 또다시 돌을 던졌지만 여전히 빗나갔다.

트위트는 한쪽 팔을 뒤로 돌리더니 쥐고 있던 돌을 날렸다. 탁 하는 가벼운 소리와 함께 돌에 맞아 헐거워진 벌집이 땅에 떨어져 벌들이 날아올랐다. 우리는 피할 곳을 찾아 뛰기 시작했다. 맹렬하게 윙윙대며 탓할 곳을 찾아 나선 말벌들 소리가 사방을 메웠다.

"하느님은 진짜 있어."

트위트는 그렇게 말하고는 집으로 향했다. 나를 그대로 뜰에 세워둔 채.

우리 사이에 오고 간 대화 때문에 피부가 근질거렸고, 내 기억은 들으려고 들은 것이 아니었던 또 다른 어떤 대화로 포물선을 그리며 되돌아갔다. 엄마의 가장 친한 친구인 쇼니가 집에 들렀을 때, 둘은 나를 자라고 들여보내놓고는 거실에서 〈섹스 앤 더 시티〉를 틀어놓고 게 다리를 먹으며 잡담을 나눴다. 어른들은 쇼니를 "이모"라 부르라 했다. 자연히 쇼니 이모의 어린 딸은 나의 이웃사촌이 됐는데, 사실 야나와 어울려 놀기는 해도 트위트와 있을 때만큼 좋지는 않았다. 야나의 발가락은 잼처럼 달큰한 냄새가 났고 잘 때면 유난히도 움찔거렸다. 그 애가 코를 고는 동안 나는 엄마와 쇼니 이모가 하는 이야기를 열린 방문 틈새로 들었다.

"어머니랑 걔는 어떤데?"

쇼니가 물었고 이 사이에서 게 다리가 부러지며 쩍 갈라지는 날카로운 소리가 들렸다.

"얘."

엄마는 마치 알아야 할 모든 것을 한 단어로 이야기해주겠다는 듯 내뱉었다.

"이제 늙어서 애는 더 못 키워. 그리고 마이크가 결국 어떻게 됐는지 봐."

마이크는 트위트의 아빠, 그러니까 다시 말해 우리 엄마의 오빠였다.

"나는 트위트에게서도 똑같은 어둠이 보여."

엄마는 말을 이어갔다.

"그 애는 결국 제 아빠 뒤를 그대로 따라가는 중이라고. 진짜라니까."

"글쎄, 난 어둠이라면 샤일라에게도 있는 거 같은데."

쇼니가 말했다.

내 이름을 듣는 순간 어떤 깊숙한 고통이 불현듯 내 배 속을 훑고 지나갔다. 인정받았다는 느낌 같기도 하고 수치심 같기도 한 어떤 것이었다. 열감이 얼굴 전체에 번졌다. 나는 머릿속으로 나 자신을 하나하나 점검해보았다. 내 손가락, 발가락, 가느다란 팔, 이의 표면. 내 몸이 악마처럼 느껴지는지 가늠해보려 했다. 어른들은 이 어둠을 어떻게 측정할 수 있을까? 어떤 사람들이 내 얼굴에서 아빠 닮은 코라든가 엄마 닮은 입술을 알아보듯이 쇼니 이모는 내 얼굴에서 그 어둠을 알아본 것일까? 나는 머리카락 속에 혹시 뿔이 있는지 더듬어보았지만 아무것도 찾지 못해 베개로 머리를 덮어버렸다. 쇼니가 또 무엇을 발견했는지 혹은 엄마도 맞장구를 쳤는지 알고 싶지 않았다. 나는 잠을 청하면서도 내 다리가 야나의 다리에 닿지 않도록 힘을 주어 꼿꼿이 버텼다. 혹시라도 내게 있는 것이 옮을까 봐.

할머니 집에 머문 지 일주일쯤 지났을 무렵 아빠가 나를 데리러 왔다. 엄마랑 아빠는 헤어졌고 아빠는 재혼했지만 엄마는 정말 아무렇지도 않다고 늘 이야기했다. 엄마는 아빠가 원할 때마다 나를 만날 수 있게 해줬고 둘은 휴가를 늘 함께 보냈다. 그러면서도 엄마는 "나는 그 남자 안 아쉬워"라고 말하곤 했다.

그날은 그해 여름 중에서도 가장 뜨거운 날이었고 해는 중천에 떠 있었다. 밀랍으로 만든 레몬이 녹으며 빛을 줄줄 흘리고 있는 것만 같았다.

"안녕, 꼬마 숙녀."

아빠가 인사하며 내 머리를 쓰다듬었다. 나는 눈을 가늘게 뜨며 아빠의 손을 탁 쳐냈다. 아빠의 관심은 나를 당혹스럽게 만들면서도 들뜨게 했다. 그때 나는 내가 가진 것, 거기, 내 곁에 있는 아빠를 인식하고 있었다. 트위트는 근처에 서 있었는데, 나는 트위트의 시선이 우리를 얼마나 골똘히 끌어당기고 있는지 느낄 수 있었다. 나는 아빠로부터 멀찌감치 떨어져 선 뒤 트위트를 보지 않으려고 할머니 옆으로 얼굴을 숨겼다.

"우리 지금 바닷가로 놀러갈 거야. 크리스와 타티도 같이."

아빠가 말했다. 크리스와 타티는 밖에 세워둔 차 안에서 새엄마와 함께 기다리는 중이었다.

엄마 말로는 할아버지가 "바빴"다는데, 아빠가 자신에게 나보다 고작 한 살 위 남동생과 한 살 아래 여동생이 있는 이유랍시고 한 설명이었다. 크리스와 타티는 커다란 메달처럼 환했고 머릿결은 우리 할머니의 가짜 밍크처럼 보드라웠다. 타티는 우리 중에서 제일 어렸는데 나를 사촌이라고 불렀다. 고모라는 호칭은 너무 어른 같은 느낌이 들었기 때문이다. 반면 크리스는 자동차 조수석에 타고 싶거나 바닷가에서 부기보드를 더 오래 타고 싶을 때면 자기 호칭으로 나를 찍어누르곤 했다. 그 전해 여름, 아빠네 집 수영장에서 크리스와 나는 수심 깊은 가장자리에서 몸을 비스듬히 가라앉힌 채, 머리 위로 반짝이며 소독약 냄새를 풍기는 푸른 물 2미터 아래로 내려가 입을 맞췄다. 따로따로 물 밖으로 나오는 우리를 타티가 힐끔 쳐다봤다.

"너 아무것도 못 본 거다."

크리스가 말했다.

엄마는 나를 늘 예의주시하며 내가 첫발을 떼지 않기를 바랐지만, 아빠는 내게 독립심을 길러줘야 한다고 믿었다. 같이 있을 때 아빠는 내가 집에서 15분 거리에 있는 맥도날드 앞의 혼잡한 교차로를 자전거로 건너가게 두거나 올랜도에 있는 웨튼와일드 워터파크에 혼자 가게 차로 데려다주기도 했다. 그해 여름에 나는 아빠를 잘 보지 못했는데, 나는 이게 새엄마의 임신과 관련이 있는 게 아닐까 의심했다. 새

엄마는 커다랗게 부푼 배를 쓰다듬으며 드디어 가족이 된다는 게 얼마나 근사한 일이겠냐는 이야기를 하곤 했다. 마치 나와는 가족일 수 없었다는 듯. 새엄마는 남자애를 가졌고, 가끔은 나도 모르게 그 배가 전부 공기로만 가득하기를, 밀어낼 때가 되면 그저 바람만 나오기를 빌었다.

아빠는 내게 초록과 검정으로 된 줄무늬 투피스 수영복을 건넸다. 아빠 집에서 지낼 때나 가끔 입어서 서랍 한 켠에 개어진 채 여름을 기다리고 있던 수영복이다. 내가 이제 떠난다는 생각에 트위트는 고개를 푹 떨구었다.

"트위트도 가도 돼요?"

나는 아빠와 할머니에게 최대치로 예쁜 미소를 지어 보일 생각에 모서리가 구불구불하고 특유의 윤기를 간직한 젖니들까지 거의 다 드러나도록 활짝 웃었다.

아빠가 오래된 스테이션왜건에 우리를 밀어 넣는 바람에 크리스와 타티는 공간을 만드느라 조금씩 움직여 더 바싹 붙어 앉았고, 우리는 뒷좌석에서 다 같이 낄낄거렸다. 하이에나들처럼, 아비阿比새들처럼. 여덟, 아홉, 열 살 아이들처럼. 할머니 집이 우리 등 뒤에서 사라져갔고, 금이 간 보도블럭과 거리를 떠도는 덥수룩한 개들도 멀어져갔다. 트위트와 나는 차창을 내리고 바람이 몰아쳐 들어오게 두고는 손을 창밖으로 내밀어 산들바람에 날갯짓을 했다. 어쨌든 독수리들 같았다.

잭슨빌 해변에 도착하자 아빠는 낡아빠진 차 뒤 칸에서 아이스박스와 우리가 쓸 공기주입식 튜브 보트를 꺼냈다. 우리는 아무렇게나 밖으로 튀어나오며 누가 제일 숨을 오래 참을 수 있는지, 무슨 맛 아이스크림이 최고인지 따위로 티격태격했다. 어른들이 우리 이야기를 듣고 눈치를 채 길 두 개 건너에 덩그러니 있는, 토핑이 올려진 분홍색 소프트 아이스크림 모양의 아이스크림 가게로 우리를 데려가주면 좋겠다고 생각했다. 하지만 어른들은 못 들은 척했다. 우리는 주차장의 달아오른 아스팔트에 맨발바닥이 타버릴 것 같아 한 발씩 경중경중 뛰며 너무 뜨겁다고 툴툴거렸다. 차도, 공기도, 땅도.

트위트는 징징거리는 대신 목에 초라한 수건을 두른 채 그냥 눈을 가늘게 뜨고 그 푸른 곳으로부터 의미를 읽어내기라도 하듯 눈부신 하늘을 쳐다보고 서 있었다. 다른 애들이 놀리는 게 싫었던 나는 트위트에게 팔뚝에 끼우는 튜브는 집에 두고 오게 했다.

"가자."

나는 트위트의 손을 잡으며 말했다. 모래가 다글다글한 길을 우리 넷이 뛰어 내려가는 동안 햇살은 우리 어깨 위로

미끄러져 내렸고 긴 다리들이 우리를 물가로 거침없이 데려
갔다. 가끔씩 무료 콘서트가 열리는 풀이 무성한 야외관람
석을 가로지르고 비닐 방수포와 버려진 천으로 만든 천막도
지나쳤는데 천막 아래에서 지내는 노숙자들이 잔돈을 요구
하듯 손을 불쑥 내밀며 트위트에게 겁을 줬다. 나는 아랑곳
하지 않고 뛰어 그들을 지나쳤다. 그들의 손은 내게 닿을 수
없었다. 나는 깃발처럼 웃음을 휘날렸다.

　우리는 도로와 뜨거운 모래를 연이어 가로지르다 적당
한 곳에 멈춰 서서 여름의—소금기와 조개껍데기와 갈매기
똥의—후끈한 향기를 깊이 들이마시며 어른들이 따라오기
를 기다렸다. 어른들은 어찌나 느리던지, 우리가 격랑을 일
으켜 하얗게 물살을 가르며 달리는 스피드보트라면, 그들은
강바닥을 따라 통통대며 지나가는 바다소 같았다. 어른들
이 우리를 따라잡았을 때, 우리는 여기저기 깔아둔 수건이
며 새엄마 등에 얼룩진 선크림 자국 같은 것들 사이를 씩씩
대며 가로질렀다. 마침내 아빠는 튜브 보트를 물가로 가져왔
고 우리는 그 위에 소란스럽게 올라타 무릎이 뺨에 닿도록
쪼그려 앉았다.

　아빠가 우리를 수심이 깊은 쪽으로 떠밀어주고 해변으
로 돌아갔는데 커다란 파도가 보트를 밀어 올리는 바람에
우리는 해안을 향해 비명을 질렀다. "또 해줘, 또 해줘!" 하

며 아빠를 불러댔다. 분명 열 번, 아니 스무 번이던가, 그쯤은 되풀이했던 것도 같은데 우리는 지칠 줄을 몰랐다. 물이 세차게 쿠르릉대며 만드는 백색소음이 귓가에 울렸고, 우리는 웃고 또 웃었다. 물고기 한 마리가 물 밖으로 철퍼덕 뛰어올랐다. 저 멀리 압정처럼 박힌 달이 바깥 우주로부터 바다의 너울을 지배하고 있었다. 해변에 담요를 깔고 앉은 새엄마가 우리를 노려보고 있는 모습을 나는 봤다. 그리고 아빠도 봤다. 아빠는 마지막으로 한 번 더 우리를 멀리 떠밀며 잠깐 우리끼리 놀라고 일러두고는 새엄마에게 가서 그 작은 무릎을 베고 누웠다. 나는 아무렇지 않은 척 아빠에게서 얼굴을 돌렸다.

큰 파도는 없었다. 바닷물은 군데군데 파인 자국이 있는 녹색 빛의 거대한 거울이 됐고 우리의 튜브 보트는 그 표면에 닻을 내렸다. 보트 가장자리에 손을 걸친 채 상어 밥이라 상상하며 손가락을 달랑거려봤다. 우리는 양손으로 칼날처럼 물과 하늘을 가르며, 약탈해줄 때가 된 삽과 양동이, 바비 담요 같은 해변의 보물들을 망원경처럼 호시탐탐 노리고 있었다. 우리가 애타게 기다리던 파도는 저 앞에서 신나게 뛰놀았다, 우리를 잊은 채로.

크리스는 코를 후볐고 트위트는 오줌이 마려웠다.

"같이 뛰어내리자."

나는 말했다. 해변까지 걸어가면 되니까.

이견은 없었다. 다 같이 보트에서 뛰어내린 뒤 우리는 바닷속으로 가라앉았다. 바닥은 영영 닿지 않았다. 저 아래 그곳의 물은 투명하지도 않았고 갈색도 녹색도 아니었으며 태양은 보이지 않았다.

우리는 발길질을 해대고 허우적거리며 수면 위로 떠올랐지만 붙잡을 것을 찾지 못했다.

우리가 해적 놀이를 하며 지평선을 가르는 동안 바다의 의뭉스런 손가락들은 우리를 더 깊은 곳으로 끌고 갔다. 그 고요는 환영이었다. 그 어떤 것도 한곳에 영원히 머물지 않았다. 나는 물속에 머리를 처박은 채 따가워도 두 눈을 부릅떴다. 물을 휘저으며 거품을 일으키고 있는 조그만 발 세 쌍이 보였다. 크리스와 나는 각자 몸을 밀어내려 보내며 뱃속에 똬리를 튼 에너지를 끌어내는 중이었지만 모랫바닥에 발이 닿지는 않았다. 땅이 느껴지기는 했지만 닿지는 않았다. 여긴 아파트 수영장도 아니고 뻔한 2미터짜리 수영장도 아니었다. 깊은 바다는 야생이었다. 우리는 헤엄을 칠 줄 알기는 했지만 거기엔 발을 디뎌서 몸을 밀어낼 단단한 어떤 것도, 멀어질 만한 기점도 없었다. 타티가 숨을 헐떡댔고, 두려움이 우리를 집어삼켰다. 몸에 힘을 빼고 물 위에 뜬 채 우리가 없어진 것을 누군가가 알아차리기를 기다리기에 우리는 공황에 빠져 너무나 무거워진 상태였다.

도와달라고 소리쳤지만 갈매기들만이 그 소리를 들었다. 튜브 보트는 흔들흔들 부드럽게 멀어졌다. 우리가 내지르는 비명과 입속으로 밀려드는 짠물과 발가락 끝을 다급히 잡아당기는 물결 따위에는 무심하게. 저 멀리 환히 빛나는 기슭은 간질이며 애태우는 노란 리본 같았다.

아무도 우리에게 와주지 않았다.

파도가 우리 머리 위로 너울거렸고, 나는 그 아래로 무너져 내리며 벌어진 입으로 바닷물을 삼켰다. 내 두 눈꺼풀 아래로 빛의 반점들이 보랏빛으로 푸른빛으로 터져 나왔다. 나는 이 너른 물과 한 몸이었고 너른 물은 내 안으로 파고들어 내가 되었다. 그리고 그분이 모든 것을 본다면, 그때도 그분은 우리를 지켜보고 있었던 것이다. 그 순간을 떠올릴 때면 나는 파도 아래를 내려다보며 내 심장을 향해 손을 뻗는 여호와의 모습을 상상했다. 그 촘촘한 손가락으로 내 심장을 비집어 열어 두려움을 헤집고는 그 기름지고 검은 물줄기를 쏟아내게 하는 장면을. 나는 혀를 깨물었고 코앞의 핏물 기둥을 보았다. 파도 속의 작은 빨간 물결. 혀를 깨문 순간 그런 생각이 들었던 것 같다. 나는 아홉 살이고 아름답고 그리고 죽을 수 있는 인간이라는. 우리 모두가 내 눈에 또렷이 보이는 게, 마치 그분의 시선 같았다. 우리는 그저 바다

저 밑바닥에 놓인 어린이 형상의 돌 네 개가 되는 순간까지 계속 가라앉는 중이었다.

수면 위로 떠올랐을 때 공기는 경고라도 하듯 내 폐를 태우는 것 같았다. 팔다리는 힘이 다 빠져버렸다. 타티는 튜브 보트를 향해 움직이는 중이었는데 머리가 물 밑으로 사라졌다가 다시 왈칵 튀어 오르기를 반복했다. 나도 따라가고 싶었지만 보트는 하늘의 달만큼이나 멀어 보였다. 그래서 대신 크리스에게 달려들어 등에 기어오르며 나를 움켜잡는 심연의 손아귀에서 빠져나오려 안간힘을 써 내 자신을 파도 속에서 반쯤 끌어냈다. 그 캄캄하니 불가해하던 손짓. 나는 치킨 게임이라도 하듯 절대 보내주지 않겠다는 맹렬한 의지로 그 애를 꽉 붙잡았다. 그 애는 고함을 지르며 나를 내팽개쳤지만, 나는 다시 또 다시 되돌아와 끈질기게 그 애를 향해 헤엄치면서 머릿속으로 이 단어를 곱씹었다. 구원. 그 애는 마지막으로 등에서 나를 홱 뿌리쳐내고는 비틀비틀 멀어지며 자기 여동생 뒤쪽으로 구불구불 헤엄쳐갔다.

이제 내게 남은 희망은 단 하나였다. 트위트가 머리를 뒤로 눕히고 턱은 마치 나침반처럼 해안을 가리킨 채 입으로는 하늘을 들이마시며 소리 지를 힘도 없이 지쳐 내 옆으로 물살을 힘겹게 밀며 지나고 있었다. 나는 그저 떠 있기만을 바라면서 그 애에게 기어올라 손톱으로 그 애의 어깨를 움켜잡았다. 그 애는 나를 떨쳐낼 힘이 없었다. 나는 그 애의 울음을 보지 않으려고 두 눈을 질끈 감은 채로 안간힘을 쓰며 물 위의 세계를 단단히 붙들었다.

"저리 가!"

그 애가 간신히 그렇게 내뱉었지만, 나는 그럴 수 없었다. 그 어둠 속으로 내 자신이 끌려 내려가게 둘 수는 없었다. 나는 갑작스레 끌려 내려갔던 요나를 떠올리며 그 공기 방울들은 얼마나 간절하게 물 위로 터져 나왔던 것일까 생각했다.

얼마나 오랫동안 우리가 그런 상태로, 내가 양팔을 트위트의 목에 휘감고 있었는지는 잘 모르겠다. 시간은 오롯이 뭉쳐져 파도 위로 단단히 올라온 내 머리가 되었다. 누군가가 우리를 찾기를, 우리를 집어삼킬 고래를 그분이 한 마리 보내주기를, 나는 신에게 빌었다. 그만 끝내달라고 빌었다.

그 장면, 그날 그 바다의 트위트와 나의 모습이 지금도 나를 끈질기게 따라다닌다. 우리는 그 이야기를 한 번도 나눈 적이 없었고, 그날 내가 한 짓을 어느 누구에게 말한 적도 없었다. 우리 할머니가 자기 손자인 트위트의 낯익은 이목구비를 닮은 남자애와 여자애를 키우는 내내 하루라도 빨리 나의 어둠에 대해 모두 털어놓았더라면 내 사촌 트위트의 상황이 달라질 수도 있었을지 궁금하다.

빛이 닿을 수 있는 부엌 식탁 위에다라도 내 어둠을 쏟아놓고 트위트가 그것을 샅샅이 뒤져보며 자기 어둠과 비교해보게 했더라면 어땠을까? 내가 고백했더라면 어땠을까? 우리 엄마가 트위트의 얼굴에서 자기 오빠의 죄를 찾아내는 짓을 그만두었더라면 어땠을까? 어쩌면 트위트는 자신의 모든 상실을 자기 아이들에게 그대로 물려주는 대신, 그 모든 상실과 기어이 화해했을지도 모른다.

우리가 말벌들을 향해 돌을 던지던 그날, 그 애가 하느님은 진짜 있다고 내게 말하던 그 순간에 대해서도 생각한다. 그 애의 확신을 생각하면 나는 지금도 동요한다. 트위트에게 그분은 진짜였을 것이다. 그 애는 그때 이미 그분의 악마들을 보았고 또 알아봤으니까. 그 애는 어둠 없이 빛이 존재할 수 없음을, 악 없이는 선도 없음을 알았을 것이다. 너는 동시에 두 가지일 수도 있다고, 그래도 사랑받을 수 있다고 사람들이 그 애에게 말했더라면 어땠을까? 줄곧 나는 트위트가 어디 있는지 궁금하다. 지금은 무엇을 믿는지도.

그날 우리는 구조됐다. 크리스와 타티가 튜브 보트를 끌고 와 우리를 건져 올렸다. 우리 둘은 그 애들 위로 널부러졌고 트위트가 감전이라도 된 듯 몸을 심하게 떨어 우리는 충격을 받았다. 무엇보다 그 애의 그런 공황 상태는 내 심장 깊숙한 곳의 죄책감을 시커멓게 그을려버렸다. 아무도 어떤 말도 하지 않았다. 나는 튜브 보트 바닥에 등을 대고 찡그린 얼굴로 누웠고, 소금물이 내 뺨 주변에서 찰박거렸다. 나는 다른 사람인 양, 그분을 맛본 적 없는 양 굴었다. 그분은 내 코끝 소금기를 태우는 열기이자 파도 아래 그 검푸른 빛이었다.

물가에 닿자 트위트는 할머니의 여호와에게 기도라도 하듯 손에 얼굴을 묻고 무릎을 꿇은 채 공기를 허겁지겁 들이마시고는 컥컥댔다. 나는 그 애 옆에 앉아 묵묵히 모래 위에 동그라미를 그리고 있었다. 스스로도 어떻게 설명해야 할지 알 수가 없었다. 내가 어쩌다 공포와 빛으로 가득 차게 됐었는지도, 나는 가라앉는 동시에 파도치고 있었다는 것도. 모든 것은 죽게 돼 있다는 사실을 얼마나 갑작스레 깨달았는지도.

내 목숨을 구하고 싶었던 것에 대해 트위트에게 어떻게 사과해야 할지 몰랐다. 나는 여느 엄마가 하듯 그 애를 안고 목에 입을 맞췄다. 트위트의 몸이 내게 기대어왔고 떨림도 멈췄다. 나는 그 애의 한숨 소리를 들었다.

"사랑해."

나의 이 말이 높은 주파수로 진동하기를, 단단해 보이는 그 애의 피부를 덜컹거리며 관통하여 흐르는 피 속에 자리 잡기를 바랐다. 하느님의 목소리가 그랬던 것처럼.

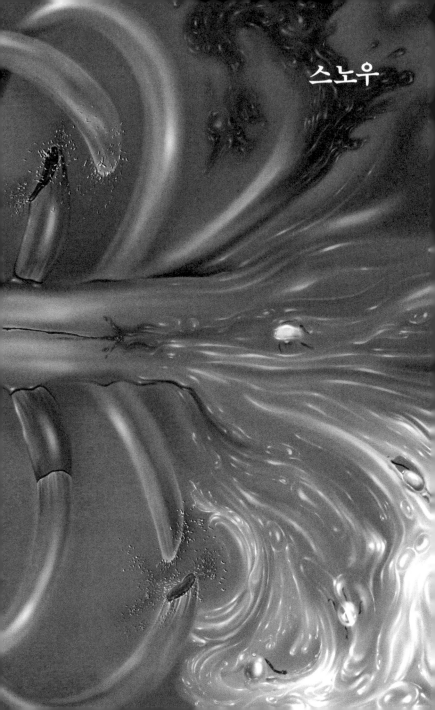
스노우

잔디에 서리가 내린 아침이었다. 잭슨빌은 워낙 북쪽이라 그럴 만한데도 우리는 매년 어느 시점이 되면 새삼 놀라곤 했다. 기온이 10도대로 떨어져서 허공으로 퍼져나가는 입김이 마치 얕은 개울에서 파닥이는 베타*처럼 눈에 띄게 되면 어쩐지 배신감 같은 것을 느꼈달까. 다른 곳도 아니고 플로리다인데 감히 계절을 바꾸려 들다니, 하는 식으로.

화장실 거울 앞에서 머리를 묶고 있는데 데릭이 들어왔다. 그는 내 뒤로 지나가며 수납장을 향해 손을 뻗었고 나는 서로 몸이 닿지 않도록 배를 홀쭉하게 한 채 세면대에 몸을 바짝 붙였다. 거울 속에서 우리는 서로 시선을 피했다.

*   등목어과의 민물고기.

"오늘 밤에 운전 조심해, 뉴스 보니까 눈보라가 칠 수도 있대."

데릭은 손가락에 치실을 감으며 말했다. 나는 호호바 오일과 부드러운 칫솔로 잔머리를 가지런히 정리한 뒤 속눈썹에 마스카라를 칠하고 양쪽 뺨에는 톡톡 볼터치를 했다.

"알려줘서 고마워."

내가 말했다. 날씨가 이상하면 사람들은 불안을 느껴서 소음이라든가 가까이에 다른 육체들이 있기를 바랐다. 술도 필요로 했다. 무엇보다도, 이날은 토요일이었으므로 내가 큰돈을 벌 가능성이 높았다. 이런저런 이유로 그날 근무에 나는 굉장히 들떠 있었다. 화장을 마친 다음 청소년용 스몰 사이즈의 흰색 폴로티셔츠의 칼라를 접고 검정 바지의 보풀을 브러시로 털어내며 유니폼 정돈을 마무리했다. 등 뒤에서 치실로 이 사이를 쑤시고 있는 데릭의 존재감이 어찌나 큰지 내 목덜미가 다 간질간질했다.

"오늘 예쁘네."

데릭의 말에 우리는 거울 속에서 잠깐 눈을 마주쳤다.

그는 사실 객관적으로 매력적인 사람이었다. 색이 짙은 숱 많은 머리, 큼직하니 잘생긴 코, 4년 전 나를 사랑에 빠지게 만들었던 저 두 팔……. 그러나 그 모든 것은 내 속을 울렁거리게 만들었고, 이제는 별것 아닌 듯 느껴졌다. 어쩌면

별것 아닌 듯한 느낌은 사랑이라는 것에 대한 내 감정이기
도 했다.

"고마워, 이따 봐."

나는 그렇게 말하면서도 실은 데릭은 내 아름다움을 누
릴 자격이 없다고 생각했다.

"잘 다녀와."

그 화장실을, 우리 집을 떠날 때면 나는 안도했다. 채워
지지 않은 우리의 욕구들과 서로를 탓하는 침묵으로 들어
차 숨 막히게 비좁은 그곳을. 한때 우리는 늘 서로를 자기라
고 불렀는데, 이제는 이렇게 서로 아무런 이름이 없는 듯 굴
게 됐다.

데릭과 나는 결혼한 지 다섯 달이 되었는데 최근 석 달
은 섹스를 하지 않았다. 마지막 했을 때는 도중에 그가 말랑
하게 죽어버렸고 우리는 둘 다 쓸데없이 벌거벗은 채 끔찍
한 기분으로 침대에 앉았다. 그런 일은 자주 있었다.

"일 때문에 스트레스를 받아서 그래. 뭐, 스트레스 때문
이라고."

데릭은 그렇게 말했지만 그래도 내게 어떤 결함이라도
있는 것처럼 느껴졌다.

시작은 그가 했었다. 애초에 나는 그럴 기분조차 아니었

기에 이제는 당혹스러웠다. 나는 화가 났고, 화를 내지 않기는 어려웠으며, 그는 한숨을 쉬었다. 그는 나를 보지 않고 천장만 뚫어져라 봤고, 나는 그의 음경만 계속 바라보고 있었다. 허벅지 위에 힘없이 쪼그라든 그것.

"너무 부담을 느끼나 봐. 내가 제대로 못해서 당신을 즐겁게 해주지 못할까 봐. 당신 기분을 상하게 하거나 당신이 화를 낼까 봐 걱정이 돼. 걱정하면 할수록 자꾸 더 그래. 너무 힘드네."

"나 때문은 아니라며."

"아니지. 근데 그럼 당신이 그렇게 좀 해줘봐."

내가 아무래도 상관없다는 듯 왈칵 야멸차게 대꾸를 했는데도 데릭은 뜨끈한 손을 뻗어 내 허벅지에 올렸다.

"괜찮아질 거야. 우리 둘 사이에 문제는 없어."

그가 말했다. 하지만 문제는 있었다. 내가 보기에 데릭은 자기 마음을 사람들에게 털어놓는 법을 몰랐다. 힘든 상황일 때 그는 우리 사이에 벽을 쌓아버렸고 이런 식의 거부 때문에 나는 문제를 이해해볼 생각이 들지 않았다. 내 행동이 별 도움이 안 된다는 건 나도 잘 알았지만, 나 역시 그 모든 것에서 입은 상처에 매몰돼 있었으므로 의미 있는 방식으로 관여할 수가 없었다. 어떤 날은 내 자신조차 탓할 수 없었다. 내게 무조건적인 사랑에 대한 모델이 TV에서 말고는 무엇이 있었던가?

그 뒤로 나는 그가 내 몸을 보지 못하게 화장실에서 옷을 갈아입기 시작했고 끊임없이 섹스에 대해 생각했다. 내가 하고 있지 않은 섹스 대對 분명 남들이 다 하고 있을 섹스. 나는 끝부분이 부드러운 곡선으로 된 바이브레이터를 하나 새로 샀는데, 속도는 여덟 단계, 진동 종류는 세 가지가 있었다. 데릭이 집에 없거나 그가 잠든 한밤중에 소파에서 조용히 바이브레이터를 사용할 때마다 나는 오르가슴에 도달했다. 하지만 그런 얕은 오르가슴은 만족스럽지 않았고 금세 끝나는 바람에 결국 나는 더 큰 욕구불만을 느꼈다. 내가 도달할 수 있는 범위를 벗어난 바로 거기에 뭔가 더 깊고 더 확실한 절정이 있는 그런 느낌이었다. 이 감각은 내가 평생 느껴온 종류였지만 그토록 육체적인 방식으로 또렷이 읽히는 것이 달갑지가 않았다.

나는 스트레스를 이해할 수 있었고, 데릭과는 달리 내 자신의 스트레스를 표현할 줄도 알았다. 스물세 살이었기에 수없이 많은 것들에 대해 이미 초조해지기 시작했다. 늙어감이라든가 비인간적인 의료체계라든가 학자금 대출의 끝없음이라든가 타인의 시중을 드는 일 말고는 딱히 잘하는 일이 없을지도 모른다는 커져만 가는 불안 같은 것들. 그렇게 어린 나이에 결혼을 하다니 우리가 미쳤던 건 아닐까 생각해봤지만, 사회적 낙인을 너무 의식했던 나머지 그걸 인정하지는 못했다. 나는 혼자라고 느꼈다. 최근에는 술과 춤, 일 그외 다른 오락거리로 다 털어내버리지 않으면 뇌 깊숙한 뒤쪽에서 들리는 어떤 목소리가 온종일 아주 나직이 이렇게 읊조렸다. 멍청한 여자야, 너는 그냥 이렇게 죽어갈 거야.

4시 15분 전에 식당 주차장에 들어섰지만 출근 전에 억지로 기분을 좀 띄우기 위해 좌석 등받이를 뒤로 젖힌 채 엄선한 노래들을 들으며 차 안에 있었다. 교대근무하러 굳이 일찍 바에 들어가는 건 결코 좋은 생각이 아니었다. 나를 필요로 하는 일이야 언제나 있기 마련이니까. 잠시 후 은색 시빅을 몰고 온 R.J.가 내 옆 칸 주차장에 차를 세웠다. 나는 그가 조수석 수납함 안을 뒤져서 물건을 찾고 나서 고개를 들다가 나를 발견하는 모습을 유리창 너머로 지켜보았다. 그는 웃으며 조수석 문을 열고 나를 향해 손가락을 까딱거렸다. 나는 시동을 끄고 차에서 내려 후다닥 그 차의 조수석으로 건너가며 바보 같은 웃음이 새어 나오지 않게 입술을 꾹 다물었다.

"안녕, 선수."

조수석에 올라타며 내가 말했다.

"돈 벌 준비 됐어, T?"

"항상 돼 있지."

난방이 켜져 있던 탓에 R.J.의 차에 있던 담뱃잎 냄새, 레몬향 방향제, 톡 쏘는 듯한 그의 땀 냄새가 데워졌다. 나는 그 냄새에 익숙해졌고 어쩌면 좋아지기까지 했는지도 모르겠다. R.J.는 가운데 콘솔 위로 몸을 기대며 나를 껴안더니 몇 초간 그대로 있었다. 그는 크고 요란한 다이아몬드 귀걸이를 한쪽 귀에 했고 일할 때도 그대로 끼고 있었다. 늘 짧게 자른 머리에 야구모자를 거꾸로 돌려 뒤로 비스듬히 쓰고 있었다. 움푹한 갈색 눈은 어떤 일에든 늘 눈동자가 커지곤 했으며 말할 때마다 입술을 혀로 재빨리 은밀하게 핥는 버릇이 있었다. 그런 그의 모습은 낯선 동물처럼 눈길을 끌었다. 우리는 친구 사이였다. 여기 오기 전에 다른 클럽 바에서 같이 일했는데, 이름이 왜 그런지는 알 수 없지만 아무튼 보스턴스라고 불렸던 매니저 한 명이 돈을 더 주는 여기로 자리를 옮기면서 따라왔다.

사람들은 남의 의견에 흔들리지 않는다고 말하기를 좋아하지만, 내 생각에 그건 틀림없이 거짓말이다. 누군가에 대해 무슨 이야기를 듣는 순간, 이미 그 필터를 통해 그 사람을 보게 된다. 원하든 원치 않든 적어도 처음에는 그렇다. 그러니 내 친구 케이시가 처음 그 클럽 일자리를 소개해줬을 때, 그 애에게 관심 가는 사람이 누구냐고 물었더니 "그

초보 바텐더 꽤 섹시하더라"라고 했던 바람에 나는 R.J.를 처음 봤을 때 이미 약간 반해 있었다. 그건 대수롭지 않은 일이었고, 이 바닥에서는 드문 일도 아니었다. 그 온통 좁은 공간들 그리고 밤새도록 스쳐 지나가는 몸들은 이따금 복잡할 것 없는 친밀함의 순간을 만들어내곤 했다. 새벽 3시에 가게 문을 닫고 나면 가끔 서로의 차에서 같이 시간을 보내곤 했다. 이야기만 하면서.

편안한 침묵 속에 나란히 앉아서 라디오에서 흘러나오는 느린 노래를 듣고 있으려니 주위 하늘이 어슴푸레 어두워졌다. 나는 겨울이 태양을 훔쳐가는 것 때문에 우울하다고 말했다. R.J.는 주먹 속에 숨기고 있었던 흰 가루가 담긴 작은 봉지를 흔들어 보였다.

"원해?"

그가 씩 웃으며 말했다. 그는 내가 싫다고 할 것을 알면서도 괜히 권했다. 쉬는 시간에 화장실에 갈 때면 동료들 대부분과 심지어 매니저들까지도 약을 빨고 있었다는 걸 내가 언젠가 알고는 기분 상했던 적이 있었기 때문이다. 아무도 나더러는 가자고 한 적이 없었던 이유를 묻자 R.J.는 어깨를 으쓱하며 대답했다. "너는 약이 필요해 보인 적이 없었거든."

"나중에 내가 버거워할 때 물어봐줘."

나는 문에 손을 대며 말했다.

"안에서 봐."

그는 눈을 찡긋하며 말했는데, 아무 의미도 없는 동작이었지만 나는 살짝 달콤한 짜릿함을 느꼈다.

단골손님들이 바에 주르륵 앉아 있었고, 그 가운데는 이름은 몰라도 저마다 잘 시키는 특정한 독주로 알 수 있는, 비교적 최근에 오기 시작한 손님들—세븐 앤드 세븐, 봄베이 마티니에 블루치즈를 채운 올리브 두 개, 듀워스 니트, 그리고 그날의 스페셜 온 탭만 주문하는 그 남자—도 있었다. 대부분 중년의 나이에, 어느 정도 부유한 백인들이었고, 스스로 진보라고 하지만 정기적으로 만나 교류하는 흑인은 나 말고는 없는 사람들이라는 심증이 있었다. 그들은 내가 어떻게 지내는지, 그들과 얼마나 말이 잘 통하는지 따위에 아주 놀라워하곤 했으니까.

그들에 대한 적개심과 감사하는 마음 사이에서 균형을 잡는 것이 내게는 게임 같았다. 얇디얇은 차원일지언정 떠받들어지는 기분이 좋았다. 나는 손님들과 같이 웃고 그들에게 추근댔으며—추근대주면 그들은 좋아했다—잔을 계속 가득 채워줬고 첨가물을 섞어 만든 특별한 얼음만큼은 바닥에 내던지지 말라고 당부했다. 음식이 너무 늦어지면 주방을 재촉하는 척하고는 손님들에게 "우리는 한 팀"이라며 입에 발린 말과 함께 팔을 쓰다듬으며 공감을 표했다. 그러면 아무도 내 탓을 하지 않았다. 나랑 같이 온 매니저 조니는 말재주가 좋은 뉴저지 출신이었는데, 우리 일을 '돈을 벌기 위한 수작'이라고 불렀다. 나는 바로 그 수작에 소질이 있었다. 나는 손님들이 내게서 예쁜 외모와 젊음 말고 그밖에 또 무엇을 보는지 자주 궁금했다. 어쩌면 그거면 충분한지도 모르지만. 그게 무엇이든, 그 무언가 때문에 그들은 계속 찾아왔고, 우리 공통의 외로움은 돈으로 환산되었다.

바는 역시 생각했던 대로 북적였는데, 어쩐지 축제처럼 들뜬 분위기였다. 나는 손님들 사이를 돌아다니며 잔을 다시 채워주고 열심히 수다도 떨고 서빙 직원들이 대기하고 있는 곳에 자리한 축축한 매트에다 음료 티켓을 던지듯 내려놓고는 분주한 에너지로 서빙 직원들의 쟁반을 두드려댔다. 바의 은은한 황금색 조명이 바깥의 추위 때문에 성에가 낀 커다란 창문들에 매혹적으로 반사된, 덕분에 우리는 실제보다 좀 더 괜찮아 보였다. 내 자리를 찾은 기분이 들자 나는 상기됐고 데워졌고 생생히 존재하는 느낌이 들었다. 생각할 시간은 별로 없었기에 그저 그 소란 속에 기꺼이 몸을 맡겼다.

근무 교대를 하는 도중에 출입문이 요란한 소리를 내며 열리더니 찬바람이 마치 무신경한 손님처럼 몰아쳐 들어왔다. 몇몇 사람들이 일제히 고개를 돌렸고 흥미로운 일들이 기다릴 법한 종류의 목소리를 낮춘 귓속말들이 오갔다. 그 여자가 내 시야에 들어왔을 때 나는 납득했다. 키가 크고 금발에 푸른 눈의 그 여자는 타고난 우아함이 뿜어내는 자신감에 둘러싸여 있었다. 평소에 난 특권을 누리는 주류적인 그런 요소들에 별로 눈길을 주는 편이 아니었지만 그 여자의 피부에는 태닝으로는 설명되지 않을 법한 은은한 갈색빛이 감돌았다. 그 여자가 골라 앉은 빈 스툴은 서빙 직원들이 들락거리는 곳이라 사람들이 꺼리는 자리였는데, 경계심 가득한 분위기가 마치 추운 날의 정전기처럼 여자를 그곳으로 밀어냈다. 그 여자가 종아리 중간까지 내려오는 코트를 벗고 자리에 앉는 동안 다른 손님들은 여자를 심술궂게 뚫어져라 쳐다봤다. 메뉴판을 잡아들었다가 간단히 무시해버리는 여자의 모습을 보고 나는 박수라도 치고 싶었다.

나는 냅킨을 여자 앞에 한 장 깔면서 정해진 인사를 건넸다.

"어서 오세요. 저는 트리니티예요. 뭐부터 준비해 드릴까요?"

여자가 내 얼굴을 들여다보는데 아직 찬 공기의 여운이 남은 탓에 코가 발그스름하고 눈이 촉촉했다. 대단한 미인이었다.

"성부, 성자, 성령 삼위일체 할 때 그 트리니티예요?"

나는 웃음을 터뜨렸다.

"아닐걸요. 저희 엄마가 그냥 그 발음을 좋아했어요."

여자는 스카치 한 잔과 물을 주문했고, 나는 주문한 술을 가져다준 뒤 이름을 물어봤다. 바 너머 내 쪽으로 몸을 기울이는 여자의 입가에 짓궂은 웃음이 걸렸다. 재스민과 장미향 향수가 여자의 셔츠 칼라에서 풍겨 나왔다.

"마음의 준비는 됐고요?"

"그럼요."

"스노우예요. 장난치는 거 아니에요. 이런 이름을 짓다니 믿어져요?"

의기양양하게 뒤로 기대어 앉는 여자의 모습이 마치 처음 보는 사람들에게서 못 믿겠다는 반응을 이끌어내는 게 스스로 가장 좋아하는 일이라도 되는 듯 보였다. 이런 스스럼없음은 이 여자의 방어기제일까, 내게도 그런 것이 있을까 궁금했다.

"믿기 힘드네요."

장단을 맞춰주기로 마음먹은 나는 그렇게 대답했고, 여자는 내게 신분증을 보여줬다. 사진 속의 여자는 몇 년은 더 어려 보였다. 물론 푸른 눈에 금발이었다. 나는 한쪽 눈썹을 치켜올리며 주문대로 잔 테두리에 소금을 듬뿍 바른 돈 홀리오 마르가리타를 만들기 시작했다.

"와, 부모님께서 정말 이름에 진심이셨나봐요."

여자는 신분증을 지갑에 다시 집어넣고는 술을 크게 한 모금 들이켰다.

"안 물어볼 거예요?"

"뭘요?"

나는 아무것도 모르는 척하면서도 여자가 속지 않을 거라는 걸 알았다.

스노우는 쓰읍 하고 숨을 들이마시더니 머리를 털어 부풀리며 자기 눈을 가리켰다.

"다 진짜예요."

나는 두 손을 들며 말했다.

"저를 설득하실 필요는 없어요."

나는 어두운색의 뿌리를 짐작해봤지만 궁금해도 절대 물어보지는 않았다. 나는 그저 귀에 불과한 사람이니까 손님들이 원하는 이야기를 하게 두거나 대꾸를 하더라도 그들의 이야기를 더 낫게 보완해주거나 그들을 부추기는 정도만 했다. 그들은 자기에 대해 이야기하고 싶어 했고 그 이야기들은 언제나 지극히 날 것 그대로였다. 나는 사운딩보드*

---

*   sounding board, 연사의 목소리가 잘 울려퍼지도록 강단이나 무대 등에 설치하는 공명 장치. 어떤 의견이나 구상에 대한 반응을 통해 판단, 통찰의 실마리를 주는 사람이나 집단을 의미하기도 함.

역할, 그러니까 일종의 값싼 치료사인 셈이었다. 그 사람들이 많이 떠들게 둘수록 내가 버는 돈도 많아졌다.

스노우는 아빠 쪽으로 베트남계이고 사람들은 늘 자신을 성적 호기심의 대상으로 여겼다고 털어놓았다. 그게 뭔지 아는 나는 속이 울렁거렸다.

"다짜고짜 다가와서는 물어보죠, '어느 계통이에요?'"

"점잖은 경우라면 이렇게 묻죠, '고향이 어디예요?'"

스노우는 나처럼 감정을 숨김없이 드러내는 사람이었고, 편한 대화 상대였다. 그는 말할 때면 몸을 앞으로 기울이고 시선을 맞췄다. 나는 다른 손님들의 술잔을 채워주고 냅킨과 소스, 아무튼 필요하다는 것은 뭐든지 갖다주면서도 내내 시야 한구석에서 환하게 빛나고 있는 스노우의 존재가 느껴져 자꾸 그 앞으로 되돌아갔다.

마침내 스노우는 아버지가 최근에 돌아가셨으며 별로 가까운 사이가 아니었기 때문에 이상한 종류의 슬픔을 느낀다는 이야기를 털어놓았다.

"교통사고였어요. 95번 고속도로였는데 세미트레일러가 아버지를 치었죠."

나는 위로하는 소리를 내며 간간이 호응하면서도 이 여자가 그 일 때문에 여기 온 건 아니라는 것쯤은 알 수 있었다. 이 여자는 나와는 아주 거리가 먼 종류의 사람이었다.

그가 무슨 일을 겪는 중이든 다 내게는 새로울 것 없는 일일 테니까.

젬마가 주문받은 마가리타 몇 잔을 가지러 왔다.

"장사 잘돼가?"

자기 쟁반에 잔들을 올리며 내게 물었다.

"알면서."

주문받는 금액이 올라갈수록 내 팁도 두둑해진다.

젬마는 교대근무를 마치면 자기 집에서 파티를 할 예정이라고 했다. 아니다, 그냥 모임이랬지. 퇴근 뒤에 우리 몇 명만 모여 베이스 음악이 깔린 거실에서 알록달록한 조명이나 몇 개 켜놓는 그런 거. 젬마가 "놀러와"라고만 했는데 그 말에 나는 몸이 떨렸다. 나는 생각해보겠다고 해두었다. 부엌에서는 무언가가 깨졌고 바의 몇몇 사람들은 허공에다 각자의 술잔을 높이 들며 건배했다. "오파*!"

스노우는 스카치를 한 잔 더 시키더니 다시 이야기를 이어갔다. 자기 아버지가 우리 둘의 머릿속에 있기라도 한 것처럼 말이다.

"요즘 계속 아버지에 관한 꿈을 꾸는 거 같아요."

---

*   Opa, 그리스에서 동조나 즐거움을 표현하는 일종의 감탄사로, 건배할 때 외치기도 함.

스노우는 술잔을 자기 이마에 지그시 갖다 대며 말했다. 잔에 맺힌 물방울 한 줄기가 흘러내리면서 그의 얼굴을 적셨다.

"그 환하디환한 공포 때문에 한밤중에 잠을 깨는 거예요."

최근 어느 밤에는 새로 만난 연인의 낯선 집에서 자다가 그런 느낌 때문에 잠을 깨는 바람에 화장실에 가려고 일어나 어둠 속을 더듬거렸다고 했다. 불을 탁 켜려는 바로 그 순간 닫혀 있던 화장실 문에 다다랐다는 것이었다.

"그러니까, 이렇게, 동시에 상호작용이 일어나는 거였어요. 어느 쪽이 먼저였는지는 알 수 없죠."

문 앞에는 거울이 하나 있었고, 불이 켜졌을 때, 그 찰나의 순간에 스노우는 자기 자신을 알아보지 못했다고 했다. 그러고는 술잔의 얼음을 한 번 빨더니 다음 말을 이어갔다.

"내가 만약에 충격과 공포 속에서 죽는다면 그런 모습이겠다 싶은 내 얼굴을 봤어요. 우리 아버지 얼굴도 분명 그런 모습이었겠죠. 그보다 무서운 건 없어요."

스노우는 최면술사를 찾아가기 시작했다고 말했다.

"그런 거 제가 믿는지는 잘 모르겠는데."

나는 장식용으로 얹어뒀던 체리를 입안에 넣었다. 원래 좋아하지도 않았던 체리는 당연히 너무 달았다. 딱히 달리

할 일이 없어서이기는 했지만 체리를 볼 안에 넣고 굴리다 보니 스노우의 시선이 강하게 느껴졌다. 그래서 꿀꺽 삼켰다.

"그럼 별자리도 안 믿어요? 에너지 같은 것도?"

나는 싱크대에 씻을 술잔들을 쌓아두며 말했다.

"글쎄요. 다 그냥……. 뭐가 뭔지 알 수 없는 느낌이라. 실체가 없는 느낌? 다 너무 우연의 일치 같아서요."

스노우는 다른 누군가의 말이 미심쩍을 때 흔히들 그러듯 고개를 끄덕였다. 그러고는 내게 말했다.

"이 밤이 끝날 때쯤 내가 당신을 설득시켜볼게요."

나는 대답 대신 미소를 지어 보였고, 스노우가 이해되었다. 깊은 슬픔의 수렁에 빠졌을 때는 누군들 동행을 찾지 않겠는가?

주문 접수 기기가 딸기 다이키리 넉 잔 주문을 뱉어내는 것을 보고 나는 신음소리를 토해냈다. 바에 앉은 진정한 술꾼들은 얼음을 갈아 만드는 칵테일 따위로 사람을 귀찮게 만드는 법이 없었지만 홀에서 식사를 하는 손님들은 주로 과일향이나 화려한 모양새를 좋아하는 편이라 사람을 금방 나가떨어지게 만들기 십상이다. R.J.는 얼굴에 나른한 미소를 띤 채 어슬렁대며 다가와 우리가 평소 손님들에게 하듯이 나를 흔들어놓고, 살살 녹이는 중이었다.

"미안."

그가 내 손을 쓰다듬으며 말하자 나는 크게 화낼 수가 없었다. R. J.는 내가 축 처져 있으면 얼음을 가져다주는 사람이었고, 다른 서빙 직원들이 바쁘다고 할 때도 주방에 다시 들어가 내 주문들을 확인해주는 사람이었다. 우리 사이에는 일종의 협약이 있는 셈이어서 나도 R. J.가 주문받은 것들을 무조건 먼저 만들어주곤 했다.

"다음에는 이러지 마."

나는 블렌더에 혼합액을 부으며 말했다. 그가 주문받아 온 칵테일들을 만드는 동안 그는 바에 기댄 채 스노우를 쳐다봤다. 밤새도록 모든 사람이 쳐다봤던 것과 똑같은 시선으로. 그러더니 내게 말했다.

"반했어?"

나는 얼굴을 찌푸리며 대꾸했다.

"뭔 소리야?"

R. J.는 스노우 쪽으로 머리를 기울이며 말했다.

"오늘 밤 내내 네가 계속 쳐다보던데."

나는 그 말을 반박하려다가 그게 무슨 의미인지 깨닫고는 그만뒀다. 나는 시선의 피해자이면서도 동시에 가해자일 수도 있다는 얘기다. 나는 그 의미를 대충 털어버리고 딴청을 피우며 말했다.

"그러니까, 지금, 넌 계속 나를 보고 있었단 소리네?"

바로 여기가, 그러니까 겹겹이 중첩된 시선이 모든 인간다운 것들의 귀착점이라는 생각이 들었다. R. J.는 웃었다.

"쉴 준비 되면 조니 불러서 바 맡겨."

그러고는 자기 쟁반에 술잔들을 올려놨다. 다이키리는 제 무게가 버거운지 이미 녹아내리기 시작해 R. J.는 서둘러 홀로 돌아갔다. 아마 에너지라면 나는 확실히 믿었던 것 같다. R. J.의 몸은 일종의 서명을 남겼다. 내가 따라갈 수도 있을 만한 흔적.

"저쪽이 남편?"

스노우가 묻는 바람에 나는 화들짝 놀랐다. 데릭과 나 사이에 잘못되어 있던 모든 것이 삽시간에 다시 돌진해왔다. 나는 손가락에 끼워진 백금반지를 비틀었다. 바에서 일하다 보면 종종 내 자신이 수수께끼 같고 무명씨 같다고 느껴졌는데 이렇게 속눈썹 아래로 가만히 나를 응시하고 있는 스노우가 곁에 있으니 그런 생각이 우스워졌다. 나는 어항에 든 물고기였고 내가 손님들을 분석하고 있다면 그들 가운데 몇몇 역시 나를 분석하고 있는 것이었다.

"남편은 여기서 일 안 해요."

나는 짤막하게 대답하고는 돌아서서 싱크대에 물을 틀었다. 짜증이 났다. 이 공간에서는 데릭 생각은 안 하고 싶었다. 뭐든 더 단순한 이상적인 것에 데릭을 갖다 대보기는 너무 쉬웠고 그렇게 되면 내가 바람이라도 피운 것 같은 기분이 들었으니까. 나는 우리가 밤에 침대에 누워 있는 모습을 떠올렸다. 어둠 속에서 숨만 쉬고 있는 돌덩이 같은 우리의 육체를, 그리고 단 몇 인치를 사이에 두고 그는 꿈으로, 나는 각성으로 갈라져 있는 모습을. 그러나 넘을 수 없다고 느껴지는 것은 바로 점점 멀어져만 가는 그 형이상학적인 거리였다.

내 자신에 대한 이런 갑작스런 인식은 마치 어떤 마개처럼 나를 죄어왔다. 나는 바를 얼른 닦은 뒤 조니를 불렀다.

"잠깐만 맡아줄래요? 2번 좌석은 피시앤칩스 한 접시 기다리는 중."

"빨리 와요."

그렇게 말하며 조니가 익숙한 몸짓으로 교대로 들어왔다. 나는 그가 자기 일회용 컵 위로 병 하나를 몰래 기울이는 모습을 본 뒤 수건에 손을 닦고는 바의 익숙한 어수선함을 떠나 주방으로 향했다. 음식 때문에 바닥은 미끌거리는 데다 바와는 달리 조명도 강렬한 그곳은 접시들이 내는 소리가 창문으로 미끄러져 가닿았고, 쇠붙이가 쟁그랑 소리를 내며 그릴에 부딪쳤고, 요리사들 주위에는 수증기와 욕설 그리고 웃음이 가득했다. 그건 마치 한 세계에서 전혀 다른 세계로 건너가는 것이나 마찬가지였다. 손님들에게 보이는 그럴싸한 질서, 그리고 그걸 가능하게 만드는 아수라장.

R.J.는 늘 담배를 피우던 자리에 앉아 있었다. 건물 측면에 있는 구내 쓰레기 수거함 근처로 손님들 시야에서 벗어난 곳이다. 거기엔 요리사들이 의자와 탁자 대용으로 쓸 요량으로 갖다 놓은 낡은 나무상자가 세 개 있었다. 내가 다가서자 R.J.는 고개를 끄덕였다. 나는 그 옆에 앉아서 혼자 팔짱을 꼈다. 우리 둘의 입김이 허공에 화관처럼 퍼져나갔다.

"젬마네 파티에 갈 거지?"

"너는?"

내가 물었다.

R.J.가 주머니에서 꺼낸 코카인은 이미 절반쯤 없어져 있었다. 그는 코카인 가루를 적당히 떠낸 뒤 엄지손가락으로 코를 갖다 대고 빨아들였다.

"아마 난 갈걸, 네가 간다면. 네가 옆에 있어야 더 재미있단 말야."

그는 그렇게 말한 뒤 손을 뻗어 내 귀를 살며시 잡아당겼다. 그가 잡았던 부위의 따끈한 온기가 내 온몸을 훑고 돌아다니다 두 다리 사이를 세게 쳤다. 내 몸이 마치 별들로 이뤄진 것 같은 기분이 들었다. 바로 그 순간 나와 R.J. 사이는 어쩌면 아무것도 아닌 것은 아닐지 모른다고 스스로 인정했다. 쉽게 상상이 됐다. 그가 연인인 것도, 그 빠르게 움직이는 분홍색 혀가 할 일도.

그의 커다란 눈동자가 나를 빨아들이는 것만 같아 결국 나는 시선을 돌리며 말했다.

"춥다, 우리 둘 다 다시 들어가야지."

"자, 몸 좀 풀어."

그는 자기 손등 위에 가루를 적당히 덜더니 내 손에 갖다 댔다. 나는 그를 보던 시선을 그의 손으로 옮겼다. 근무 시간은 두 시간밖에 남지 않았고, 날아갈 듯한 느낌은 아주 짧았다. 다쳐봤자 나밖에 더 다치겠어? 두 눈 사이에 내려앉은 황홀감으로 내 눈에서는 눈물이 흘렀고, R. J.는 내가 기특하다는 듯 미소를 지으며 말했다.

"이제 우리 힘내서 일 끝낼 수 있겠다."

약 기운이 거의 곧바로 돌아 몸에서 찬 기운을 떨쳐냈다. 내 심장은 더 빨리 뛰기 시작했고 잔잔한 진동이 훑고 지나갔으며 무언가 집중시키는 듯한 효과가 있었다. 목구멍 뒤에서는 약 맛이 났다.

주방 쪽에서 나오자 조니가 내 쪽을 쳐다보고 있다가 자기 손목을 가리키며 두 손을 드는 시늉을 했다. 나는 검지를 들어 보인 뒤 얼른 여자화장실로 들어갔다. 조니는 한 소리 하겠지만 어쨌든 나는 잠깐 혼자 있을 시간이 필요했다.

천만다행으로 화장실은 비어 있었고 세면대에 몸을 기대자 별이 번쩍이는 느낌이 쿵쿵거리며 밀려왔다 밀려가기를 반복했다. 젬마네 집에 가면 무언가 일이 벌어질 테고 예상대로 나쁜 일이겠지만, 나는 그게 더 손쉬운 선택이자 준비된 변명임을 알고 있었다. 사랑이라는 일을 제대로 이해하기에는 내 자신이 너무 조급하거나 게으른 사람이라는 사실을 직시하기가 더 힘들어지고 있었다. 게다가 그 너머에는 나는 그런 노력을 할 가치가 없는 사람일지 모른다는 이글대는 두려움을 넘어 일종의 확신도 있었다. 거울에 비친 내 모습을 찬찬이 들여다보다 내 눈을 들여다보기 힘들다는 사실을 깨달았다. 스노우처럼 나 역시 나를 인정하지 못했다.

문이 휙 열리더니 스노우가 성큼성큼 걸어 들어왔다. 마치 내가 소환하기라도 한 것처럼.

"들어가는 걸 봤죠."

스노우가 말했다. 그러고는 손가방에서 액체가 담긴 작은 유리병 하나를 꺼내서 내 눈앞에 들어 보였다. 그가 "한번 해볼래요?"라고 물었을 때 이미 나는 고개를 가로젓고 있었다.

"바에 다시 가봐야 해요."

나는 죄를 하나 지을 때마다 누군가가 저벅저벅 걸어 들어와 나를 불시에 단속할 것 같은 느낌을 늘 받았다. 그런 일이 일어난다면 나는 그 일을 겪는 것이 마땅하기 때문이었다.

"잠깐이면 돼요."

스노우는 등 뒤로 환히 빛나는 머리를 찰랑이며 화장실 칸 하나로 가로질러 들어가더니 문틀에 비스듬히 기대어 섰다.

"믿지도 않는다면서, 손해 볼 것 없잖아요."

"그게 뭔데요?"

"산에서 떠 온 성스러운 물이죠."

왜인지 알 수 없었지만 나는 그를 따라 안으로 들어갔다. 변기를 가운데 두고 얇은 벽에 등을 대고 마주보자 화장실 칸이 꽉 찼다. 비좁은 공간, 어슴푸레한 조명, 우리의 엄숙한 눈빛, 그야말로 완벽한 고해성사의 분위기였다. 나는 그가 나를 설득해보게 두기로 했다.

스노우는 내 머리 위로 유리병 안의 액체를 뿌린 다음 양손을 올리더니 내 몸 앞을 마치 스캐너처럼 훑어 내려갔다. 몇몇 지점, 이를테면 내 제3의 눈*이나 목구멍 앞에서는 속도를 늦췄고 배꼽과 그 아래 즈음에서는 잠시 맴돌았다. 그러더니 스노우가 말했다.

"가슴에 문제가 좀 있겠네요."

---

*   힌두교에서 말하는, 이마 중앙에 위치하는 보이지 않는 눈으로
     투시력이나 예지력 등을 의미함.

나는 눈을 끔벅였다. 묵직한 느낌이 내 두개골 밑바닥을 건드렸다.

"그게 무슨 말이예요? 몸 이야기예요 아니면 감정 이야기예요?"

"그건 말이죠, 난 진짜 몰라요."

나는 굳이 비웃는 마음을 감추지 않고 웃음을 터뜨렸다. 걸쇠에 손을 올리며 내가 아는 장소, 금빛 조명이 있는 바로 얼른 돌아가야겠다고 생각했다.

"뭐, 아무튼 고맙네요."

너그러운 어투로 말하며 문을 열고 나가려는데 스노우가 아주 조용히, 마치 혼잣말처럼 되뇌었다.

"그 남자가 당신을 사랑한다는 걸 당신은 왜 의심하는지 모르겠어요."

겁에 질린 동시에 희망이 차오른 나는 어깨 너머로 스노우를 돌아봤다가 이내 표정을 다시 수습했다.

"무슨 말씀을 하시는 건지 모르겠네요."

거짓말이었다. 화장실을 나선 나는 식당 메인홀을 가로질러 다시 바로 돌아왔다.

조니가 타이르듯 내게 주의를 줬다. 나는 잔을 채워주고 걸레질을 하고 손님들을 집적대며 다시 일에 집중해보려 했지만 겨드랑이에 땀이 흥건히 차고 심장이 마구 뛰었다. 이 손님에서 저 손님으로 옮겨 다니고 과하게 큰 소리로 웃으며 스노우의 존재를 떨쳐버리려 애를 썼다. 그러다 가장자리에 아직 필스너 거품이 붙어 있는 빈 잔을 낚아챘는데 그만 손에서 미끄러져 내리는 바람에 발치에서 산산조각이 났다.

"오빠!"

마치 이런 걸 기다리고 있었다는 듯 내 담당 손님들이 소리를 질러댔다. 그 난리법석 속에서 결국 나는 스노우를 바라보고 말았다. 코트를 입고 서 있는 스노우를 우리 모두 동시에 바라보았다. 스노우가 자기 빈 잔 밑에 돈을 두고 나가자 나는 바 테이블에서 그 축축한 지폐를 빼서 세어보았다. 50퍼센트 팁이었다. 때마침 조니가 까칠한 요정 대모처럼 나타나서 빗자루를 건네준 덕분에 나는 내가 어질러놓은 것을 치울 수 있었다.

교대근무를 마치고 난 뒤 황홀감은 가라앉았고 동료들은 주차장에서 어슬렁대며 근무복을 갈아입고는 향수나 구취제거용 박하사탕 따위를 서로 돌려썼다. R.J.는 주머니에 양손을 찔러 넣은 채 내 차 근처를 서성거리고 있었다. 그가 나를 기다리고 있었다는 사실이 이전만큼 기분 좋지는 않았다. 그는 나머지 동료들에게 손짓하며 파티에 가자고 부추겼다.

"갈 거지?"

"음, 잠깐만."

나는 차 문을 열며 말했다. 운전석에 앉아 백미러에 비춰보며 화장을 고치는 척하며 시간을 벌고 있으려니 R.J.가 몸을 숙이며 귓속말로 "걱정 마. 너 예뻐" 하고는 무리 속으로 들어갔다. 나는 그 뒷모습을 물끄러미 쳐다봤다. 그가 뱉은 단어들의 공허함이 내 안에 내려앉고 있었다. 집에 가고 싶었다.

나는 그 남자를 또렷이 볼 수 있었다. 여러 달 동안 제대로 보지 못했던 내 남편의 모습을. 퇴근하고 돌아와 지친 몸으로 쓰레기통을 비우느라 씨름하는 그 모습을. 그는 쓰레기를 조심스레 묶은 뒤 현관문까지 질질 끌어다놓았고 재킷 챙기는 것도 깜박한 채 내가 집에 왔을 때 어두워서 넘어지기라도 할까 봐 현관 불을 켜두었다. 안식하지 못하는 영혼들처럼 눈이 밤새도록 흩날렸는데, 눈송이가 워낙 고와서 그 차가움이 미처 그에게 닿기도 전에 녹아버릴 터였다. 나는 쓰레기봉지를 길가까지 끌어다놓고는 잠시 그대로 서 있는 그의 모습을 지켜보았다. 남편은 어쩌면 달을, 얼어붙은 공기에 둘러싸인 그 보름달을 바라봤는지도 모른다. 어쩌면 나를 찾고 있었을지도.

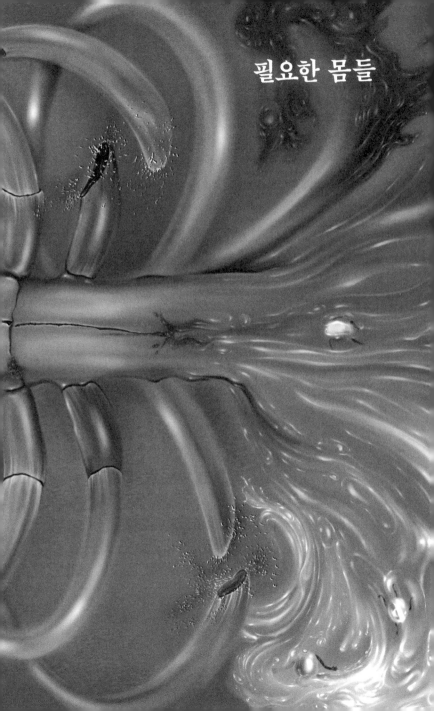

필요한 몸들

관리사무실은 유리병, 햄버거 포장지, 쓰고 버린 콘돔, 담배꽁초 따위는 치우지 않았다. 그냥 물만 파랗게 물들였다. 골프장에서 볼 수 있는 종류의 아쿠아마린색이었는데 제대로 보려면 아침 9시부터 밤 9시까지 켜두는 분수대가 거품을 뱉어낼 때 가까이 다가가 눈을 가늘게 뜨고 보아야만 했다. 하지만 빌리는 그 앞에 몇 분을 서 있어도 그 빛깔이 그저 조명 탓인지 정확히는 알 수 없었다. 고객관리부의 여자들은 불쾌하기 짝이 없었다. 사람을 홀려놓던 그 여자들은 빌리와 리암이 임대계약서에 서명을 마치자마자 태도가 돌변해 코웃음이나 치기 시작했다. 주차장을 가로질러 가던 빌리는 안면 있는 기초보수 담당자를 불러 세웠다. 이름을 부를 필요 없는 편리한 관계였다.

"저 연못 물들이는 작업은 다 끝났어요?"

"봐줄 만하죠, 그렇죠?"

그는 새하얀 이를 햇살에 번쩍이며 쾌활하게 말하고는 골판지 상자들을 끌어다 운반 차량 뒤 칸에 실었다.

"진짜가 아니라는 생각은 안 들걸요."

"흠."

빌리는 차 열쇠를 남자 쪽으로 내밀며 말했다. 그 베니어 판만큼이나 진짜 같아 보이네요, 그렇게 말하고 싶었다. 잭 슨빌의 물이 대체로 흙빛이라는 건 모두가 아는 사실이었다. 참나무 가지에서 늘어진 이끼가 살랑살랑 흔들리는 것을 보니 산들바람이 부는 것 같았지만 바람이 있다 한들 그건 맞바람이었고 보행로조차 땀을 흘리는 듯 보였다. 왜가리 한 마리가 그 잿빛 대가리를 잔물결 아래 숨긴 채 무언가를 건져 올려 삼키는 중이었다. 작은 물고기거나 어쩌면 플라스틱 조각이었을 텐데 반짝이는 빛 때문에 정확히는 알 수 없었다.

빌리는 인간들은 둔해서 감지하지 못하는 어떤 새로운 맛, 냄새, 질감을 연못이 지니고 있는 것은 아닌지 궁금했다. 연못에는 거북이와 오리와 피라미가 수백 마리씩 있었다. 개울을 순회하는 거대한 몸집의 먹색 비늘 잉어도 최소 두 마리는 있었는데 놀라게 하지만 않으면 얌전히 녹색 해조류를 향해 입을 뻐끔거렸다. 연못에 억지로 끼워넣은 작은 생태계였다. 색소는 이들에게 어떤 영향을 미치게 될까? 물론 이런 생각을 입 밖에 내는 건 자제했고, 논쟁할 시간이 없기도 했다. 언제나 불행히도 빌리가 또 늦었다. 빌리는 보수 담당자에게 잘 가라고 인사를 한 뒤 차에 타서 엄마에게 문자 메시지를 보냈다. 가고 있어요. 분명 일찌감치 자리를 잡고 앉아서 메뉴판 너머로 출입문 쪽을 뚫어져라 쳐다보며 딸에게 건넬 매끄러운 질책의 말을 준비하고 있을 엄마에게서 답장이 왔다. 배가 너무 고파서 애피타이저 주문했다! 잠시 후에 보자!

빌리는 식당의 북적대는 소리를 헤치며 걸어갔다. 점심 시간의 식당답게 다들 달달한 아이스티와 랜치 소스를 듬뿍 뿌린 푸짐한 샐러드를 욱여넣느라 바빴다. 면 가락처럼 팔이 가느다란 여자들은 아이들이 장난감 보관함을 만드는 동안 급하게 친구와 수다를 떠느라 테이블 위로 몸을 숙이고 있었다. 서빙 직원들은 쟁반과 접시들로 뒤죽박죽인 사이를 요리조리 지나가면서도 그 분주함에 맞춰 물 흐르듯 민첩하게 움직였다. 빌리의 엄마는 2인석 자리에 앉아서 치즈튀김을 우아하게 집어 먹고 있었다. 늘 그렇듯 아름다운 모습이었다. 머리는 이마에서부터 단정하면서도 자연스럽게 뒤로 넘겼고 검정 시프트드레스 차림에 다리는 시어버터를 발라 매끈했다.

"어젯밤엔 내가 물고기 꿈을 꿨단다."

딸이 자리에 앉기도 전에 콜레트가 말했다. 빌리는 잠시나마 조금 전까지 했던 걱정을 이 문장과 따로 떼어 생각하지 못한 탓에 자기네 단지에서 임대 가격 때문에 연못에다 한 짓을 엄마가 대체 어떻게 알았을까 궁금했다. 그러나 곧 빌리는 입가에서 움찔대는 찡그리는 표정을 자제하려 무진장 애써야 했다. 엄마는 이야기를 이어갔다.

"너 그게 무슨 뜻인지 알지?"

불행히도 빌리는 무슨 뜻인지 알았다. 노부인들이 잘하는 그 뻔한 소리. 콜레트에게 물고기는 번식, 탄생, 아기와 동의어였다. 손주.

"지난번에는 사촌 엠이었잖니. 이번엔 너일까?"

"나 지금 생리 중이에요."

빌리는 거짓말로 대답하고는 치즈튀김을 입에 넣었다. 엄마의 이야기를 멈출 수 있는 가장 빠른 방법이었다. 물론 이렇게 통과해봤자 유효기간은 기껏해야 다음 달까지다.

"꼭 지금 당장은 아닐 수도 있어. 예언이라고. 여지껏 난 틀린 적이 없다. 알겠지만, 나를 위해 뭔가 선물을 정말 하고 싶다면, 그게 최고의 선물이 될 거야. 난 미미가 될 준비가 다 됐단다."

나나도 아니고 미모도 아니고 할미는 더더욱 아니군. 콜레트는 누군가의 할머니가 될 나이로는 아무도 안 본다고 입버릇처럼 말하곤 했고, 계속 그렇게 보이고 싶어 했다.

다다음주 토요일이 콜레트의 쉰 번째 생일이었기 때문에 빌리는 간밤에 만취했는데도 기어이 엄마를 보겠다고 기어 나왔다. 빌리는 담당 파티플래너인 양 굴고 있었는데 여동생 바이올렛이 원격으로 보조 중이었다. 열세 살 때 빌리는 엄마에게 왜 이름을 이렇게 지은 거냐고 물어본 적이 있다. 구식인 데다, 하나는 남자애 이름이고 하나는 꽃 이름이었으니 학교에서 놀림감이 되는 건 따놓은 당상이었다. 빌리 바이올렛, 뭔가 발음부터 특별하게 느껴지지 않니? 재즈 가수 이름 같기도 하고 말야? 언제나처럼 콜레트는 딸의 기분 따위는 아랑곳하지 않고 말했다. 빌리는 자신과 동생이 마치 둘이 아니라 한 사람인 양 왜 두 이름을 한데 짜부라트린 거냐고는 한 번도 물어본 적이 없었다.

"그럼 엄마는 항상 엄마가 되고 싶었던 거야?"

빌리가 마침내 질문을 던진 것은 약간의 대화조차 없으면 이 주제를 피할 길이 없으리라는 것을 알았기 때문이었다.

"응, 당연하지. 너도 생각이 달라질 거야. 이제 알게 될 거다."

이런 간단한 확신이라니, 오만이나 다름없다. 연못 물들이기와 마찬가지로, 빌리는 이 문제에 대해서도 엄마의 생각이 더디게 오는 진실인지 아니면 가부장제인지 판단할 수 없었다. 그렇게 간단한 문제던가? 아무튼 빌리는 그렇게 생각하지 않았다. 콜레트는 빌리를 어린 나이에 혼자 낳았다. 빌리는 엄마가 일이 끝나면 며칠을 소파에 누워 있었고 그 방은 엄마를 가운데 둔 채 어두워졌으며 집 안은 늘 깔끔한 상태와는 거리가 멀었던 기억이 생생했다. 엄마는 한 손을 두 눈 위에 얹고 있었는데 미동조차 없는데도 지쳐 보여 마치 자기 육체 안에 존재하는 것 자체에 엄청난 노력이 필요한 듯했다. 빌리가 버릇없이 굴면 콜레트는 이렇게 말하곤 했다. 널 내가 먹이고 입혀주고 있는데. 애초에 빌리가 영혼 상태로 엄마에게 다가와 제발 엄마가 되어달라고 애원이라도 했던 것처럼.

빌리가 열 살이던 무렵의 일로 기억하는데, 어느 이른 아침 엄마가 볼일이 있어 아기침대에서 베개에 둘러싸여 잠든 갓난아기 바이올렛과 빌리를 집에 두고 나간 적이 있었다. 빌리가 기억하기로는 엄마가 외출한 내내 둘 다 꼼짝도 하지 않고 있었는데, 콜레트가 집에 돌아와 현관문을 열던 바로 그 순간에 하필 바이올렛이 옆으로 돌아눕다가 침대 밑으로 떨어졌다. 날것으로 터져 나오는 바이올렛의 울음소리가 빌리의 단잠에 주먹을 날렸다. 허둥지둥 방으로 뛰어

들어가 마룻바닥에서 아기를 들어올리던 엄마의 모습을 빌리는 기억하고 있었다. 노려보는 엄마의 표정은 빌리를 내팽개치는 것만 같았다. 그러고도 여전히 화가 가라앉지 않았던 콜레트는 몸을 숙이고는 사방을 자욱하게 뒤덮는 열기 같은 목소리로 아주 침착하게 말했다. 난 너를 사랑해, 하지만 가끔은 네가 하나도 안 좋아. 빌리는 엄마가 이 일을 기억하는지 그리고 이 모든 것은 어디로 들어가 가라앉았을지 궁금했다.

담당 서빙 직원이 와서 둘은 음식을 주문했다. 몸매 관리 중이라고 우기는데 입술에는 아직 치즈튀김의 기름 자국이 남아 있는 콜레트는 연어 요리를 주문했고, 몸매 관리는 하지 않지만 스물다섯 이후로 점점 더한 압박을 느끼고 있는 빌리는 햄버거를 주문했다. 엄마는 이것저것 바꿔달라는 요구 사항이 워낙 많아서 결국 메뉴판에 없는 메뉴를 주문한 셈이 되는 바람에 빌리는 최대한 단순하게 주문했다. 그래도 팁은 후하더라는 말이라도 듣길 바라는 마음으로 서빙하는 여자가 메뉴판을 휙 가져갈 때는 환하게 미소까지 지어 보였다. 어쨌거나 둘은 어디를 가든 어떻게 하든 행동이나 외모, 존재 자체가 늘 관찰 대상이 되었다.

콜레트는 자기 할 말을 다 하고는 다음 이야기로 넘어갔다. 콜레트의 말로는 바이올렛이 파티 전 금요일 한밤중에 동네에 올 거고 빌리만 괜찮다면 빌리의 소파에서 잘 거라고 했다. 이건 아무런 문제가 아니었다. 지금 나이가 되도록 두 자매 사이에는 악감정 같은 것이 전혀 없었고 어린 시절에 쌓아둔 앙심 따위도 없었으니까. 둘은 이부 자매였지만 서로 그렇게 생각해본 적도 전혀 없었고, 자주 대화를 나누지는 않았어도 함께든 따로든 서로가 편안했다.

"오밤중에는 마르가리타가 있어야지! 춤출 음악도! 금빛 풍선들도 달고 온통 다 황금으로!"

엄마 친구 중 돈 많은 아저씨 하나가 선물 명목으로 비용을 부담했다. 콜레트는 피칸이 잔뜩 박힌 레드벨벳케이크, 옥상, 화이트파티* 분위기를 원했다. 본인의 표현으로는 보란 듯이 번쩍거리고 짜릿한 것―젊은 시절에 자신이 끌고 다녔던 종류의 주목―을 원한다고 했다. 전능한 존재가 벌집 주변을 바삐 돌아다니는 그런 분위기.

"다 적고 있니?"

빌리는 관자놀이를 가리키며 말했다.

"기억력 하나는 끝내주잖아."

그러자 콜레트는 포크로 연어 한 조각을 찍어 들고는 딸이 있는 쪽을 향해 휘적거리며 말했다.

---

*   참석자들의 옷이나 장식 등을 흰색으로 정한 파티.

"그래, 알았다. 그리고 촛불 끌 때 내가 무슨 소원을 빌지는 알아두렴."

아마 그건 문제의 일부일 거야, 빌리는 아파트 현관문에 열쇠를 꽂으며 잠시 생각에 잠겼다. 이건 다 기분 문제라고. 다른 누군가가 소원을 빌고 1페니짜리 동전을 자기 마음 깊은 곳에 던져 넣은 거나 마찬가지라고. 남은 햄버거를 포장해온 봉투를 조리대 위에 던져두고 리암과 강아지가 아직 이불에 폭 싸여 있는 침대 속으로 파고들었다. 침대의 빈 가장자리에 몸을 털썩 눕히며 어린애처럼, 남편처럼 바로 곯아떨어질 수 있다면 좋겠다고 생각했다. 까치집 머리를 한 채 잠에 취해 노곤하게 늘어진 몸으로 빌리를 향해 돌아누운 리암이 잠결에 손을 뻗으며 그 큼직한 온기 속으로 빌리를 끌어당겼다. 강아지는 알아서 둘 사이로 자리를 옮겼다.

"당신 늦겠어."

빌리는 리암의 목덜미에 대고 속삭였다.

"일어날 거야."

리암은 말과는 달리 움직일 생각도 하지 않았다. 빌리와 리암은 밤 시간과 주말은 대부분 함께 지냈다. 빌리는 프리랜서로 집에서 일했고 리암은 대형 물류창고에서 월요일부터 금요일까지 야간 시간대에 관리 업무를 담당했다. 2시쯤 출근해서 밤에는 대부분 자정 넘어 돌아왔다. 빌리는 보통은 자지 않고 기다렸다가 리암이 집에 오면 저녁을 같이 먹거나 리암이 텔레비전 프로그램을 보며 쉬는 동안 그의 무릎에 다리를 올린 채로 깜박 졸기도 했다. 완벽하다고는 할 수 없어도 둘은 잘 해냈다.

"어머니한테 말한 건 아니지?"

리암의 질문에 빌리는 주먹으로 흉골을 세게 맞은 것처럼 거칠게 웃어댔다.

"장난해? 나를 뭘로 보는 거니?"

빌리가 말했다. 빌리는 둘의 결혼 생활이 마음에 들었고, 결혼 생활이 수월할 때든 아닐 때든 버팀목이 되는 유머가 좋았다. 빌리의 기분이 어두울 때도 리암은 마음을 제대로 읽을 줄 알았다. 처음 강아지를 들였을 때, 깽깽대는 조그만 강아지를 보며 빌리가 "우리 생전에 좀비 대재앙이 닥치면 우린 저 강아지를 죽여야 하겠지"라고 말하자 리암은 바로 이렇게 받아쳤다. "설마 우리가 저 애를 먹는다면 모를까. 알뜰하면 부족할 리 없다고." 빌리는 리암의 그런 점이 좋았고, 자신을 나쁘게 생각할까 봐 스스로 검열하거나 걱정할 필요가 없는 것도 좋았다. 어쩌다 가끔 남편에게 질색할 때도 있었지만, 그건 오랫동안 함께 살아왔고 깊이 사랑하는 사람이기에 가능한 태도였다. 빌리는 힘든 일들에 대해서도 함께 이야기 나눌 수 있어서 감사했다. 힘든 일들이라는 게 때로는 우스꽝스럽다는 사실을 함께 받아들일 줄 안다는 것도. 하지만 아이에 대해 좀비 대책이 어떻게 적용될지는 아직 묻지 못한 상태였다. 농담을 하기에는 아직 너무 신선한 내용이었으니까.

사흘 전 의사는 6주쯤 됐다고 말했다. 아직은 리암과 제일 친한 친구 피아 말고는 아무도 몰랐다. 어쩌면 강아지도 알려나. 빌리는 콜레트에게 한 거짓말 때문에 마음이 불편하지 않았다. 다른 무엇보다도 너무 부담스러울 것이 분명했다. 자기가 믿는 신에 대한 명백한 증거라는 엄마의 독점적인 기쁨. 게다가 둘은 지속을 시킬지도 아직 정하지 않은 상태였다. 빌리가 강아지의 턱 밑을 간지럽히자 난리법석을 피우던 강아지가 결국 뛰어올라 남편의 귓불 끝을 물었다.

"알았다, 알았어."

리암은 앓는 소리를 내뱉으며 한 바퀴 굴렀다.

"일어났다고."

리암은 일단 똥을 누고 면도와 양치를 한 다음 작업복 바지를 추켜올리고 벨트 버클을 채우면서 침실로 다시 들어와 빌리에게 말을 걸었다.

"오늘 할 일은 뭐 있어?"

빌리는 이불 위에 대자로 뻗은 채로 누워 있었고 강아지는 빌리의 겨드랑이를 좋다고 파고드는 중이었다.

"존재론적 공포 말고? 하퍼스 원고를 쓸 거야. 명왕성이 행성 지위에서 탈락된 것이 여성의 자율을 파기하는 것과 어떻게 흡사한가 뭐 그런 내용이야."

"흐음, 연관성이 엄청나게 있는 것 같네."

빌리는 리암에게 베개를 던졌다. 리암이 침대로 밀고 들어오더니 가볍게 빌리 위로 올라왔다.

"진지하게 얘기한 건데! 나는 알겠는걸. 그러니까, 당신은 우리 남자들을 알잖아. 인디언식으로 주는 사람들, 응?"

"그런 표현 쓰지 마, 이 백인 남자야."

빌리는 리암의 머리를 쓸어 넘겨주며 덧붙였다.

"그 사람들은 당신네들한테 비교도 안 되는 훌륭한 사람들이라고."

리암은 손가락 두 개를 들어 보이며 맹세했다.

"영원히 마음에 새기겠습니다."

리암은 빌리에게 들어 보였던 약속의 손가락들을 빌리의 청바지 허릿단으로 밀어 넣고는 아래로 아래로 내려가 빌리가 내뿜는 열기의 원천에 닿자 좌우로 흔들리는 편안한 리듬을 찾아냈다. 그는 아주 익숙했고 아주 잘했다. 침대에서 개를 밀어낸 빌리는 두 눈을 감고는 청바지 단추를 풀어 리암에게 자유를 더 허락했다. 빌리는 엉덩이를 들어올렸다.

자신의 의식적 자아를 거의 떨쳐내기 직전이었다. 그러다 둘 사이에 새로 생겨난 어떤 희미한 빛이 느껴졌다. 빌리는 리암의 손을 멈추고는 밀어내는 동작인 동시에 가장 부드러운 거부의 표현으로 입을 맞췄다.

"모든 문제가 이렇게 시작되는 건가?"

빌리는 청바지 단추를 다시 채우고는 문 앞까지 리암을 배웅했다.

"너무 걱정하지 마. 무슨 일이 생기든 나는 여기 당신 곁에 있을 거니까."

그가 급히 신발을 구겨 신으며 말했다. 빌리는 리암이 그러리라는 것을 알고 있었고 또 그렇게 말해주는 것이 고마웠지만, 이 두려움은 정말로 오직 빌리와 더불어, 빌리 안에만 사는 것이었다. 세포 수준이면서 원초적인, 대기 중인 골칫거리. 빌리는 건네주는 쪽, 그러니까 Y염색체를 가진 쪽이 되어 자기 이름이 연상시키는 방식대로 살았다면 얼마나 더 수월했을지 생각해보았다.

리암이 나간 뒤 빌리는 30분쯤 뒹굴거리기로 하고 온갖 견제와 균형, 긍정과 부정을 이리저리 조합해보며 게으르게 휴대전화를 스크롤했다. 뉴스는 끔찍했고 자신은 할 일도 있었다. 몇 차례 변기에 구토를 하고는 강아지를 데리고 그 이상한 연못 주변을 한 바퀴 돌며 짧게 산책한 뒤 강아지를 이동장에 다시 넣고는 피아에게 문자메시지를 보냈다. 연구가 필요해. 내가 태워줄게, 올래? 대학 시절부터 한결같은 피아는 10분 내로 답장을 보내왔다. 나 한가해. 그럼 얻어 탑시다. 피아가 보낸 메시지 끝에 붙은 가지 이모티콘 세 개를 보고, 빌리는 그가 진지하다는 걸 알았다.

둘은 과학사박물관 입장권을 사고 천문관에서 4시에 하는 블랙홀 천체들에 관한 체험형 전시를 보기 위한 약간의 추가 요금도 냈다. 그곳에서의 시간은 조용했다. 어린이들은 대부분 영어 문제집이나 오후 간식을 올려둔 주방 식탁에 앉아 있을 테니, 어른의 시간이었다. 물론 팸플릿을 보며 이야기를 나누는 노인들이나 전체적으로 무관심으로 일관된 표정을 짓고 있는 십대 무리들이 좀 있기는 했지만 그래도 둘이 그곳을 독차지하고 있는 것이나 다름없었다. 사방의 빙빙 도는 불빛들, 숨은 공간들, 전시되어 있는 오래된 뼈들. 모든 발견된 것들.

"우리 회사의 그 여자는 임신해서 제일 좋은 점은 남자친구가 섹스를 하려 들지 않는 거라더라고. 아기가 다칠까봐 무서워서 그런다고 하더래. 그래서 그 여자는 자기 덤불을 그냥 다 길렀대. 예전엔 자기가 그럴 줄 몰랐대, 꿈에도 몰랐다면서 하는 말이, 하고 싶어 근질거리는 단계를 지나고 나니 정말 안 하는 걸 즐기게 됐다나."

앞 손님들에게 했던 것과는 달리, 둘이 들어서자 달가워하지 않던 카운터의 금발 여자가 못마땅하다는 시선을 둘에게 던졌지만 피아는 그냥 손만 흔들었다.

"넌 그걸 믿어?"

빌리가 물었다.

"뭘, 즐긴다는 걸?"

"아기가 다칠까 봐 겁냈다는 거."

"1초도 안 믿었지."

빌리는 자신들은 그것을 유지할지도, 그 상태에서도 리암이 계속 하고 싶어 할지도 궁금했다. 리암은 빌리가 여든이 되어도 사랑을 나누고 싶을 거라고 늘 말했지만, 빌리는 노년이 결코 오지 않을 것처럼 느껴질 때, 적어도 자신들에게는 아직 당장은 아닌 일일 때 그렇게 말하기는 쉽다고 생각했다. 빌리는 여전히 유명인들의 눈가 주름을 물리적 시간의 경과를 헤아리는 수단으로 썼다. 자신에게서는 이제 막 나이가 보이기 시작했다. 아마 세월과 임신으로 인한 여러 몸의 변화와 관련이 있을 것이다. 빌리가 섹스에 대해 물으면 리암은 아마 당연히 좋다고 할 테지만, 생경한 배, 어떤 다른 생명체의 존재 때문에 팽팽히 당겨져 반들반들한 그 피부를 보면 마음이 바뀔지도 모른다.

둘은 전시품 사이를 걸었다. 빌리는 전시품들 덕에 적당히 정신이 분산되니 다행이다 싶어 마음이 놓였다. 수중 생물, 지역의 맹금류, 주요 공룡들, 1800년대부터 시작된 잭슨빌의 100년 역사, 그러니까 카우포드*나 1901년의 대화재(남부연합군을 시 당국이 조력했던 흔적을 확실히 걷어낸 셈이기는 했지만) 같은 것들. 무언가를 상기시키거나 빌리를 뒤흔들어놓을 것은 아무것도 없었다. 게놈 프로젝트나 움직이는 인간 심장 모형 같은 것도 없었다.

하지만 피아는 추론할 기회를 기다리고 있는 것이 분명했다. 둘이 대형 회로판 안으로 고개를 들이밀어 숨자, 온갖 전선들과 벽을 튕겨 나오는 불빛이 눈앞에 나타났다. 그때 피아가 말했다.

"그래, 그럼 그걸 표로 그려보자."

그러더니 마치 초등학교 수학 문제를 풀 듯 손가락을 하나씩 꼽아보았다. 빌리와 리암은 결혼 5년차가 됐다. 둘은 서로 사랑한다. 둘은 20대 후반이다. 둘은 빈털터리는 아니다. 둘은 다른 집 아이들을 좋아한다. 게다가 양쪽 가족은 잘 어울린다.

"종이에 써놓은 걸로는 괜찮아 보이는데, 그렇지? 넌 어

---

*   Cow Ford, 잭슨빌의 옛 이름.

떤 느낌이야? 어떻게 생각해?"

무시하거나 자기 의견을 들이밀려는 의도가 아니라 정말 질문이었고, 이런 점이 피아를 더 사랑스러운 사람으로 만들었다. 피아의 검은 눈동자가 주위의 모든 빛을 모으고 있었고 거기 비친 작은 빌리는 거꾸로 매달려 있었다.

빌리는 백만 가지 생각을 하는 중이었는데, 그 가운데 몇 가지는 스스로 깨닫기도 전부터 빌리를 괴롭혔다. 플로리다주에 홍수가 나면 어쩌지? 우리가 그 끔찍한 남자를 또 뽑으면 어쩌지? 내가 그 일에 서툴면 어쩌지? 내가 그걸 하고 나서 하고 싶지 않다는 느낌이 들면 어쩌지? 하지 않고 나서 후회하면 어쩌지? 식료품점에서, 영화관에서, 집에서 누군가가 나한테 총을 쏘면 어쩌지? 학교에서 수정주의 역사를 가르치면 어쩌지? 내가 희생정신이 너무 없는 거면 어쩌지? 내가 지나치게 희생을 하는 거면 어쩌지? 만약 나랑 리암이 이혼하면, 망하는 거야. 아이들이 나를 미워하면 어쩌지? 내가 인정사정없으면, 내가 정말 정말 사랑하는 것을 잃어버리면, 이 모든 게 지속될 수 없다면 어쩌지? 우리의 사랑도 우리의 지구도. 그러다 우리가 결국 그냥 바다도 물 들여놓고 잘되기나 바라게 되면 어쩌지?

좋든 싫든 이 세상에 새로운 생명을 내놓는 것 자체가 책임 있는 일인지 알 수가 없었다. 그렇다고 자신의 모든 시간을 마냥 고통스러워하며 보낼 수는 없었다. 계속 움직이고, 계속 숨을 쉬어야 했다. 그렇지 않으면 존재하기를 그만두는 수밖에 없었을 것이다. 그래서 빌리는 피아에게 가장 단순한 대답을 내놓았고 그 대답은 이렇게 요약될 법했다.

"솔직하게? 이 아기가 내게 무슨 짓을 할까?"

천문관의 좌석들은 완전히 뒤로 젖혀져 관람객들은 모두 천장 전체를 바라볼 수 있었다. 오후 4시 정각이 되면 조명이 일제히 꺼지고 실내는 태양계와 깜박이며 깨어나는 수천만 개의 별들로 이루어진 우주의 모호한 암흑으로 바뀌었는데 놀랍게도 그 별들 중 압도적 다수는 아직도 이름이 없었다. 어둠과 드문드문 있는 빛 가운데서 빌리는 하나의 씨앗, 은하계라는 깊은 주머니 속에 있는 한 점의 갈망이었다. 가장 편안함 속에 있는 작디작은 존재. 사방에 울려 퍼지는 남성의 목소리가 여덟 개 행성, 불쌍한 명왕성, 소행성대에 대해 각각 간단히 소개해준 뒤 더 멀리, 지구로부터 3천 광년 떨어져 있는 가장 가까운 블랙홀까지 이동했다. 시공간space-time, 사건의 지평선event horizon, 이상적 흑체ideal black bodies 같은 구체적인 용어도 새로 배웠는데—마지막 용어에서는 둘 다 각자 키득거렸다—전부 빛이 빠져나올 수 없을 만큼 큰 질량을 해석하기 위한 용어들이었다. 어떤 물체가 안으로 떨어지고 나면 바깥에서는 관측이 불가능할 수밖에 없었다. 그러나 빌리가 보기에 이 경우 '관측 불가'는 '사라짐'과 상호배타적인 것이 아니었다. 빌리는 몸을 숙이고는 피아에게 귓속말로 물었다.

"너는 블랙홀이 입구라고 생각해?"

그러자 피아는 별로 뜸 들이지 않고 대답했다.

"삶은 동그라미 같은 거거든. 다른 누군가가 먼저 있지 않았던 곳에 갈 수는 없는 거야."

"그래서 디바님 행사 날을 위해 뭐뭐 준비된 거지?"

빌리는 수화기를 든 채로 섭외한 옥상 장소, 금색으로 칠한 플라스틱 플루트 같은 온갖 세부사항을 문자메시지로 적고 사진을 보냈고 바이올렛은 의견을 새로 내기도 하고 마음에 드는 부분을 짚어주기도 했다. 그리고 엄마의 '비교적 젊음'(빌리는 이걸 스타일의 문제로 이해했다)을 이유로 들며 개선할 만한 부분도 덧붙였다. 바이올렛은 중간고사가 죽음이었고 요즘은 이러이러한 남자랑 데이트를 하고 있으며 콜레트에게 줄 마땅한 선물은 아직 찾지 못했다고 했다. 두 자매는 바이올렛이 집에 도착하기 전에 준비할 것들을 챙겨보며 파티 당일에 반드시 갖춰져 있어야 할 가장 중요한 세부 사항들을 결판냈다. 빌리는 쇼핑몰에 있는 가게에

들러 케이크를 찾아오고, 바이올렛은 파티 장소를 장식하기로 했다.

"그리고 제발 부탁인데, 솔직히, 다들 너무 늙다리거든. 그러니까 내가 거기 있을 때 언니랑 형부랑 큰맘 먹고 뭐 할까 싶은 생각이 혹시라도 들면 나한테 귀띔부터 해줘."

바이올렛의 목소리에서 과장된 떨림을 감지한 빌리는 나이를 실감한 적이 있는지, 시간 축적 이론은 아는지 물어보며 나이를 먹으면 먹을수록 시간이 더 빨리 가는 것처럼 느껴진다는 설명을 덧붙였다. 최근에 알게 된 사실이 아닌 것처럼 잘난 체하는 말투로 던진 빌리의 이 말에 바이올렛은 웃으며 "미처 몰랐었네"라며 답했고 이내 둘은 전화를 끊었다.

빌리가 그날 밤 리암이 집에 오자 동생이 했던 말을 전하자 리암은 강아지를 불러 목줄을 매면서 혼자 웃었다.

"우리가 소파 여기저기서 섹스했던 걸 아는 게 틀림없어, 그치?"

빌리가 생각한 건 그런 게 아니었다. 사람들은 타인의 삶이 자기네한테 들어맞지 않으면 그 삶에 대해서는 조금도 상상하지 않으려 한다는 것이 빌리의 결론이었다.

빌리는 원고를 쓰다가 교차성 페미니즘과 명왕성의 아기 위성들을 조사하는 일을 잠시 멈추고 숨을 돌리며 물을 착색시키는 일과 그것이 수중 동식물에 미치는 영향을 구글에서 찾아보았다. 대다수 웹사이트에서 그런 색소는 식품 등급이므로 동물에게 안전하고 그 동물을 소비하는 인간에게도 안전하다고 주장했다. 성가신 조류가 퍼지는 것이나 포식자인 새들이 산란하는 귀한 대상을 밀렵하는 것을 막아준다고도 했다. 모두에게 이익이라는 것. 하지만 빌리는 속지 않았다. 돈은 모든 것 위에 군림하는 숭배 대상이자 그 어떤 선이나 악도 배제하지 않음을 빌리는 잘 알고 있었기 때문이다. 삶의 값어치가 얼마나 되는지는 자신의 뉴스피드에서도 그리고 일상에서도 직접 두 눈으로 똑똑히 목격하고 있는 중이었다.

밤늦게 리암을 기다리면서 이것저것 되는 대로 검색해보았다. '플로리다가 물에 잠기는 데 몇 년'이라든가 '태양은 언제 꺼지나'나 '세대 간 트라우마와 그 생물학적 영향' 같은 것들. 〈플로리다타임스〉가 자기 집에서 달달한 아이스티를 홀짝거리며 새로워진 회원 모집 방식에 대해 이야기 나누는 쿠클럭스클랜* 어느 지부의 그랜드드래곤**을 인터뷰한 기사, 집에서 홈메이드 유기농 피자롤 만드는 법, 좆빨러라는

* Ku Klux Klan, KKK단. 미국 남부 주들 중심으로 결성된, 폭력도 불사하는 백인 우월주의 단체.
** KKK에서 간부급 지도자를 부르는 호칭.

표현이 좆 가진 쪽은 빼고 오직 빠는 행위를 한 사람만 모욕하는 말인 이유도 찾아보았다.

자신도 공범이라는 확신이 든 빌리는 주차장 여기저기에 흩어져 있는 쓰레기를 줍는 습관을 들이기 시작했다. 죽은 잉어는 없는지도 매일 확인했다.

금요일 끝자락에 빌리는 공항으로 바이올렛을 마중 나갔다. 배꼽티에 헐렁해 보이는 보이프렌드 스타일의 청바지를 입은 동생의 몸은 탄력이 넘치고 갓 빚어낸 듯 빛났다. 촘촘히 땋은 드레드록 머리에는 은색 커프 장식을 끼웠고, 손가락에는 줄줄이 옥, 오닉스, 자수정 반지를 끼고 있었다. 어쨌든 바이올렛은 빌리보다 키도 크고 빌리의 스무 살 시절보다 자신감도 넘쳤다.

집으로 오는 내내 차 안에서 둘은 각자의 이야기는 하지 않고 라디오를 크게 틀고는 초창기의 카니예, 마룬파이브, 에이브릴 라빈 등 둘 다 청소년일 때 콜레트의 집에서 잠시 함께 지냈던 시기의 팝송들을 고래고래 소리 지르듯 불렀다. 눈앞에 펼쳐진 하늘에는 보랏빛 줄무늬가 그려져 있었는데 줄무늬가 아무것도 없는 한가운데로 달리고 있는 듯한 느낌마저 들어서 영적이고 약간은 으스스한 기분마저 들었다. 마치 '자아'는 허상이라는 듯.

때마침 빌리의 전화가 울리자 빌리는 블루투스로 전화를 받았다.

"우리 손주 거기 있니?"

다짜고짜 묻는 콜레트에게 바이올렛이 스피커에 대고 냥냥거리며 인사를 건넸다. 자동차 시계가 재깍 정오를 가리키자 두 자매는 약속이라도 한 듯 소리를 질렀다.

"생일 축하해요, 엄마!"

그러자 콜레트가 환호하며 혼자 손뼉 치는 소리가 들렸다. 그러고는 말했다.

"고맙다, 우리 아가들! 그분께 영광을 돌려야겠다. 내 두 딸이 지금 한곳에 같이 있다니. 이제 난 두 다리 쭉 뻗고 편히 잘 수 있겠구나."

빌리는 엄마로 산다는 건 늘 그런 건지, 그러니까 다들 자신을 찾아주기를, 자기 분신들이 다시 한데 모이기를 기다리는 일인지 묻고 싶어졌다.

빌리는 소파에 잠자리를 만들고 베개를 털어 새 커버를 씌웠다. 동생에게는 아무 말도 하지 않을 작정이었지만 그 소식은 저절로 미끄러지듯 나와 둘 사이의 나른한 정적 속으로 파고들었다. 바이올렛은 숨을 크게 들이마시더니 말했다.

"그러니까 언니였던 거 맞네. 엄마가 최근 몇 주 동안 섹스 조심하라고, 학교 마치는 건 중요하다고 날 얼마나 들들 볶았는지 몰라. 그래서 나 피임약 건너뛴 적 한 번도 없다고 계속 말했다니까. 엄마 반응은 어때? 퍼레이드라도 해?"

빌리는 등을 돌리고는 시트를 개며 말했다.

"아직 엄마한텐 말 안 했어."

"와아, 파티 기다리는 거구나. 천잰데. 내 조그만 선물 따위는 상대도 안 되겠는걸."

그러면서 커피테이블을 드럼처럼 두들겼다.

"올해의 딸 대상은……."

"그런 거 아니야."

"그럼 뭔데?"

바이올렛의 질문에 빌리가 설명했다. 동생은 얼굴을 일그러뜨리더니 혼란스럽고도 불쾌하다는 표정을 역력히 지었다.

"그러니까 지금, 그 아기가 '언니 인생을 어지럽힐까 봐' 겁이라도 난다는 거야? 이기적인 생각 아냐?"

빌리 자신도 그렇지만 아직 아기나 마찬가지인 동생에게 어떻게 말해야 할지 몰랐다. 그게 말이야 쉽지, 너는 아직 가보지 못한 도시들이 있고 쌓아야 할 경력이 많다는 설명을 어디서부터 해야 할지. 시간은 얼마든지 더 있다고, 당연히 시간은 있는 거라고 스스로 되뇌어보기도 했었다. 하지만 아이는 성가신 존재일 수 있었고, 살갗의 아주 간단한 흉터도 이제 더는 완전히 사라지지 않는 나이였다. 빌리는 이 아기가 자신을 부숴버릴 것임을 알았다. 이 모든 이유들이 참일 수 있으며 타당하다는 이야기를, 갑자기 끼어든 혼란 뒤에는 또 다른 무시무시한 것이 기다리고 있다는 것, 그러니까 엄마가 되는 일이 어떤 통과의례에 불과한 것이 아니라 실은 주머니에 돌 하나를 더 집어넣는 일과도 같다는 설명을 어떻게 할 수 있을까. 아기는 훗날 온전한 사람으로 자랄 것이고 그렇게 되기까지 책임을 져야 하는데 도리어 내가 망가뜨린다면? 물론 모두가 엄마가 되어야 하는 것은 아니다. 관습적인 의미로는 더더욱 아니다. 만일 여자들에게 궁금해할 자유가 더 많이 허락되었더라면 세상은 지금 어떤 모습이 되었을까?

"있잖아, 엄마한텐 말하지 마. 생각 좀 해봐야겠어."

바이올렛은 작은 가방을 들고 욕실로 들어갔다. 변기 물 내리는 소리와 세면대 물 흐르는 소리가 들리더니 몇 분 뒤 편한 옷차림에다 얼굴에는 번들거리게 오일을 바르고 머리는 새틴 스카프로 묶고 나왔다.

"아무 말 안 할게. 내가 전할 소식은 아니니까."

바이올렛은 이불 속으로 들어갔다. 그리고 빌리를 계속

처다봤다.

"그래도 하루쯤은 낳을 것처럼 굴 수도 있잖아. 그걸 '그것'이라고 부르는 건 좀 자제한다든가 하는 식으로? 내가 아무것도 모른다고 생각하는 거 아는데, 근데 알고 보니 해볼 만한 일이면 어쩔 건데?"

"진짜가 될 때까지는 일단 흉내라도 내봐라?"

빌리는 농담을 던져봤다. 몸을 깊이 숙여 바이올렛의 뺨에 입을 맞췄다. 바이올렛이 미소를 짓는데, 그 미소엔 무언가 작용하는 중력 같은 것이 있었다. 동생의 앳된 얼굴 안쪽에서 다른 무언가, 영원히 늙지 않는 무시무시한 어떤 존재가 내다보고 있는 것만 같았다. 이를테면 진실.

"그래, 안 될 게 뭐 있어? 자기가 뭘 하고 있는지 정말 알고 하는 사람이 있다고 생각해?"

빌리는 자신이 바이올렛의 나이였을 때 그렇게 무지하고도 현명했는지 기억이 나지 않았다.

강아지가 침대에 누운 빌리에게 찰싹 달라붙어 있었는데 나중에는 집에 돌아온 리암이 그 자리를 차지했다. 빌리는 리암이 곁에서 웅크려 눕는 기척을 느꼈다. 샤워하고 나온 그의 살갗에서는 아직 물방울 냄새가 났다. 빌리는 깊은 잠에 빠진 척했다. 텅 빈 몸이 되어 아득히 먼 어딘가, 보살피고 사랑할 가치가 있는 공간에 가 있는 것처럼. 그리고 빌리가 마침내 의식 저편으로 떨어져 내렸을 때, 꿈은 꾸지 않았다. 혹시 꿈을 꾸었다 한들, 이 역시 빌리의 이해 밖이었다.

빌리는 케이크가 예약한 시간보다 30분 더 늦게 준비되는 바람에 시간을 때워야 했다. 바이올렛은 리본, 테이블보, 플루트, 금색 풍선 등 온갖 장식품이 담긴 상자를 들고 파티 장소에 도착한 상태였다. 피아는 동생을 만나서 일을 거든 다음 아파트로 돌아와 콜레트가 정해준 기준에 맞는 옷—헐리우드의 돈 많은 원로 배우라든가 칵테일파티에서 그들 가장 가까이에 있는 부류의 사람들처럼 스팽글 달린 파랑이나 검정 혹은 은색 의상—으로 바이올렛, 리암과 함께 갈 아입을 예정이었다. 한쪽 어깨가 드러나는 빌리의 진주빛 머메이드 드레스는 차 안에 곱게 걸려 있었고, 케이크를 찾은 다음 콜레트의 집까지 운전해서 가면 준비는 끝이었다.

기다리는 동안 빌리는 백화점을 돌아다니며 화장품과 인테리어 소품 코너며 희미한 색의 지느러미를 힘없이 늘어뜨린 물고기들이 담긴 수조가 서글프게 늘어선 모습 따위를 둘러봤다. 산다 한들 전부 기껏해야 절반의 약속에 불과한 것들이었다. 그러다 얼결에 의류 코너에 도착했다. 여성복, 아동복, 그리고 자연스레 유아복으로 발길이 이어졌다. 어쩌면 처음부터 내내 여기로 향했던 것인지도 몰랐다. 플라스틱 옷걸이에 걸린 것마다 자그맣고 손끝에 보드랍게 닿았으며 두 가지 성별에 따라 파스텔색으로 나뉘어 있었다. 몸 안에서 자라고 있는 그것이 모자와 북실북실한 털이 달린 여우 모양 우주복을 입은 모습을 상상해보려는데 뒤에서 인기척이 느껴졌다.

"꼬마 빌리?"

오래전 고등학교 시절의 별명이다. 처음엔 질색했지만 이내 익숙해졌던.

돌아보니 어떤 남자가 서 있었다. 가느다란 머리카락을 감추기 위한 로페이드low fade 스타일에, 폴로셔츠 위로 소심한 용기가 얌전히 내려앉아 있었다. 낯익은 얼굴이었는데 이름은 전혀 생각나지 않았다. 그러다 갑자기 따뜻한 바람이 불어오듯 기억이 다가왔다. 1학년 때 잠깐 좋아했지만 친해질 기회는 전혀 없었던, 인기 많은 남학생이었다. 쿠엔틴이라는 이름의 이 남학생은 그때 2학년이었고. 뜻밖의 행운에 빌리는 고개를 내저었다. 잭슨빌은 쓸데없이 큰 도시라 아는 사람을 우연히 만난다는 건 정말 드문 일이었고 이렇게 괜찮은 모습일 때 마주치는 일은 절대 없었으니까.

"Q?"

"야, 너 맞구나."

쿠엔틴의 얼굴에 나른한 미소가 번졌다. 옛날 그의 매력이 일부분 반짝이며 남아 있었다. 쿠엔틴은 성큼 다가와 빌리를 껴안았다. 향수 따위에 사로잡힌 사람들이 흔히 하는, 서로 잘 몰랐던 사이도 친구로 만들어버리는 그런 종류의 포옹이었다. 빌리는 그대로 폭 싸였다가 곧 쿠엔틴을 마주 안으며 마찬가지로 인사치레를 했다.

"그동안 어떻게 지냈어? 뭐 필요해서 사러온 거야?"

쿠엔틴이 물으며 포옹을 풀 때 빌리는 눈을 감았다. 잠깐의 고요 속에 그대로 멈춘 채로. 그러고는 동생의 조언을 어쩔 수 없이 받아들였다.

"사실……. 응. 첫애거든."

빌리가 웃어 보였다. 지금까지 봐온 수없이 많은 여자들이 그랬던 것처럼, 한쪽 손을 배에 얹는 만국 공통의 자세로.

"식구들이 다 들떠 있지 뭐."

"잘됐다! 축하해! 나도 애가 둘이야. 예정일이 언제야?"

쿠엔틴과는 아쉬울 것 없는 관계인 덕에 그만큼 더 편하게 이야기할 수 있다는 생각이 들었다. 입 밖으로 소리 내어 말해본 적 없는 모든 것들, 여기서부터 시작될 수도 있는 모든 좋은 것들이 저 깊은 곳에서부터 부글대며 튀어나왔다. 이야기가 거침없이 술술 나왔다. 예정일은 봄이고 이름은 할머니나 친척 할아버지 이름을 따서 붙일 수도 있으며 자신과 리암은 아이 성별이 궁금해서 태어날 때까지 어떻게 기다리나 싶지만 조급해하고 싶지는 않다는 둥. 안도감을 쥐어짜낸 빌리는 휴일과 주말이 정말 중요해질 것 같다고 쿠엔틴에게 말했다. 쿠엔틴은 정말 그렇다며 맞장구를 치더니 아기 성장기록 앱 쓰는 거 있냐고 물었다. 자기 여자친구는 너무 좋아하더라면서. 그러고는 또 한 번 빌리에게 축하를 건넸다.

"기적이지, 정말. 물론 마음 단단히 먹어야 할 거야, 피곤해 죽을 테니까. 그래도 내 자신에 대해 많이 알게 되더라. 너도 잘 버텨봐."

빌리는 안면이 있는 누군가와 가벼운 이야기를 나눌 때 동기부여 연설가처럼 말하지 않는 것이 가능할까 문득 궁금해졌다. 이렇게 거창하게 긍정적인 상태가 되는 것이 웃기면서도 한편으로는 근사한 기분도 들었다. 서로 잘 아는 사람들과는 이런 것이 오히려 더 힘들었다. 빌리와 쿠엔틴은 다시 한 번 포옹을 하고는 또 연락하자는 약속을 형식적으로 나누며 헤어졌다. 하지만 중요한 건, 이제 빌리가 기다리게 됐다는 사실이었다.

빌리의 삶 한가운데 자리를 잡고 진짜 존재하는 이 아기, 빌리는 자기 몸의 그 자그마한 둔덕을 아직 양손으로 감싼 채 서 있었다. 이전까지는 느껴본 적 없었던 것, 그저 물결처럼 한 차례 휩쓸고 지나가는 메스꺼운 느낌이 아니라 어떤 날카로운 송곳 같은 생각이 느껴졌다. 바이올렛의 말이 맞았다. 시각화가 열쇠였다.

빌리는 손길에 무방비 상태인 보드라운 뺨을 보았고, 누군가가 자신을 필요로 한다는 데서 오는 자신감도 느꼈다. 그리고 그 누군가를 자신 역시 곧바로 필요로 하게 될 것이었다. 엄마의 자부심도 눈앞에 선했다. 셋의 동행도. 자신이 변하게 될 거라는 사실도. 빌리는 자신을 가늘고 미끈한 뱀이라고 상상해보았다. 자기의 입술이 배에 닿을 때까지 빙빙 휘감다가 햇살 속에 남겨진 돌처럼 단단하고 뜨거워져버린 살에 입술을 갖다 댈 수도 있을 것이었다. 자신의 입이 이제 막 돋아나는 아기의 귀에, 둘 사이의 그 비밀스런 공간에 대고 속삭이는 것을 보았다. 배꼽을 통한 그 말들이 살과 물을 통과해 마침내 바닥에 내려앉았다. 난 너를 사랑해, 하지만 가끔은 네가 하나도 안 좋아.

칵테일을 들고 바깥쪽 바에 기댄 채 요란하게 이야기를 늘어놓는 콜레트는 온통 금빛으로 반짝이는 옷을 입은 유일한 인물이라 누구보다 환해 보였다. 본인이 계획한 대로였다. 출석률도 양호했다. 오래된 친구들이며 새로 사귄 친구들이며, 가족들, 심지어는 빌리와 바이올렛의 부친들까지도 정장을 갖춰 입고 기꺼이 와주었다. 빌리의 아버지는 챙 주변에 페니 동전 장식을 새로 끼워 넣은 파란색 중절모를 쓰고 있었다. 딸들이 반갑게 맞아주고 자리를 뜨자 두 남자는 옥상 한쪽 구석에 나란히 서서는 색이 어두운 독주를 홀짝이며 은밀하게 이야기를 나눴는데 되도록이면 시선을 끌고 싶어 하지 않는 불청객 같은 모습이었다. 두 자매는 그 모습에 배꼽을 잡았다.

"저 둘 지금 무슨 이야기하는 거 같아?"

피아가 물었다.

"엄마와 관련된 비밀 교환?"

어느새 뒤에 와 있던 콜레트가 두 딸 사이를 비집고 들어오더니 잔을 든 채로 콧방귀를 뀌었다.

"내가 얼마나 좋은 엄마인지 말고 저 둘이 무슨 할 얘기가 있겠니? 아니면 맛이라도 볼 수 있었으니 자기네가 얼마나 운이 좋았던가 하는 그런 얘기?"

그러고는 두 남자를 향해 휘적휘적 걸어가며 손을 흔들었다, 마치 여왕처럼. 두 아빠는 콜레트 앞에서 수줍고 작아지는 듯 보였다. 두 자매가 함께 흐뭇하게 눈을 굴리는 동안 피아는 깔깔 웃어댔다. 리암은 잔을 거의 비우고는 고개를 절레절레 흔들었다.

"장모님은 진짜 아무도 못 말려."

리암은 얼음을 깨물어 입안에서 달그락거리며 빌리에게

물었다.

"나 바에 다녀올 건데, 뭐 갖다줄까?"

자신의 말에 갑자기 두 여자가 그대로 굳어버리는 모습을 본 리암은 얼굴이 파리해져서는 곧 그 평범한 질문에 사족을 달았다.

"그러니까 내 말은, 둘 중 아무나 말이야."

리암의 부연 설명에 빌리는 헛기침을 했다. 빌리는 내내 탄산수를 홀짝였지만, 잔에는 매번 과일 장식을 해서 콜레트의 의심의 눈초리를 피했다. 빌리는 사실 술 마시는 것, 특히 파티에서 마시는 것을 좋아했다. 알코올이 핏줄을 가득 채우고 음악과 무대 위의 움직임에 빠져들어 그 어떤 과거나 미래의 시간을 뛰어넘어 오직 현재만 있을 때 그 웅웅거림과 어지러움과 몸이 붕 뜨는 기분이 좋았다.

"음, 전 미성년자거든요."

바이올렛이 그렇게 대답하긴 했지만 전부터 당연히 동생이 하고 싶은 대로 뭐든 하게 됐던 빌리는 지금도 그럴 생각이었다. 엄마는 무언가 자기 의견을 전달할 때 말고는 적당히 산만해져 있는 상태니까. 바이올렛의 얼굴은 지도 같아서 빌리는 동생의 마음이 어느 쪽으로 향하는지 알 수 있었다.

바이올렛은 고개를 저었다.

"지금은 괜찮아요."

"저는 리암이랑 같은 걸로 할게요."

피아가 말했고 리암은 재빨리 가버렸다. 바이올렛은 이런저런 판단은 잠시 미뤄둔 채 에피타이저 메뉴를 확인하고 신청곡도 하나 틀고 오겠다며 적당한 핑계를 대고는 자리를 떴다.

"쟤한테 말했구나."

피아가 시선으로 바이올렛을 좇으며 말했다.

"말이 나와버렸어."

"쟤가 엄마한테 말할 거 같아?"

빌리는 탄산수를 이 사이로 통과시켜 홀짝이며 말했다.

"그럼 내가 쟤 목을 비틀어놓을 거고 본인도 그 정돈 알아."

둘은 파티와 그곳의 온갖 사람들에게 생각을 모조리 잡아먹힌 채 말없이 서 있었다. 빌리는 엄마가 이 무리 저 무리를 옮겨 다니는 모습과 누구든 옆에 있는 사람에게 빛을 내뿜는 드레스를 뽐내며 춤추는 모습을 지켜보았다. 마실 거리를 들고 돌아온 리암이 빌리에게 가까이 기대자, 숨결에서 럼의 온기가 느껴졌다. 빌리의 귀에 닿은 그의 입술은 차가웠다.

"같이 춤추자. 잠깐 다 잊어버리자."

리암이 빌리를 춤추는 사람들 쪽으로 이끌었고 둘은 들썩이는 몸들 사이를 뚫고 중앙으로 나갔다. 빌리는 두 손을 번쩍 들고는 두 발과 엉덩이와 어깨를 미끄러지는 리듬 속에 내맡겼다. 순순히.

자정 직전, 생일 축하 노래와 케이크 점화도 다 끝나자 서빙 직원 두어 명이 남아 있는 손님들 사이를 돌아다니며 스타프루트와 라임으로 장식한 마르가리타 잔을 나눠주고 있었다. 콜레트가 쉰 번째 맞는 해의 첫날을 축하하는 대단원이었다. 콜레트는 사람들 앞에 서서 축배를 들었다. 두 딸과 친구들이라는 자신이 누리는 대단한 행운에 감사하고 앞으로의 50년도 지금까지처럼 오래 건강하게 살 수 있기를 빌며.

"내가 그동안 깨달은 건, 일단 살아봐야 안다는 겁니다. 그리고 감사해야 해요. 후회를 품고 살지 말아요! 그 누구도 당신을 휘두르게 두지도 말고요!"

어딘가 미적지근해 보이는 두 남자를 빼곤 모두가 환호하며 콜레트를 위해, 각자 자신을 향한 그 다짐을 위해 건배했다.

빌리는 사람들 뒤쪽에 있는 식당 안으로 이어지며 양쪽으로 열리는 문 근처에 서 있었다. 서빙 직원들이 마지막으로 나올 음식들을 챙기러 드나들고 다 쓴 접시들을 주방으로 나르는 중이었다. 빌리는 혼자였다. 어느 서빙 직원이 남은 술잔을 하나 올린 쟁반을 들고 지나가는데 빌리는 자기도 모르게 손을 뻗었다. 손바닥에 닿은 잔은 마치 장어 한 마리처럼 미끈했다. 빌리는 주변을 둘러보며 술잔 가장자리의 소금을 손가락으로 더듬었다. 보는 사람은 아무도 없었고, 신경 쓸 사람도 없었다. 빌리는 잔을 기울여 입에 가져다 대고 그 차가움이 밀려들게 두었다. 이에 와 닿는 톡 쏘는 느낌과 짠맛. 테킬라는 물이 섞였는데도 투명하니 맑았다. 한 모금. 빌리는 재빨리 마셔버리고 빈 잔을 지나가는 다른 쟁반 위에 올려놓았다. 손을 입에 가져다 대니 그 차가움도, 그 맛도 여전히 감돌고 있었다. 한 잔은 괜찮을 거야, 콜레트도 그렇게 말했어, 빌리는 혼잣말을 했다. 후회 안 해.

아니나 다를까, 그 생각을 하자마자 생각은 현실이 되어 팽팽히 맞섰다. 공황이 엄습했다. 빌리는 화장실로 달려가 변기 칸으로 뛰쳐 들어가서는 찐득거리는 바닥에 무릎을 꿇었다. 그러고는 두 손가락을 목 안쪽 깊숙이 밀어 넣고 두 눈이 화끈거려 눈물이 고일 때까지 눌러댔지만, 이미 마셔버린 것을 도로 게워낼 수는 없었다.

"미안해."

빌리는 중얼거리며 변기통에 대고 딸꾹질을 하면서도

그건 그저 말에 불과할 뿐 어떤 변명도 될 수 없다는 걸 잘 알았다.

빌리는 이곳이 집이어서 옷도 화장도 그대로인 채 침대로 기어들어가 생각 따위 잠으로 흘려보낼 수 있다면 얼마나 좋을까 싶었다. 다른 누군가가 대신 결정해줄 수 있다면 얼마나 좋을까 싶었다. 다른 누군가가 뭐라 말을 해준다면. 또각거리는 구두 소리가 들려오자 빌리는 휴지 한 칸을 끊어 입을 닦았다. 화장실 문이 열리고 엄마의 걱정스런 얼굴이 어른거렸다. 어떻게 알았는지, 엄마라서 느끼는 어떤 직감이 있었는지 모르겠지만. 언제나처럼 엄마는 얼결에 우연히라도 아무튼 문제의 근원에 도착했다. 콜레트의 표정은 침대에서 떨어진 바이올렛이 얼마나 다쳤나 확인부터 한 뒤 분노라는 좀 더 안전한 영역으로 들어서기 전에 지었던 그 표정과 똑같았다. 하지만 지금 여기 둘 사이에서 엄마의 손길을 재촉할 만한 것은 안도감일 뿐, 죄책감 따위는 없었을 것이다. 콜레트가 몸을 굽혀 빌리의 등을 쓸어주던 순간 빌리는 어쩌면 분노조차도 일종의 사랑일지 모른다고 생각했다.

"괜찮아, 아가."

콜레트는 중얼거리며 혀를 끌끌 찼다.

"많이 마셔서 그래. 집에 가거라. 물 좀 마시고. 내일은 또 괜찮을 거다."

차를 세웠을 때 연못가의 가로등은 꺼져 있었다. 리암
이 시동을 끄고는 빌리를 흘끗 쳐다봤다. 빌리는 앞쪽을 바
라보며 앉아 있었는데 딱히 아무것도 보고 있지는 않았다.
바이올렛이 오늘은 콜레트의 집에서 묵겠다고 하자 피아는
다정하게도 그 둘을 차에 태워 집에 데려다주겠다고 나섰
다. 빌리는 무슨 일이 있었는지 남편에게는 말하지 않았지
만, 마스카라가 번져 있는 걸 본 리암은 빌리의 속이 어떤지
짐작할 수 있었다. 리암은 빌리를 너무나 잘 알았다. 리암이
빌리의 손을 잡고 나서야 빌리는 문을 열고 걸음을 내디뎠
다. 열기는 이미 식어버려서 밤공기가 마치 미지근한 목욕
물 같았다.

"올라가. 가서 강아지 챙겨."

빌리가 말했다. 리암은 열쇠를 잘그랑거리며 걱정스런
얼굴을 했지만 곧 그러겠다고 했다.

"금방 올게."

리암이 자리를 뜨자 빌리는 연못을 바라봤다. 하늘색으
로 물든 연못은 유리 같았고, 우주처럼 검었다. 피라미들이
입을 뻐끔거려서 수면에는 마치 비가 내리듯 잔주름이 잡혔
지만 분수대가 꺼진 물은 하나의 거울이 되었다. 건너뛰어

야 할 것, 그리고 잃게 될 것과 찾게 될 것을 드러내 보여주는 거울. 빌리는 어쩌면 그 어떤 것이든, 어떤 블랙홀, 어떤 몸, 어떤 선택 모두 하나의 관문이 될 수도 있으며, 관측되지 않는 다른 어디에서든 택하지 않은 모든 길이 이어지고 있었다는 생각이 들었다.

이야기 대신 노래를 만드는 빌리가 있고, 서울에서 영어를 가르치며 혼자 사는 빌리도 있고, 지금에 있는 빌리와는 평행으로 존재하는 또 다른 빌리는 악몽이 손짓하는 어둠 속에서 엄마의 그 직감으로 손에 따뜻한 우유 잔을 들고 있다. 무수한 또 다른 빌리들은 잃어버린 존재가 아니라 단지 닿지 않는 다른 세상에 있다. 어딘가에서는 어떤 아이가 그를 다른 이름으로 부르는 것도 가능하지 않을까? 빌리가 그들을 볼 수는 없어도 그 잉어들은 아직 헤엄을 치고 있지 않을까? 빌리는 눈을 감았다. 자신을 둘러싼 밤의 맥박을, 빌리라는 물질에게 다시 말을 거는 암흑 물질을 느꼈다.

등 뒤에서 나는 발소리. 강아지가 짖었다. 부러 깨갱대는 한 번의 짧은 소리. 빌리를 알아본다는 것, 빌리를 자기 것이라며 반기는 소리.

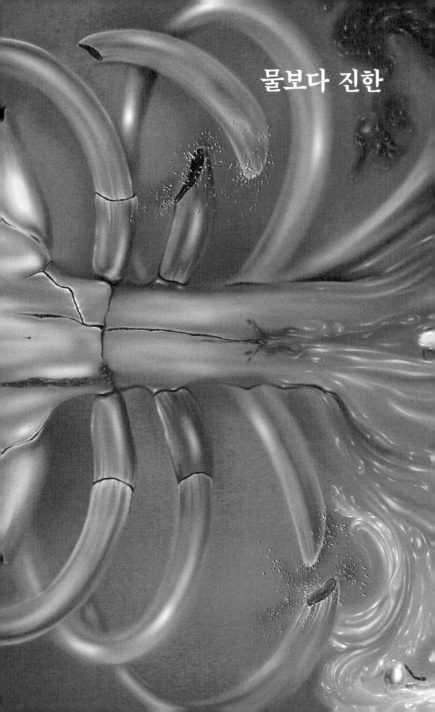
물보다 진한

엄마가 전화를 건 것은 자정이 다 되어서다. 평소 엄마가 잠자리에 들 때가 훌쩍 넘은 시간이라 나는 엄마 마음을 불편하게 만드는 무언가가 있다는 걸 알 수 있다. 벌레나 어떤 유령, 그러니까 잠도 없고 가차도 없는 어떤 존재겠지. 나야 뭐, 언제나 밤의 생물이었고.

그만해라. 내 답을 듣자마자 엄마는 말한다. 너랑 네 오빠는 화해하게 될 거다. 아버지 유골을 둘이 산타페에 뿌리는 거야. 아버지 소원이었어.

나는 왼쪽 겨드랑이가 접히는 곳에 난 뾰루지를 만지작거린다. 낮 동안 어느 틈에 생겼는지 안으로 파고드는 털 사이에 나서 아프지만 아직 터뜨릴 때는 안 됐다. 손가락을 떼어보니 축축한 데다 약간 양파 냄새가 난다. 셔츠 위에 문질러 닦는다.

일은 어떡하라고? 사실 내 일이라 해봤자 개 산책이나 아기 돌봄처럼 들쑥날쑥한 일이라 문제될 리가 만무하지만 괜히 되물어본다.

딱 이삼일이야. 시간 낼 수 있잖니. 나는 엄마가 수화기 너머에서 어떤 모습으로 있을지 알 수 있다. 세어가는 곱슬머리는 스카프로 감싸고 결연한 얼굴에는 어둠을 거푸집처럼 두르고 있을 것이다. 어찌하여 엄마의 말은 기도이면서 또 한편으로는 굴레인가.

엄마가 말한다. 세실리아, 너무 오래됐다. 네 아버지도 쉬어야지. 하지만 엄마가 말하는 그 쉼이란 거 우리도 다 필요한 건데.

전화를 끊고 나서 나는 두 손으로 수화기를 든 채로 잠시 앉아 있다. TV에서 나오는 깜빡거리는 빛이 방 안을 푸르게 물들이고 아련한 추억의 묵직함이 들러붙는다. 오빠도 나처럼 밤에 속한 생물이다. 최근 1년간 나는 오빠 생각을 피해왔다. 동네 저편에서 따로 잠 못 들고 있을 오빠. 그런데 엄마가 우리를 소환했고, 그 전화는 피할 길이 없었다. 나는 전화를 건다. 전화벨이 두 번째 울릴 때 오빠가 전화를 받았는데 이건 오빠가 내 전화를 기다리고 있었다는 이야기다. 내가 오빠 전화를 기다렸던 것처럼.

루카스. 오빠의 이름을 부르자 입안에서 어색한 맛이 났다. 약간 시큼하면서도 꿀을 섞은 것 같은 맛이다. 오랫동안 입에 올린 적 없었던 그 이름. 엄마만 그 이름을 불렀다. 오빠의 한숨 소리가 마치 폭풍 같다.

알고 있어. 그가 말한다. 출생 순서처럼 이 소식에서도 완벽히 2등이라는 사실을 나는 침묵을 통해 시인한다. 당연히 엄마는 루카스에게 먼저 전화를 걸었다. 나는 설득이 필요한 자식은 아니었으니까.

그래서? 이걸 우리가 한다고?

2주 뒤야. 난 나흘 있어, 더 이상은 힘들고.

엄마는 우리가 차를 몰고 가기를 바란다. 거기 땅을 직접 봐야지, 엄마는 그렇게 말했지만 우리는 알고 있었다. 엄마가 바라는 것은 우리가 붉은 흙산과 군인처럼 우뚝 서 있는 선인장들을 보는 것이 아니라 좁은 공간에 함께 있는 것 자체라는 걸. 관계를 바로잡지 않을 도리가 없어지는 상황. 오빠에게서 온갖 망설임이 감지되고, 우리가 사사건건 티격태격하던 꼬맹이 시절보다도 언짢은 기색이 더 역력해 보이지만, 나는 그저 졸라대는 수밖에 없다. 그는 내 자아의 자연스러운 연장선 위에 있으니까.

여전히 의기양양한 꼬마 여동생처럼 나는 오빠에게 말한다. 오빠 차로 가는 거다.

내가 혼자 살고 있는 조부모의 옛날 집 입구 도로에 모습을 드러낸 루카스가 성질 더러운 데이트 상대처럼 경적을 울려댄다. 그는 이 집 안으로 들어서는 걸 질색한다. 여기는 우리가 어린 시절, 조부모의 이사 때문에 아버지가 사랑하던 산타페를 떠나 탤러해시로 온 뒤 살았던 곳이다. 두 곳은 비슷한 구석이라고는 한 군데도 없어, 아버지는 자주 그렇게 말했지만 강렬한 태양만은 예외였다. 가끔은 나 역시 현관에서 아버지의 존재를 느꼈다. 멀찌감치 미동도 없이, 축배라도 드는 듯 나를 향해 손을 치켜든 채 서 있던 모습.

나는 여행가방을 엉덩이 근처에 걸쳐지게 둘러멘 채 이른 아침 햇살 속 차 앞 유리 너머에 있는 오빠의 모습을 살핀다. 못 보고 지낸 사이 오빠는 턱수염을 기르고 물결 모양을 만들어 붙인 머리의 옆 부분은 짧게 잘랐다. 콧대 높은 사람답게 모든 게 말쑥하다. 유리창을 통해 보이는 얼굴에는 궁지에라도 몰린 듯 근심이 서려 있는데 조심스러운 그 모습에는 내가 그리워하던 무언가가 담겨 있다. 귀여운 사람. 나는 전날 밤에 땋아두었던 머리를 오늘 아침에 풀어 턱 근처에 늘어뜨린 다음 효과가 강한 데오도란트를 쓰고 보랏빛으로 칙칙한 눈 밑에 파운데이션도 발랐다. 오빠 앞에 죄책감 없는 예쁜 모습으로 나타나고 싶었다. 한때 억울한 일을 당했어도 용서를 생각할 줄 아는 사람처럼.

창문 밖으로 머리를 내밀며 루카스가 먼저 말을 건넨다. 탈 거야, 어쩔 거야? 그가 트렁크를 열자 나는 그의 가방 옆에 내 가방을 던져 넣은 뒤 옛날처럼 조수석에 올라탄다. 모든 것이 달라져버렸지만. 계기판에 오렌지색 불빛이 깜박인다. 엔진 경고등이다. 나는 그걸 가리키며 말한다. 우리가 해낼 수 있을까?

우리가 노크도 하기 전에 엄마가 문을 연다. 갈색 종이봉투에 점심거리로 햄과 크래프트치즈 샌드위치와 탠저린 두 개씩을 싸놓았다. 엄마는 우리가 거실에 그렇게 함께 있는 모습을 보고 안도하는 눈치다. 우리가 말 한마디 없이 서로 멀찌감치 떨어진 채 어색하게 서 있는데도. 곳곳에 있는 우리 사진은 먼지를 털어주며 애지중지한 흔적이 역력했다. 꼬맹이였던 우리, 산산조각 나기 전, 아직 가족이었던 우리의 모습. 우리의 처음이었던 어딘가가 있었고 좋았던 때도 있었다는 증거. 루카스는 고개를 돌린다.

오래 못 있어요, 엄마. 우리 갈 길이 멀어. 이런 과거 속에 우리가 계속 머물기를 바라는 엄마의 속마음을 오빠도 느꼈으니 나오는 반응이다. 오빠는 부드럽게 거절하느라 엄마의 뺨에 입을 맞춘다.

그래, 알았다. 엄마는 그렇게 말하며 점심 봉투를 오빠에게 건넨다. 그러고는 몸을 돌려 우리 아버지를 내 품 안에 조심스레 놓는다. 테이프를 붙여 밀봉하고 엄마의 좋은 스카프로 싸매놓은 도자기 항아리. 복숭앗빛 달리아 문양이 있는 흰색 리넨으로 감싼 그 꾸러미는 갓난아기만 하다. 엄마는 혼자 성호를 그으며 허공에 대고 축복의 말을 중얼거린다. 나는 루카스와는 달리 입맞춤으로 여기서 달아날 수가 없다. 얼굴조차 돌릴 수 없다. 이건 아를로, 내 아버지이고, 그는 내 안 곳곳에 있으니까. 그는 내게 요리하는 법, 타이핑하는 법을 가르쳐줬고, 걷게 됐을 때는 발을 내려다보지 않는 법을 알려줬다. 그는 언제나 내게 엄격했으며 나를 어린애로 대하지 않았다. 그는 내게 사물들의 이름을 알려줬고, 죽음이 있으면 그건 죽음이라고 분명히 말해줬으며, 밤에는 이불을 덮어주고는 내 귀에 대고 '폴 라 상그레Por la sangre(피는 진하다)'라고 속삭인 뒤 내가 따라 말하기 전까지는 자리를 뜨지 않곤 했다. 내가 그 말을 믿는다고 아빠를 믿게 만들기 전까지는 나가지 않았다. 한때 나는 그를 사랑했고 나중엔 두려워하게 됐다. 착한 딸은 다 그래야만 한다는 그의 뜻대로.

아버지를 내 발 근처에 두고 출발하는데 루카스가 엉뚱한 길로 들어섰다.

고속도로는 반대 방향이야.

내 지적에 루카스는 눈을 굴리더니 말한다. 중간에 한 단계가 더 있거든. 그러더니, 그거나 꽉 잡아, 하며 항아리로 말을 돌린다. 나는 대꾸 없이 샌들 사이로 꾸러미를 꽉 붙든다. 어떤 장면이 머릿속에 그려진다. 뚜껑이 열려 아버지의 유해가 차 안에 솟구쳐 올랐다가 떨어져 펜, 빵 부스러기, 주차권 틈새로 내려앉는 장면. 아버지를 뒤집어쓴 채로 가장 가까운 주유소를 찾아 들를 때 우리는 어떤 꼴일까. 화장실 세면대에서 우리는 얼마나 경건하게 얼굴을 씻을까. 한 명이 세차장 진공청소기에 동전을 넣고 아버지를 빨아내버리는 동안 다른 한 명은 차에 기대어 서서 바비큐맛 프리토스를 한 움큼씩 와작거릴 테지. 결국 한낱 커다랗고 지독한 먼지 뭉치가 되고 마는 아를로. 내가 크게 웃음을 터뜨리자 루카스가 나를 미친 사람 보듯 쳐다본다. 어쩌면 나는 미쳤는지도.

우리는 회녹색으로 칠해진 작은 단층주택에 멈춰 섰다. 가림막을 세운 현관 입구에는 홀치기염색을 한 만다라 천이 블라인드처럼 드리워져 있었다. 현관 너머로 낡은 패치워크 소파 하나와 느릿느릿 돌아가는 천장용 선풍기가 보인다. 한쪽 구석의 나무상자 위에는 책들이 쌓여 있고 토분에 심긴 필로덴드론이 어룽거리는 불빛 속에 이파리를 드리우고 있다. 루카스가 차에서 내리자 그제야 나는 그가 이 집 안으로 들어갈 생각임을 깨닫는다. 루카스가 여기, 내가 알지 못하는 이 다른 공간에 살고 있다는 사실을 깨닫는다.

우리가 시간에 쫓기는 줄 알았는데, 나는 말한다.

그러자 이미 차에서 내리고 있던 그가 대꾸한다. 여기서 기다리고 싶으면 그러든가.

문득 궁금해진 나는 오빠를 따라 짧은 콘크리트 계단을 올라 현관을 지나쳐 로즈마리와 마리화나 냄새 같은 것이 풍기는 집 안으로 들어선다. 거실은 작지만 놀랍도록 아늑하다. 편안하고 환한 분위기로 가득해 쾌적한 느낌이다. 루카스는 복도를 따라 어디론가 가버렸고 나는 매력 있는 낡은 가구며 벽에 기대어놓은 달리 포스터 액자를 둘러본다. 어느 것 하나 오빠 물건처럼 보이는 게 없었는데 기다란 아침 식사 테이블 여기저기에 흩어져 있는 레코드판과 턴테이블을 발견하고 나니 일말의 안도감이 느껴진다. 하지만 곧 오렌지셔벗색 고양이가 TV 스탠드에서 뛰어내려와 자그마한 몸으로 내 발목 주변을 둘러 감으며 탐색을 시작하는 바람에 그 안도감은 금세 달아나버린다. 오빠는 고양이라면 질색했는데.

걔는 루시예요. 고개를 들어보니 은발의 젊은 백인 여자가 복도 벽에 기대고 있다. 아까 루카스가 들어갔던 쪽이고 이제야 모든 것이 조금 이해가 간다. 식물, 책, 고양이. 이건 아무튼 공동작품 느낌이다. 내가 미리 알았어야 했는데. 여자가 햇살이 드는 쪽으로 오니 뺨의 곡선을 따라 덮인 희미한 솜털이 보인다. 빛을 받은 여자의 머리가 라벤더색으로 변한다.

아, 라고 내뱉은 뒤 나는 당황한 듯 보이거나 무례하게 비춰질까 봐, 고양이 이름은 그 빨간 머리로 유명한 루실 볼에서 따온 것이냐고 묻는다. 아니요, 하도 못돼먹어서 악마에서 따온 이름이에요. 저는 셸비예요, 여자가 말한다.

나도 셸비에게 이름을 알려주고는, 만나서 반갑다고, 오빠가 나를 여기까지 데려오고 들어오게 해주다니 정말 다행이라고 덧붙인다. 이건 우리 남매의 지평선에 무언가 좋은 징조다. 오빠에게 고맙다는 뜻을 전해야지 마음먹고 있는데—일단 길을 나서면 우리 사이는 몇 마일이 되고 서로가 낯선 사람들이 되니까—루카스가 다시 모습을 드러낸다. 눈에 하트가 그려진 이모티콘 그림이 찍힌 보라색 더플가방이 오빠 손에 들려 있다. 나는 오빠 얼굴을 보다가 가방을 본다. 가방을 보다 다시 그 여자를 본다. 미안해요, 여자가 비뚤비뚤한 이를 드러내고 웃으며 말한다. 내가 밖에서 기다렸어야 했다.

둘은 고양이 밥을 대신 챙겨주러 올 친구를 위해 헐거운 마룻바닥 밑에 열쇠를 둔다. 셸비가 조수석으로 가는 건 별다른 뜻이 있어서가 아니라 그저 습관이라는 걸 나도 안다. 이를테면 자동 산탄총 같은 것. 여자친구의 특권이기도 하고. 루카스가 셸비의 가방을 트렁크에 싣는 동안 나는 그에게 가까이 서서 내 입술의 움직임을 읽지는 못하게 얼굴을 돌리고 말한다.

엄마가 말한 건 이런 게 아니잖아, 불쾌감이 잔뜩 실린 내 목소리에, 오빠는 트렁크로 몸을 더 숙이며 말한다. 내 차 타겠다며. 내 차니까, 내 마음이야. 여기에는 나도 토를 달 수가 없다. 협상 불가능한 원칙이다. 다들 안전벨트를 매고 엔진이 돌아가자, 셸비가 몸을 돌려 아버지의 항아리를 내게 건네는데 마치 조약이라도 맺는 느낌이다. 우리 사이에 엄숙한 분위기가 흐른다.

명복을 빌어요, 셸비의 말에 나는 아버지를 건네받는다. 잠시 후 나는 아버지를 내 옆 좌석에 놓고 아버지에게도 벨트를 채워준다. 이제 루카스도 도로 상황을 살피느라 거울을 볼 때마다 아버지를 볼 수밖에 없을 것이다.

셸비는 얼버무리는 유형이 아니었다. 이 여행을 위해 시간을 비울 수 있어서 얼마나 다행이냐며 무슨 일을 하냐고 내가 물어보면서 알게 된 사실이었다. 우리는 I-10 도로에서 손잡이 구역*을 통과해 서쪽으로 달린다. 창밖으로는 별다를 것 없는 들판이 펼쳐진다.

저는 발 페티시 모델이에요, 셸비의 말에 나는 그의 자그마한 장밋빛 발가락들을 물끄러미 바라본다. 루카스의 차에 올린 그의 두 발을, 과거와 맞닿아 있는 마치 추상화 같은 앞 유리의 오래된 얼룩을. 셸비의 발톱에는 선명하고 밝은 초록색이 칠해져 있는데, 평소에는 잘 칠하지 않는 색상이라고 한다. 고객들이 좋아하는 건 프렌치팁**과 핫타말레 레드 색상이기 때문이다. 셸비는 친구 사촌 때문에 이일을 시작했지만 그 친구가 그만둬버린 뒤 혼자 사이트를 운영하게 됐다고 한다. 셸비는 자기 일의 구체적인 부분들을 세세히 들려준다. 고객들이 선호하는 팬티스타킹 브랜드나 자신이 제공하는 패키지 상품의 수준이라든가, 그저 루시의 털을 자신의 발바닥 오목한 부분에 대고 문지르는 걸보면서 사람들이 얼마나 많은 돈을 지불하는지 같은 이야기들. 여기에 더해 냄새나는 발에 관한 클리셰에 대해서도 설명한다.

---

* panhandle, 플로리다주의 북서부 지역으로, 앨러배마 및 조지아와 멕시코만 사이를 지나는 좁고 긴 지역을 가리킴.
** 손톱이나 발톱 끝부분을 일정한 폭으로 흰색으로 칠하는 것.

그러니까, 있잖아요, 제가 방금 아아아아주 한참을 뛰다 왔어요, 이런, 발이 어어엄청 피곤해요, 땀도 무지하게 많이 났고, 그러면서 운동화랑 양말을 벗으며 난리 법석을 떠는 거죠, 그게 다예요. 제가 양말을 얼마나 많이 파는지 몰라요. 셸비 말로는 레이스나 가죽 같은 걸 이용해서 뻔한 몇 가지 헛짓거리도 한단다. 오, 자기 나 당신 때문에 달아올랐어요, 하면서 그냥 다른 사람 발 몇 개 더 같이 보여주고.

대단하죠, 셸비는 고개를 끄덕거리며 말한다. 덕분에 집세도 내고 제 나름대로 시간 조정도 할 수 있으니까요. 게다가 제가 원하는 온갖 귀여운 신발도 사고 페디큐어도 할 수 있고. 그리고요, 사람들이 제 아마존 위시리스트에서 물건을 사주기도 하거든요.

나는 이 모든 것에 대한 오빠 생각이 궁금해서 백미러로 시선을 맞추려 해봤지만 오빠는 고집스럽게 내 쪽은 보지 않는다. 오빠의 옆얼굴 쪽으로는 도무지 아무것도 알아낼 수가 없는데 오빠의 오른손만큼은 셸비의 허벅지에서 떨어질 줄을 모른다. 무슨 일 하세요? 셸비의 물음에 나는 대답한다. 보통은 똥 치우는 걸로 돈을 벌죠. 사람 아기라든가 털쟁이 아기들이랑 놀아요. 그러자 셸비가 근사하네요, 라고 말했는데 진심 같았다. 어느새 나는 오빠 옆에 있는 이 여자가 마음에 든다.

차로 달린 지 두 시간쯤 되자 셸비는 돌아앉아서 나랑만 이야기를 나누기 시작했다. 루카스는 굳이 끼어들 필요를 못 느끼고 있었다. 뒷좌석에 앉은 어린애 같은 기분이 들지 않게 셸비가 신경 써주는 것이 고맙다. 알고 보니 셸비는 위키피디아나 레딧 채팅방에서 긁어오는 재미난 사실들 위주긴 해도 온갖 잡다한 지식을 전파하는 사람이었다. 와인만드는 법에서부터 메스암페타민의 화학적 조성, TV 드라마 〈더 리얼 월드〉에 출연했던 스타들의 근황에다 로마가톨릭교회의 전성기 건축에 이르기까지 어지간한 정보를 다 꿰고 있다. 셸비가 말한다. 모든 생명의 기원이 아프리카라는 이야기는 당연히 들어보셨겠지만, 그게 진짜 무슨 뜻인지도 생각해보셨어요? 그건 그러니까, 최초의 신들 역시 흑인이었다는 뜻 아닐까요?

우리가 만났기 때문에 아마 이런 질문을 하고 싶었던 것 같다. 자신은 우리와 연대하는 사람이라는 사실을 내게 알리고 싶은 것이다. 자기한테는 루카스가 페티시는 아니라고 말이다. 나에게 좋은 인상을 주고 싶은 거다. 그렇게까지 애쓰지 않아도 된다고 말해주고 싶다. 루카스나 나나 백인이 대부분인 학교를 다니면서 이국적인 존재로 취급받으며 자란 사람들이라 백인 파트너를 난생처음 만나본 게 아니라고 말이다. 제일 친한 친구가 흑인이라는 둥 스페인문학 과목에서 A+를 받았다는 둥 연대의 증거랍시고 우리가 살면서 듣곤 했던 온갖 우스꽝스러운 이야기들을 들려주고 싶다. 하지만 셸비는 나를 다정하게 대해준 사람이기에 그저 하는 말에 장단을 맞춰준다. 나는 허스턴*의 말을 빌려 셸비에게 말한다, 신들은 자기네를 창조하는 인간들을 되비출 때가 많아요. 셸비는 인용된 내용을 모르는 눈치다. 나는 셸비에 대해 이것저것 더 물어보고, 내 최근 관심사를 말하기도 하며, 마치 밀린 이야기를 하고 있는 오래된 친구 같이 군다. 나는 셸비와 이야기를 나누면서도 부디 오빠가 셸비를 중간 전달자 삼아 그간 놓쳤던 내 이야기를 좀 더 기꺼이 받아들여주기를 바라고 있다.

우리 셋 다 방광이 강철로 돼 있는지, 차를 세운 건 한참을 더 달리고 나서다. 미시시피로 넘어가는 길목에 있는 루스데일을 벗어나자마자 나오는 고속도로 변의 우중충한 어느 주유소로 들어선다. 아무도 들어본 적 없는 체인 이름이다. 전부 차에서 내려 간식거리를 집어 들고 다리도 펴본다. 루카스가 카운터에서 휘발유값을 지불하는 동안 셸비와 나는 화장실로 향한다. 점원이 카우보이 수염을 쭝긋거리며

---

*   아프리카계 미국인 여성 작가 조라 닐 허스턴을 지칭.

우리를 슬쩍 훑어보지만 별말은 하지 않고 오빠가 내는 돈만 받는다. 화장실로 들어가서 변색된 변기 위에 쪼그리고 앉고 보니 마침내 호기심이 거부감보다 커졌다. 나는 벽을 사이에 두고 셸비에게 묻는다. 그럼 발 페티시 사이트에서 우리 오빠를 만난 거예요?

어머 아니에요, 셸비가 웃으며 말한다. 그가 닦고 물 내리는 소리가 다 들린다. 저는 고객을 실제로 만나는 건 절대 안 해요. 둘은 오빠 친구 하나가 디제이로 일하던 플로이드라는 어느 대학가 클럽에서 만났고, 우리 아버지가 돌아가시기 직전에 데이트를 시작했다고 한다. 셸비 말로는 루카스도 가끔 자기 비디오에 나온다는데, 얼굴은 보이지 않게 이런저런 걸 셸비에게 해주거나 사람들이 시키는 걸 하기도 한단다. 나는 다른 질문을 더 하지는 않고 셸비가 그 이야기는 그만하도록 이렇게만 덧붙인다. 루카스는 절대 질투 같은 걸 하는 유형이 아니긴 했어요, 이 말은 사실이다. 아버지의 애정에 관해서만 예외였을 뿐. 아무 향도 나지 않는 물비누로 같이 손을 씻는 동안 셸비가 묻는다. 그쪽은 어떤데요? 만나는 특별한 사람 있어요?

특별하다는 게 뭘까요, 나는 애써 가벼운 말투로 묻는다. 내 파운데이션 화장은 잘 붙어 있고 머리 상태도 아직 봐줄 만하다. 아무래도 셸비는 나를 즉흥적인 성격에다 자유분방하게 사랑하고 헤어지곤 하는 쿨한 여자라 여기는 눈치다. 나는 아버지가 앓아눕기 전부터 진지한 관계라곤 맺어본 적이 없었다. 그 이후로도 나는 그런 식으로 애쓰기가 싫었다. 사랑이 요구하는 건 일종의 발가벗음, 일종의 유연함 같은 것인데, 나는 내가 변형되거나 지워 없어질 가능성에는 설레지 않았다. 거울에 비친 내 모습을 바라봐도 보이는 것이라곤 아를로의 지친 얼굴뿐이다. 아를로가 엄마랑 싸우고 난 뒤면 감돌던 그 팽팽하고도 긴 여운. 우리 둘만 거실에 남은 늦은 오후, 아버지 발치에서 인형놀이를 하는 내 머리에는 밝은 호박색 빛이 감돈다. 마냥 해맑은 여섯 살이던 그때, 아버지는 내 턱을 꽉 잡으며 말한다. 내가 할 수만 있다면 너랑 결혼할 텐데.

셸비가 마치 음모를 꾸미기라도 하듯 목소리를 낮추며 말한다.

음, 그렇다면 비결을 알려줄게요. 매력이라는 건 다 화학 작용이에요. 우리는 그냥 짐승 같다고요, 알죠? 셸비는 인간은 소변과 땀으로 페로몬을 분비하고 우리가 인식하지 못한다 해도 우리 몸이 저절로 반응한다고 설명한다. 그래서 내가 하는 게 뭐냐면요, 가벼운 운동을 한 뒤에 깨끗한 땀을 내고 약간의 에센셜오일을 뿌리되 머스크 같은 내 원래 체취는 그대로 남기는 거예요. 여기, 냄새 맡아봐요. 그러면서 셸비가 나를 가까이 오라고 손짓하며 팔을 들어올리는 바람에 놀랍게도 나는 얼떨결에 셸비의 매끈하고 흰 겨드랑이 가까이로 몸을 숙인다. 새콤한 냄새 너머로 소독약과 셀러리를 섞어놓은 듯한 냄새가 스친다. 달가울 것도 없지만 역하지도 않은 것 같다.

그래서 내가 당신 오빠를 잡은 거잖아요. 내게 윙크를 하며 나풀거리는 머리카락을 휙 넘기는데 마치 액체처럼 출렁이며 빛이 난다.

명심할게요, 나는 셸비에게 말한다. 셸비가 말한 모든 것을 모르는 상태로 되돌릴 수 있다면 좋겠지만, 그가 비결을 공유해준 덕분에 우리는 동맹이 돼버렸다. 밖으로 함께 나서는데 셸비가 내게 팔짱을 꼈고 나는 그러도록 내버려둔다.

다시 차에 타자 오빠는 에어컨을 틀더니 셸비를 쳐다보며 말한다.

오래도 걸렸네. 점원이 나한테 총이라도 쏘는 거 아닐까 생각했다고.

미안해, 자기, 셸비는 그렇게 말하며 탄산수 캔을 딴다. 한 모금 마시라 건네는 캔을 루카스가 받아들자 셸비는 엄마가 싸준 점심 봉투에 손을 집어넣어 탠저린을 하나 꺼내 껍질을 까서 몇 조각으로 나눈다. 셸비가 루카스의 입술 사이로 과일 한 조각을 밀어넣자 맑은 과즙이 왈칵 터져 나와 루카스의 턱을 타고 흐른다. 셸비가 그걸 자기 손가락으로 닦아내더니 무심코 핥는다. 나는 그런 둔한 친밀함을 감당하기가 버거운 나머지 창밖을 내다본다. 샌드위치 하나 줄까요? 샌드위치가 자기 것이라도 되는 양 셸비가 묻는데 나는 대꾸하지 않는다. 몸이 기능하느라 내는 냄새를 감추려 애쓰기는커녕 그걸 이용해 돈을 벌기도 할 만큼 자기 육체 안에서 편안한 삶은 대체 어떤 걸까 궁금해하느라 정신이 너무 없어서.

나는 언제나 내가 풍기는 냄새들이 나를 어떤 궁지에 몰아넣을지, 나를 두고 어떤 음모를 꾸미는지 두려웠다. 일찍이 우리 엄마는 악한 것들은 냄새를 맡고 오기도 한다고 내게 귀에 못이 박히도록 이야기하면서도 구체적인 내용을 말해준 적은 없었다. 엄마가 들려주는 이야기 속의 악한 것들은 분별없는 여자애들을 먹이로 삼는 굶주린 망령이었다. 내가 아는 것들은 다 아버지로부터 배웠다. 내셔널지오그래픽, 화면 속에서 으르렁대는 사자 두 마리, 암사자의 목을 무는 수컷. 그 장면을 가리키며 말하는 아를로의 메마른 목소리가 내 귀로 들어온다. 쟤넨 섹스를 하고 있는 거야. 고통스러워 보였다. 무섭고. 끔찍하고. 이게 바로 엄마가 말했던 악이었다.

나는 화장실에서 뚜껑 닫힌 변기 위에 걸터앉아 내 자신을 봤다, 열네 살이던가, 열다섯 살이던가. 발목 언저리에 엉킨 채 걸려 있는 속옷에는 희고 찐득한 것이 티스푼만큼 묻어 있었다. 그것은 어떨 땐 진주처럼 반짝이기도 했고 코에 갖다 대보면 계란 냄새가 날 때도 있고 아무 냄새도 안 날 때도 있었다. 학교에서 어떤 남자애가 내 서툰 작업에 슬슬 반응하기 시작하던 시절이었는데 나는 이런 게 다 정상인지 알아야 했다. 엄마를 불러 엄마가 화장실로 들어왔지만 나는 엄마의 눈을 볼 수가 없었다. 내 두 다리 사이에 있는 것은 곱사등을 한 죄인이자 숨겨야 할 것임을 나는 알고 있었으니까. 그래도 엄마를 마주 보고 서서 한 손으로는 속옷을 내밀고 다른 한 손으로는 내 자신을 벌렸다.

괜찮은 거 같아요?

엄마가 입을 삐죽거리는 걸 보면서도 나는 그게 엄마의 진심이라고는 생각하지 않았다.

괜찮다, 엄마는 그렇게 말하고 바로 나가버렸다. 나 스스로 수치심을 느끼는 상태였으니까 내게 또 수치를 안기는 건 하고 싶지 않았겠지.

루카스가 첫 구간은 전부 자기가 운전하겠다고 고집을 피우는 바람에 절반씩 나눠 운전하기로 한 일정은 한 시간 뒤로 미뤄졌다. 낮 동안 흐리더니, 하릴없이 붉게 물들어만 가던 하늘이 드디어 탁한 주황색 피를 흘린다. 지치도록 혼자 떠들던 셸비는 텍사스에 도착할 즈음이 되자 앞 좌석에서 마침내 코를 골기 시작한다. 이대로 좋다. 시간이 똑딱거리며 흐르는 동안 이리저리 떠돌다 깊이 가라앉는 음악 같은 오빠의 침묵을 나는 더 잘 해석할 수 있으니까. 아까보다는 덜 적대적이고 더 망설이는 느낌이라, 그 공간 속으로 나는 미끄러져 들어갈 수도 있을 것만 같다.

9시쯤 우리는 댈러스 외곽에 있는 모텔6*를 발견한다. 나란히 붙어 있는 방 두 개를 빌리고 돌아온 루카스가 앞 좌석의 셸비에게 몸을 숙이고 귀에다 무언가 속삭이며 조심스레 흔들자 셸비가 수줍으면서도 개운한 얼굴로 일어난다. 우리는 안으로 짐을 옮겼다. 내 몫에는 우리 아버지도 포함이다. 방은 역시나 눅눅하고 으스스했지만, 애초에 별 기대가 없었다. 나는 항아리를 낡은 구형 TV 옆에 둔다.

배고파죽겠어, 밖에서 다시 만났을 때 셸비가 말한다. 다들 마찬가지다. 엄마가 싸준 샌드위치와 남은 탠저린 몇 개를 나눠 먹은 지도 몇 시간이 지났으니까. 길 건너에 햄버거 가게가 보여 우리는 자축이라도 하듯 더블버거, 트리플

*   미국과 캐나다 전역에 있는 저렴한 모텔 체인.

버거, 특대 사이즈 감자튀김에 셰이크도 시킨다. 주문한 음식을 전부 들고 우리는 루카스의 차 보닛으로 돌아와 노란 달빛 아래에서 함께 먹는다. 루카스와 나는 주차장의 콘크리트 블록 위에 걸터앉는다. 루카스가 커피 캔 안에 숨겨온 마리화나를 말아 궐련을 만들자 나는 마음이 활짝 펴졌다. 오빠는 마리화나에 몽롱해지면 상냥해지거든.

화이트그레이프? 나는 루카스가 말고 있는 종이를 가리키며 물어본다. 우리가 제일 좋아하던 종류다.

그럼 뭐겠어?

루카스는 마리화나를 만 종이에 침을 묻혀 붙인 뒤 불을 붙여 내게 건넨다. 첫 한 대는 내 몸을 바람처럼 살살이 훑고 지나가고, 나는 그 바람을 되도록 오래 머금는다. 내가 달콤한 머스크향 연기를 내뿜는 동안 우리 머리 위에 활짝 열린 밤이 황량하게 귀를 기울인다. 우리는 꽁초가 될 때까지 마리화나를 피운다. 모든 게 아까보다 좋다. 햄버거며, 거지 같은 모텔 하며. 우리 자신도. 나는 셸비를 바라본다. 자동차 보닛 위에 책상다리를 하고 앉은 모습이 장식품 같기도 하고 예언자 같기도 한데, 하얀 뱃살이 청 반바지 허릿단 위로 접혀 있다. 이 여자에게 부끄러움 같은 건 없다. 셸비가 나를 보며 미소를 짓더니 말을 걸어보라는 듯 오빠 쪽으로 고갯짓을 한다.

오빠가 나한테 설탕 개미는 달달한 맛이 난다고 했던 거 기억나? 그래서 내가 개미 집어 먹었던 거?

키득대는 사이 루카스의 몸은 긴장이 풀린다.

넌 완전 멍청이 꼬마였지, 그가 웃으며 말한다. 엄마는 완전 미쳤었고.

아버지는 더 미친 사람이었지, 내 부루퉁한 입을 본 오빠의 말투가 진지해진다. 아버지는 오빠를 찾으며 가죽허리띠를 풀어 빼내기 전에 내 이마에 입을 맞췄다. 이 이야기는 굳이 루카스에게 되짚어주지 않는다.

오빠가 말한다. 아부엘라*가 몇 년 동안 우리 둘을 페케노 추초pequeno chucho라고 불러서 그저 애칭이라고만 생각했는데 어느 날 멕시코 사촌들이 그건 우리는 순결하지 않다는 뜻이라고 했던 거 기억나? 그래서 너 울었잖아!

우리 둘 다 울었어, 내가 말한다. 근데 그러고 나서 그해 부활절에 우리 개 흉내 냈었잖아. 가구 위에 올라가서 다리 들면서 울부짖는 소리 냈었지. 아부엘라만 빼고 다 재밌어했던 거 기억나? 엄마는 우리가 할머니를 속상하게 했다고 뭐라고 했었고.

기억나, 기억나, 기억나. 동네 수영장의 검은색 모카신.

---

*   abuela, 할머니라는 뜻의 스페인어.

체육 선생님의 가짜 눈썹. 레나 크로스비와 분홍색 반짝이 끈 팬티. 이런 이야기들은 무난한 부분에 해당한다. 터져버린 시간은 이제 우리를 좀 더 단순한 과거 속으로 매끄럽게 빨아들인다. 루카스와 내가 서로 물고 할퀴고 주먹질과 발길질을 하고 장난치고 놀리며 아직 나란히 옆에 누워 잠들던 시절. 셸비는 곁에서 다소곳이 듣고만 있다.

선물을 지붕 위에다 뒀던 그해 기억해? 산타를 위해 창문 열어두는 걸 우리가 깜빡하는 바람에 말야, 우리의 그마지막 기억에 대해 이야기할 때만 해도 루카스는 웃고 있었다. 우리 집에 굴뚝이 없어서 아버지가 주의를 줬었지, 우리가 까먹으면 산타가 우리 집은 건너뛰고 가버릴 수도 있다고. 루카스가 대꾸하지 않자 나는 다그쳐 묻는다. 기억나지? 우리가 일어나서 크리스마스트리에 아무것도 없다고 울기 시작했는데 아버지가 지붕에 기어올라가니까 선물이 죄다 비닐포대 안에 담겨 있었잖아? 그해에 우리는 산타를 믿었지. 오빠는 아무 말이 없다.

저녁 먹고 나면 아버지가 엄마에게 노래 불러주곤 했던 거 기억나? 그리고 잘 때 되면 우리한테도 자장가 불러줬잖아?

자기가 미안할 때나 불렀지.

아냐, 우리를 사랑하니까 불렀던 거야.

너랑 나랑 기억이 다르네, 루카스의 이 말을 들으니 기억이라는 게 제멋대로 움직이기도 한다는 오빠의 생각에 나는 기분이 상했다.

그래도 "폴 라 상그레"는 기억하잖아, 나는 그 단어들을 썩은 미끼처럼 루카스 앞에서 흔들어 보인다. 순간 루카스가 들고 있던 햄버거 포장지를 아스팔트 바닥 위에 내던진다. 내 안의 못난 구석은 오빠가 얼마나 무력했고 자기가 내내 괴로운 건 그 때문이라는 사실을 스스로 기억해내기를 빈다.

그게 무슨 뜻인데? 셸비의 질문이 놀란 네온테트라*처럼 우리 둘 사이로 날아든다.

원래는, 피는 물보다 진하다, 그런 뜻이에요. 셸비에게 그렇게 말하면서도 나는 계속 루카스를 쳐다보지만 루카스의 얼굴은 별들을 향해 있다.

발목의 부스럼을 긁적대는 셸비의 목소리가 한 옥타브 높아진다. 잘못 전해져 내려오는 거라는 추측들도 있잖아요. 사실 그 문구는 이런 걸 수도 있대요. 약속의 피는 자궁의 물보다 진하다. 그렇다면 흔히 하는 말이랑 정반대의 의미가 되는 거예요. 셸비 말로는 아랍 설화에서는 훨씬 더 희

---

*   화려한 색상의 열대어.

한해져서, 피는 우유보다 진하다고 한다고.

하지만 우리 둘 다 셸비의 말은 듣지 않는다. 오빠는 등을 돌린 채 앉아 있고 나는 일어섰다. 내 두 눈은 번득이고, 팽팽한 분노에 휘감긴 내 몸은 수영장의 뱀처럼 독기 가득한 느낌이다. 오빠에게 한 가지 기억을 더 들이밀고 싶었다. 이 상처를 달래줄 만한 무언가 좋은 기억이면 좋겠지만 혀를 물어뜯긴 기분이 든 나는 엉뚱한 말을 내뱉는다.

마지막으로 아버지를 봤을 때 병원에서 어떤 모습이었는지 기억나? 루카스도 일어서고, 오그라들던 밤은 마침내 우리를 그 안에 가둔다. 서로 닿아 있지 않은데도 나는 오빠가 몸을 떨고 있는 걸 느낄 수 있다. 그 순간 나는 마치 박쥐처럼 잽싸게 이 순간을 이용해 내 자신의 위치를 고정시킨다. 멍하면서도 고마운 기분이다. 이 정도로 미워하려면 대체 얼마만큼의 사랑이 필요한 걸까.

기억나, 루카스가 낮고도 위험한 목소리로 말하자 우리는 둘 사이의 기억, 그러니까 온갖 관을 주렁주렁 매달고 있던 아버지에 대한 기억을 다 끄집어내기 시작한다. 루카스는 더 말하고 싶지 않다며 곧 자리를 떴다. 내 완벽한 맞수, 루카스. 과하게 조명이 밝은 복도까지 쫓아가 루카스의 팔을 잡은 뒤 나를 향해 돌려세우자 그는 주먹을 꽉 움켜쥔다. 나는 그를 붙잡은 채 말한다. 제발 이 얘긴 하고 가, 부탁이야. TV에서 보여주는 끔찍한 영화 속 한 장면 같은데 어느 누구도 눈 하나 깜짝하지 않는다. 여기서 이런 건 정상이다. 강물처럼 밀려드는 사람들 속에서 우리는 마치 필사적인 돌멩이들 같았다. 부탁이야, 폴 라 상그레. 그러자 나를 바라보는 루카스의 묵묵한 분노 아래로 도사리고 있는 또렷한 연민이 느껴진다. 그가 묻는다. 그걸 다 겪고 나서도, 넌 어떻게 그 말을 믿을 수가 있어? 그 답을 알게 되지 않으려면 나는 내 인생으로부터 그를 막아내야만 한다.

들어가자, 우리 다 피곤하잖아, 이제 오빠의 팔을 잡아당기는 쪽은 셸비다. 우리 둘의 순간은 거기서 멈추고 오늘 밤에는 내가 원하는 걸 얻지 못하리라는 생각이 든다. 셸비는 우리가 떨어뜨린 쓰레기를 기름얼룩이 묻은 봉투에 주워 담고는 오빠와 돌아선다. 아버지는 내게 수영하는 법도 가르쳐주고 도미노도 가르쳐주고 게 집게발에서 살이 튀어나오게 하는 법도 가르쳐줬다고. 아버지는 지금 내 방에서 기다리는 중이다.

오빠한테는 뭘 가르쳐줬는데? 내가 등 뒤에다 대고 소리를 지르자 오빠는 발걸음을 멈춘다. 그러고는 나를 보며 말한다. 남자가 되지 않는 법을 알려줬지.

방으로 돌아와 벽 너머 반대편에서 나지막이 들리는 둘의 소리를 들으며 나는 우리를 구원해줄 법한 기억을 불러낸다. 루카스와 내가 꼬맹이였던 시절, 부모님이 루카스의 머리를 다듬어주기 전의 기억. 우리는 검은 곱슬머리와 커다란 검은 눈으로 으르렁대던 천방지축이었고, 도플갱어 같고 성별 구분도 없던 온전했던 날들이었다. 우리는 얇은 이불을 어깨에 두르고 부엌 찬장 안으로 기어올라가 아직 태어나지 않은 아기인 척하고 있었다. 우리는 늘 함께였다.

아침이 되어 내가 첫 번째 운전 당번을 맡는다. 루카스는 조수석에 구부정하게 앉아 숙취에 시달리기라도 하는 양 두 눈 위에 손을 얹고 있고 셸비는 허벅지 사이에 우리 아버지를 두고 뒷좌석에 앉아 있다. 드디어 사막이 나오고 하늘은 삭막한 길목과 대비되어 눈부시게 파랗다. 우리의 침묵이 여기서 완성되는 느낌이다. 우리는 낱개 포장된 패스트리, 연한 커피, 가솔린 약간을 사러 잠깐 차를 세운다. 다시 달린다. 가끔 차를 세우고 소변을 보거나 보는 척하는데 실은 잠시나마 혼자 있으려는 것이다. 다시 달린다. 다들 말이 없다. 지나치게 말이 없는 그 상황에서 거의 벗어나려던 찰나다.

40번 도로에서 월도러도를 지나자마자 갑자기 셸비가 앞좌석 사이로 몸을 훅 기울이고 손가락으로 앞 유리를 가리키며 소리친다. 조심해요! 나는 핸들을 오른쪽으로 홱 틀어 도로에 있던 무언가를 피해 급히 방향을 튼다. 우리는 서로 어깨를 부딪치고, 무언가가 튀어나오는 바람에 덜컹거린 차는 끼익하는 브레이크 소리를 내며 모래 위로 미끄러지다 멈춰 선다. 뿌연 모래먼지가 우리를 둘러싸고 퍼져나간다.

뭐야 시발! 나와 동시에 루카스도 내뱉는다. 내가 키를 뽑고, 다 같이 상황을 확인하러 차에서 내린다.

셸비가 안타까운 목소리로 말한다. 코요테였어.

루카스는 오른쪽 앞바퀴 앞에 쪼그려 앉았다. 나는 물어보지 않아도 갑자기 튀어나온 무언가였다는 걸 알 수 있다.

맙소사, 루카스가 머리 위에 양손을 올리며 내뱉는다.

출발 전에 왜 확인 안 했어? 계기판에 켜진 오렌지색 경고등 때문에 머릿속이 어지러워진 내가 묻자 루카스가 대꾸한다. 지금 이건 내 잘못이 아니잖아. 네가 무언가를 들이받은 거라고.

나는 셸비를 흘끗 보고는 말한다. 길에 이미 죽어 있던 걸 굳이 피하려고만 안 했으면 들이받을 일도 없었다고.

셸비가, 미안해요! 하는 동시에 루카스가 으르렁거렸다. 애한테 시비 걸지 마.

알았어, 알았다고, 스페어 끼우고 여기서 벗어나자. 벌써 우리를 굽기 시작한 태양은 기어이 우리의 밑바닥을 드러내고 싶어 안달이다. 내 이마와 윗입술에 땀이 맺힌다. 오늘의 나는 예쁘지 않다.

스페어 없어, 루카스가 중얼거린다.

뭐? 스페어도 없이 여행 떠나는 사람이 어딨어! 내가 고함을 지른다. 우리는 닿을 듯 가까이 얼굴을 마주 본 채 팽팽히 맞선다. 닿기 직전이다.

그저 엄마 때문에 이러고 있는 거라고. 애초에 나는 여기 오고 싶지도 않았어! 너도 원하는 게 아니라면, 우린 갈 필요가 없는 거야.

그러자 번개를 끌어모으는 종류의 침묵이 뒤따른다. 루카스가 내게 훨씬 더 가까이 몸을 숙이더니 속삭인다. 모두가 잊은 척하고 있는 게 아니라고. 그 인간이 한 짓을, 네가 그 인간이 하게 놔뒀던 짓을 제대로 직면하지 못하니까.

나는 루카스의 얼굴을 때린다. 그 순간만큼은 진심이다. 때린 손바닥의 얼얼한 온기가 몸 전체로 의기양양하게 퍼져나간다. 폭력적이긴 했어도 이런 직접적인 접촉이야말로 그동안 내가 기다려왔던 것이다. 내가 그리워했던 것.

셸비가 우리 사이를 비집고 들어온다. 우리를 서로에게서 보호하려는 것 같기도 하지만 셸비가 나를 마주 보고 서서 두 팔을 뻗는 순간, 나는 셸비가 무엇과 무엇 사이에 서 있는 것인지, 어디에 선을 긋고 있는지 정확히 알아차린다. 둘 다 진정해요. 셸비가 그렇게 못 박는데, 가녀린 느낌 따위는 완전히 사라지고 없다. 서로 충격을 받은 오빠와 나는 둘 다 호흡이 가빠지고, 내 손찌검은 각각의 살갗에서 다르게 번역되고 있음을 안다. 루카스는 허공에 손을 휘두르는 시늉을 하며 말한다.

이 개 같은 일은 잊어버려. 산타페에 가고 싶어? 그럼 내가 버스정류장에 내려줄게.

셸비가 루카스를 말린다. 그러고는 자기 휴대전화 상태를 확인하더니 오빠 것도 확인한다. 서비스 불가 지역이네, 셸비가 말한다. 그는 마치 요가하듯 심호흡을 한다. 만약 셸비마저 나 혼자 가라고 한다면 내가 진 거라고 생각하겠지만 셸비는 루카스와 함께 월도러로까지 다시 걸어서 다녀오겠다고 한다. 그렇게 많이 지나온 건 아니거든요. 그러면서 나더러는 차에 그대로 있으라고 한다. 루카스도 나도 그 말에 좋다 싫다 아무 말도 하지 않는다. 나는 차문을 열어젖히고는 부루퉁한 얼굴로 뒷좌석에 가로질러 눕는다. 셸비는 조수석에 있는 수납함을 뒤지더니 무언가를 내 무릎 위에 던져준다. 접이식 칼이다. 혹시 모르니까, 셸비가 말한다. 그러고는 둘은 곧 떠났다.

덥고 지친 나는 축 처진 지붕을 바라보며 눈을 끔벅여 절망을 밀어낸다. 어느새 나는 아버지와 함께 있고 황갈색 풀숲 속에는 발정 난 사자들이 있다. 침실에 불이 꺼지니 생명체들이 환하게 타오른다. 여섯 살인 나는 암흑의 아래턱 안에 들어와 있다. 어둠 속에서 아버지는 변한다. 그는 그저 아를로일 뿐이고, 숨 막히는 어른 특유의 머스크향 같은 체취가 나를 압도한다. 쟤네는 섹스를 하고 있는 거야, 그렇게 말하는 아를로의 손이 내 배 위에서 메마른 열기를 뿜는다. 그럴 때면 내 언어에는 존재하지 않는 무언가가 나를 자궁처럼 품는다. 잠잠하면서도 의식적인 그의 손에는 그 나름의 심장박동이 있다. 나는 착한 딸이다, 아버지를 사랑하고 두려워하는. 나는 그의 손처럼 잠잠하지만 어둠은 어김없이 나를 집어삼킨다.

나는 기억의 벽을 손톱으로 기어올라 빠져나온 뒤 다시 차 안으로 돌아온다. 적어도 빛이 있고 아를로는 재에 불과한 곳, 그저 아버지이기만 한 곳으로.

나는 루카스가 괜히 말로만 허세를 부리고 있다는 걸 안다. 셸비가 루카스를 달래고 진정시키리라는 것도. 둘이 타이어를 들고 돌아오고 우리는 가던 길을 계속 갈 것이다. 부모의 소원을 들어줄 것이다. 하지만 나는 내가 몸을 일으켜 차 밖으로 나가 항아리를 여는 순간, 갑갑해서 나온 기침 따위에 가루가 풀썩 날리는 장면을 상상해본다. 아버지의 고운 뼛가루 속을 갈퀴질하며 헤집다 한 움큼 집어 내 혀 위에 올리면 티끌이 된 아버지에 닿은 내 근육이 움찔거리는 상상을, 내 이 틈새에 아직 아버지가 끼어 있을 때 항아리를 기울여 아버지를 흘려보내 다른 잠들지 못하는 것들과 함께 이 쓸쓸한 도로 위를 헤매게 만드는 상상을 한다.

자세를 고쳐 앉자 살갗이 인조가죽 시트에 들러붙는다. 나는 항아리를 뒤엎지 않으려고 조심한다. 겨드랑이가 축축해져 색이 짙어진 셔츠 얼룩이 두 눈처럼 점점 커지자 내 냄새가 느껴진다. 뿌리채소 냄새. 흙냄새. 어떤 탁함. 나는 스스로의 깊숙한 향 속으로 침잠하여 거기에 머물고, 그 냄새를 좋아해보려 애쓴다. 하지만 그러기엔 그 냄새가 너무 내밀하고 나는 습관의 짐승이다. 움찔 몸을 일으켜 차 안을 뒤져 패스트푸드점 냅킨을 찾아내 이내 그 악취를 닦아낸다. 창밖으로 셸비와 루카스가 수평선의 점처럼 나타난다. 누군가가 다가오는 중인지 멀어지는 중인지 알 수 없을 딱 그만큼의 거리에서.

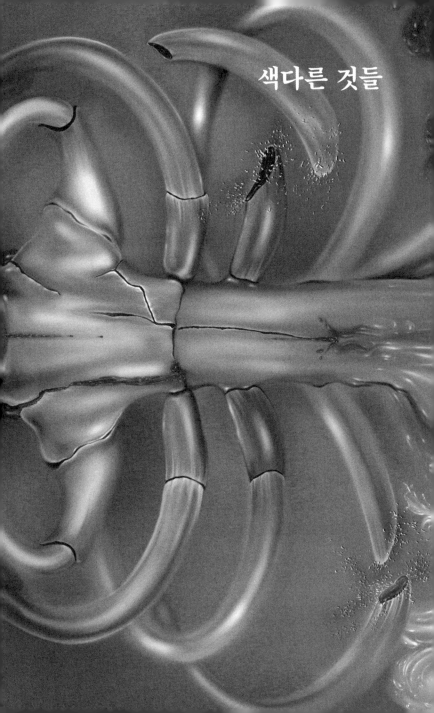

색다른 것들

모임 안에서 회원들끼리는 그것을 '정찬 모임'이라 불렀지만, 우리에게는 그저 '일'일 뿐이었으며, 어느 누구도 그 건물을 나서면 그 이야기는 절대 입 밖에 내지 않았다. 도시 한가운데 깊숙이 자리 잡은 치과 의원이나 세무사 사무소일 법도 한 평범한 황갈색 벽돌 건물에서 이뤄지는 그 모임은 터무니없이 많은 돈을 들인다는 점에서 단연 독보적이었다.

　　우리는 가입조차 못 했을 거야. 가입하고 싶지도 않지만. 우리는 자주 그렇게 말했다. 우리의 아버지들이 그들의 아버지들, 더 올라가서는 그들의 할아버지들로부터 부를 넘겨받아 우리에게 건네주고 검은 육체와 갈색 육체의 삶과 죽음을 이용해 돈을 벌었다 한들 우리 가운데 이런 끔찍한 풍요에 가담하고 싶은 사람은 아무도 없을 것이다. 우리는 그저 그 장소를 쓸고 닦을 뿐이었다.

우리는 일자리를 구한 것이었다. 당연히 그 일들을 맡았다. 우리에겐 음식이며 집이며 병원이며, 시민으로 살아가기 위해 필요한 것들이 있었다. 아이들이 원하고 우리가 바랐던 것은 아이들이 원하는 것을 가질 수 있고 가끔이나마 흡족할 정도로는 가졌으면 하는 것이었다. 우리는 별로 많은 걸 요구하지 않았다. 모임 회원들에 비하면 말도 안 되게 적은, 그저 사람으로 지낼 수 있는 만큼이었지만, 현금으로 손에 쥐는 급료는 그래도 이 바닥에서 최고 수준이었다.

한 달에 한 번, 모임 회원들은 얼굴을 절반쯤 가리는 정교한 가면을 쓰고 밤에 모였다. 눈 부분은 가리고 입을 드러낸 가면들은 돼지, 개, 고양이의 얼굴을 하고 있었다. 우리는 타트체리주를 따르고 새 냅킨을 채우고 떨어뜨린 숟가락 대신 새 숟가락을 갖다주면서 그들을 지켜보았다. 생굴을 후루룩 마시는 바다코끼리와 칼로 토스트에 마멀레이드를 바르는 눈 큰 소와 반짝이는 금빛 드레스를 입고 바닥에 엎질러진 분홍빛 샴페인 위를 찰박거리는 공작새. 우리는 그걸 다 치웠다. 리넨 테이블보에서 음식 부스러기도 쓸어냈다. 코스 중간마다 접시를 치우며 우리 중 누군가는 리본 모양으로 장식한 소스를 손가락으로 슬쩍 훑거나 입 대지 않은 조각들을 손바닥 안에 몰래 밀어 넣었을지도 모르겠다. 그런 모습을 목격이라도 하면 우리는 서로 못 본 척했다.

저녁 식사가 있을 때마다 우리는 맨얼굴이었다. 모임 회원들은 우리를 힘 없는 사람들처럼 대하면서도 우리를 알고 싶어 했다. 우리는 우리가 힘이 있다는 걸 알지 못했다. 그들은 우리를 사이에 두고도 마치 공기를 통해 이야기하듯 대화를 나눴고 덕분에 우리는 그들이 세상을 어떻게 생각하는지 아주 가까이서 알아버렸다. 어느 날 밤 복어 세비체를 먹으며 자칼이 말했다. 혁명은 자유를 향했던 적이 한 번도 없었어. 우리는 그저 더 많은 왕들을 원했을 뿐이지.

그들은 왕이었으므로 다들 웃었다.

정찬 모임의 백미는 색다른 고기들이었다. 정찬 식탁은 연단 위로 올려졌고 먹는 것 자체가 예술 행위가 되었다. 회원들은 더티라이스* 위에 속을 채워 올린 악어와 라스베리 소스를 곁들인 에뮤**와 길게 반을 갈라 뜨끈한 스튜에 집어넣은 아나콘다를 게걸스럽게 먹어치웠고 두툼하게 잘라 구운 사자 고기는 프라이드록***에서 바로 온 것이라는 농담이 오갔다. 그들은 촉새 요리는 철이 지났다고 떠들었지

*　dirty rice, 쌀에 닭 간, 허브 등 케이준 양념을 한 요리.
**　호주에 사는 큰 새.
***　Pride Rock, 애니메이션 〈라이온 킹〉에 나오는 거대한 바위로, 원숭이가 아기 심바를 들어올리는 장면으로 유명함.

만, 우리는 냅킨을 수의처럼 덮었던 자그마한 몸들이 그 아래서 사라지는 걸 이미 똑똑히 보았고 그들이 질퍽하게 쩝쩝대는 사이로 가냘픈 두개골이 오도독 씹히는 소리도 들었다. 보석으로 치장한 짐승들이 저들보다 작은 짐승들을 먹는 사이 우리는 눈짓으로 역겨움을 주고받았다. 우리는 음식을 선택하거나 준비하지는 않았다. 그저 서빙만 했다. 우리는 맡은 일을 했을 뿐이었다. 그렇게 우리는 아이들을 먹이고 지붕이 있는 곳에서 재웠다. 우리는 1월에도, 2월에도, 3월에도, 4월과 5월에도 모임 회원들이 음식을 게걸스럽게 먹는 모습을 지켜봤다. 그들이 손가락에 흥건하게 묻은 그레이비를 핥는 동안 우리는 아무 표시도 없는 봉투를 모았다.

11월이 되자 회원들이 외쳐댔다. 다음 달은 아주 희귀한 거여야 해요! 더 크고, 더 근사한 거! 우리 그 정도는 되잖아! 그들은 식사를 마치기도 전에 늘 다음 달 식사를 기다리며 군침을 흘렸다. 판다는 남편 버팔로가 앉은 금칠한 의자에 팔을 걸치더니 이렇게 말했다. 크리스마스에는 정말 특별한 걸 먹자고요. 그 이상은 있을 수 없는 그런 거, 우리 말고는 아무도 맛볼 수 없는 걸로.

12월의 마지막 정찬의 밤에 우리는 식탁 위에 크리스털 잔을 올려놓고 아치형 입구 위를 겨우살이로 장식하다가

문득 부엌에서 들려오는 졸음 섞인 칭얼거림과 요리사들의
쉿! 쉿! 하는 소리를 들었다. 자장가 소리도 들었다. 우리가
옛날에 들었고 지금은 우리가 부르는 그 자장가들, 그 선율
이 우리의 뼛속으로 파고들었다. 우리는 분노했다! 당연한
일이었다. 우리는 이런 걸 바란 게 아니었다고. 도저히 용납
할 수 없어. 그런데 우리가 뭘 할 수 있지? 우리는 접시들을
식탁으로, 관능에 가까운 기대감으로 헐떡이는 숨소리들 앞
으로 가져다주고는 뒤로 물러나 시선을 떨구었다. 보지 않으
면 계속 못 본 척할 수 있었다. 그들의 은식기가 방 안을 음
악으로 채웠다.

하느님 맙소사, 카나리아가 양손으로 입을 가리며 양에
게 말하는 걸 우리는 들었다. 우리는 알았다. 그들은 먹을
수만 있다면 그분까지 먹어치울 사람들이라는 것을.

그 뒤 바닥을 깨끗이 닦고, 테이블 위를 치우고, 접시를
씻고, 포크며 나이프도 반짝이게 닦아 모임 따위는 없었던
것처럼 만들고 난 뒤 우리는 돈을 받기 위해 줄을 섰다. 뒷
문으로 나설 때 우리는 한 해 동안 헌신적이었던 우리의 서
비스에 대한 인사이자 보너스로 흰색 가방을 하나씩 받았
다. 메리 크리스마스, 셰프들이 말했다. 본 아페티*. 우리는

---

*　　Bon appetit. 프랑스어로 '맛있게 드세요'라는 인사.

가방을 받아든 뒤 코트 자락 안에 쑤셔 넣었다. 우리 모두 말이 없었다. 무슨 말을 할 수 있겠나? 주차장에서 각자 차에 올라타며 서로 시선을 피한 채 어깨만 으쓱였다. 우리는 스스로에게 양해를 구했다. 이런 생각을 했는지도 모른다. 우리는 늘 어린 것을 먹어오지 않았던가?

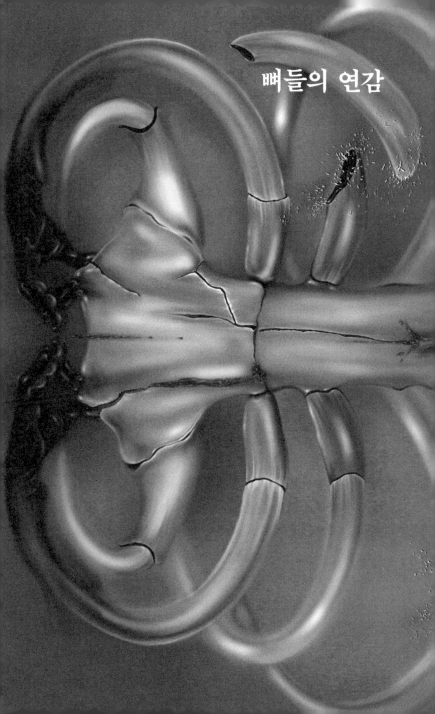

뼈들의 연감

키트는 하굣길 버스 안에서 폴라로이드 사진 몇 장을 보여줬다. 자기 할아버지네 농장 뒤 숲에서 찍은 사진이었다. 가지만큼이나 두꺼운 뿌리들이 검은 흙 속으로 파묻혀 들어가 있었고 온통 군데군데 이끼가 덮여 있었다. 바닥에는 솔잎들이 떨어져 있었고 취미로 그림 그리는 사람들이라면 반색할 만한 종류의 저녁 햇살이 있었다. 그 두개골은 낙엽 속에 절반쯤 묻혀 있었는데 키트만 한 그림자가 사진 테두리 쪽에 걸쳐 있었다. 또 다른 사진에서는 그걸 끄집어낸 뒤 그 정수리에 한 손을 올려두고 있었다. 사진 속 키트의 손톱은 주황색으로, 군데군데 벗겨진 지금과는 달리 흠 없이 반들반들했다. 버스가 덜컹거려 우리는 서로 가볍게 부딪혔다.

통로 너머 반대편 자리에 앉은 8학년생 두 명이 키스를 하는데 둘 다 구부정하게 고개를 숙이고 앉아 있어서 운전기사에게는 보이지 않았다. 남자애의 두 손은 어디 있는지 보이지 않았지만 틀림없이 여자애의 오목한 등허리에서 스커트 안쪽 연분홍빛 살결을 따라 더듬거리고 있을 터였다. 나는 둘의 머리 위에 떠오른 마음속 말풍선을 상상해보았다. 남자애 쪽은 '나 엄청 멋있지'라고 쓰여 있고 여자애 쪽은 '이러는 게 멋있어 보이면 좋겠어'라고 쓰여 있다. 키트와 마찬가지로 나도 안 보는 척하면서 둘을 쳐다봤다. 27까지 숫자를 세고 있으려니 둘은 잠시 멈췄다.

"실비, 이건 무슨 짐승이야?"

둘이 하던 걸 마칠 즈음 키트가 물었다. 마치 내가 입을 열기를 기다리고만 있었다는 듯.

나는 그 두개골을 찬찬히 살폈다. 아래턱이 없었고 오른쪽 눈구멍은 절반이 사라져버린 상태였다. 이빨은 눈에 띄게 들쭉날쭉했고 그중 몇 개는 부러져 있었으며 머리는 어뢰 모양이었다. 내게 이 일은 언제나 즐거웠다. 특이한 존재들이 자기 살 바깥에서는 어떤 모습일지 살펴보는 일. 이건 화성인의 머리일 수도, 아기 육식조의 머리일 수도 있다. 나는 자료가 더 필요하다고 키트에게 말했다.

"우리 집에 또 가자."

내 말에 우리는 우리 집 정류장에서 같이 내렸다.

그날은 버석한 가을날로 하늘은 높고 푸르렀다. 집으로 가는 긴 흙길 주변은 사방이 플로리다의 언덕배기로 이어진 풀밭이었다. 나는 가끔 양 옆구리에 팔을 뻣뻣하게 붙인 채 내가 마치 여기보다 더 널찍한 곳으로 향하는, 멈출 수 없는 바퀴라도 되는 양 그 언덕배기에서 굴러내려 오곤 했다.

우리는 집에 들어가 가방을 현관에 내려두고 기지개를 켜고 어깨를 으쓱이며 학교에서의 시간을 털어냈다. 모두 앞에서 대수학 문제를 착각했다든가 피자 소스를 흰 셔츠에 떨어뜨렸다든가 남자애들이 우리만 쏙 빼고 반 애들 전부한테 뽀뽀를 하고 다니던 꼬락서니라든가. 부엌에서는 할머니가 기다리고 있었다.

"실비."

할머니가 부르는 소리에 키트와 나는 안으로 들어가 아일랜드 식탁에 앉았고 할머니는 우리에게 참치샌드위치와 플로리다스러운 서니디*를 가득 채운 큰 잔을 내주었다. 나는 할머니의 그런 점이 좋았다. 절대 당황하는 법이 없다는 것. 내가 친구를 집에 데려와도 할머니는 눈 하나 깜짝하지 않고 미리 준비하고 있었던 것처럼 넉넉히 만든 샌드위치를 내주었다. 내 짐작에 그게 바로 할머니가 나를 받아들인 방

---

* SunnyD, 오렌지맛 음료.

식이었던 것 같다. 엄마가 나를 두고 가버리자 할머니는 그저 어깨를 한 번 으쓱한 뒤 나를 키웠다. 마치 아이 하나 더 있었으면 하고 내내 바라기라도 했던 사람처럼.

할머니는 스스로 마리오네트* 라인이라 부르는 입가 주름과 눈가에 깊이 자리 잡은 주름이 있어도 여전히 아름다웠다. 할머니 말로는 감사하는 마음 덕분에 젊음을 유지한다고 했다. 딱히 큰 키는 아니었지만 평소 자세 때문에 사람들 눈에는 3미터는 족히 되어 보이는 듯했다. 할머니를 내려다보는 사람은 아무도 없었다. 할머니는 손이 따뜻했고, 표정은 사려 깊었으며, 긴 은발은 하나로 땋아서 등 뒤로 늘어뜨렸다. 나도 나중에 저런 사람이 되었으면 하고 바랐다. 머리는 어깨선을 넘고 흠잡을 데 없는 자세에 내 집에서 남성용 하와이언 셔츠를 입고 샌드위치를 만드는.

"보름달 축제에 너도 가니?"

할머니가 키트에게 물었다. 뺨이 발그레해진 키트는 고개를 움츠리며 말했다.

"엄마가 안 보내줄 거예요."

"안타깝구나."

할머니는 그렇게 말한 뒤 씻어놓은 접시들을 정리하러

---

* 실로 매달아 움직이는 인형.

싱크대로 향했다.

"실비, 너는? 오늘 밤에 갈 거니?"

다음 날 학교에 가야 하지만 나는 당연히 갈 생각이었다. 나는 잘 자는 사람이었던 적이 없었고 할머니도 그걸 알았다. 모든 건 순리대로란다, 할머니가 내게 늘 하는 말이었다. 나는 이 말을 고단해지면 그때 자러 가면 된다는 뜻으로 이해했다.

"에휴."

나는 입에 샌드위치를 가득 문 채로 내뱉었다. 남은 샌드위치를 마저 목구멍에 쑤셔 넣고 잔을 급히 비우고는 키트가 찍어온 짐승이 무엇인지 찾기 시작했다.

"엄마가 전화했더라."

내가 접시에서 마지막 조각을 집게손가락으로 집어 드는 순간 할머니가 말했다.

"시내에 있는 동안 병원에서 임시직으로 일할 거라더라. 집에 들를지도 모른대."

"흠……."

나는 곧바로 키트에게 말했다.

"가자."

키트가 잘 먹었다고 할머니에게 인사했다. 우리는 딱딱한 나무 계단을 우당탕탕 뛰어올라 내 방으로 갔다. 방은 아침에 나간 상태 그대로였다. 침대는 흐트러져 있었고, 더러운 양말들은 바구니에 걸쳐 있었으며, 활짝 열린 창문으로 햇살과 바람이 들이치고 있었다. 소니 붐박스의 플레이 버튼을 누르자 TLC의 〈언프리티Unpretty〉가 스피커에서 흘러나왔다. 요즘 계속 반복해서 듣는 노래다.

"그 축제는 어떤 건데? 너네 엄마 진짜 집시야?"

키트가 내 침대에 풀썩 앉으며 속사포처럼 질문을 쏟아냈다. 나는 등을 돌린 채 옷가지들을 바구니에 쑤셔 넣고 책상 위의 책들을 가지런히 정돈했다. 마치 이런 것들을 중요하게 생각하는 사람이라는 양.

키트는 자신이 말한 그 단어, '집시'는 자기 부모님끼리 하는 이야기를 우연히 들은 것이라고 했다.

나는 그 애의 질문이 아무렇지 않은 척했다. 두 질문에 숨은 의미 따위 다 내게는 별것도 아니라는 듯이. 아무래도 키트가 자기 방에서 엿듣는 동안 그 부모가 내 상황에 대해 자주 이야기를 나눴던 게 틀림없다. 키트에게는 크리스마스 카드에 등장할 법한 가족이 있었다. 엄마, 아빠, 키트, 키트의 어린 남동생까지 다들 말쑥하니, 손님들이 볼 수 있게 벽에 걸어둔 것처럼 연습된 환한 미소를 짓고 있었다. 키트의 엄마는 파티에서 온라인으로 주문한 진짜 북미 원주민의 그릇에 시판 과카몰리를 담아 대접하면서, 하나같이 케이블니트 스웨터에 신상품 요가 팬츠 차림을 한 다른 엄마들에게 메리 케이[*]를 팔곤 했다. 만날 때마다 그는 이를 전부 드러내며 웃어 보여서 어금니에 박아 넣은 은 충전재가 반짝거렸다. 내가 처음 '집시'라는 단어를 들었을 때 머릿속으로 그려본 것은 아름답고도 어두우면서 매혹적인 누군가였지만, 키트가 그 단어를 반복해서 말할 때 보면 모욕인 것이 분명했다. 키트의 부모가 어떤 의도로 하는 이야기였든 자신들보다 못하다는 의미였다. 키트가 말하는 '축제'도 마찬가지였다.

"너네 엄마가 축제에 대해 뭐라고 하는데?"

나는 손바닥에 손톱을 대고 누르면서 키트에게 물었다. 키트가 웃음을 터뜨리더니 내 침대에 비스듬히 기대며 말했다.

"안 좋아하지. 내가 여기 올 때마다 엄마는 너네 할머니가 발가벗고 돌아다니냐고 물어본다니까."

나는 분노가 손끝을 쑤시다 갈비뼈 아래까지 파고드는 걸 느꼈다. 엄마는 그렇다 치고 어떻게 할머니까지 멋대로 판단할 수가 있지? 나는 그 애 엄마의 뻔한 얼굴을 쏘아보며, 그래요, 우리는 발가벗고 걸어 다녀, 말해주고 싶었다.

---

* Mary Kay, 다단계 방식으로 주로 화장품을 판매하는 브랜드.

그리고 우리는 피에 몸을 담근다고도. 나는 키트에게 자기 엄마를 어떻게 생각하는지 똑똑히 말해주고 싶었다. 하지만 키트는 학교에서 유일하게 나를 이상하다고 생각하지 않고, 내가 좋아하는 게임에 관심을 가지는 여자애였다. 나는 어느 쪽 화제에 담긴 의미들에도 아랑곳하지 않는 양, 그 애의 질문들에 기분 상하지 않은 척했다.

"축제는 늘 마법 같지. 너 놓쳐서 아쉬울걸."

축제에 대해서는 그렇게 이야기했다.

엄마 이야기는 하지 않았다. 만나면 내가 헬렌이라고 부르는 우리 엄마. 나는 엄마 이야기는 어느 누구와도 하지 않았다. 이야기를 하든 하지 않든 어쨌든 헬렌은 내 엄마고, 헬렌에 대해 나쁘게 생각할 수 있는 건 오직 나뿐이었다.

헬렌은 나를 떠났었다. 이제 막 안녕 엄마! 같은 말을 겨우 할 줄 알게 된 두 살짜리 나를 두고 세계를 여행하러. 내가 헬렌을 볼 수 있었던 건 헬렌 스스로 납득할 만한 어떤 사정 때문에 조정된 일정─헬렌이 지쳤다거나 뭔가를 두고 가서─이라든가 철새들의 남쪽 이동이나 특정한 조류의 변화에 맞춰 계획한 일정에 따라 집에 흘러들어왔을 때뿐이었다. 자기 딸의 인생에 언제 등장할지 정해둔 헬렌의 연감. 엄마는 자기가 하고 온 온갖 일들을 내게 들려주기를 좋아했다. 엄마는 생계를 위해 요트 청소를 했고, 남자들을 따라 여러 대륙을 가로질렀으며 안티구아섬의 연기 나는 산에서 은빛 칼날로 길을 내기도 했다. 아기 혹등고래들과 같이 헤엄을 친 적도 있었다. 언젠가 시나이산 꼭대기의 불타는 가시덤불이라 불리는 곳까지 맨발로 오르다 발가락에 온통 물집이 잡혔던 이야기도 들려주었다. 신의 음성을 들었다고 엄마는 친구들에게 말했다. 그분이 뭐라고 했는지 알아? 엄마가 눈을 반짝이며 질문을 던지면 다들 되묻곤 했다. 비밀을 알고 싶어 군침을 흘리며 몸을 기울이면서. 뭐라고 했는데? 그러면 엄마는 말했다. 아무 말도 안 했어. 때로 신의 음성은 침묵이었다.

엄마가 그런 경험을 하는 것에는 나도 불만이 없다고 스스로 되뇌었다. 불만이 어떻게 있겠어? 우리는 서로에 대해 아는 게 거의 없는데.

키트와 나는 이름표를 붙여 가지런히 정돈해둔 내 선반으로 향했다. 나는 두피 각질, 발톱 거스러미, 짐승의 유해 같이 버려진 것들에 관심이 있었다. 떨어진 꽃잎들은 누렇게 변색된 악보 위에 눌러 붙였다. 뱀의 가죽은 둘둘 말아 불투명한 두루마리 뭉치로 만들어 표본병 안에 넣고 코르크마개로 막아두었다. 이 분야에서는 내가 전문가였으므로 키트는 내 말에 납작 엎드렸다. 방바닥 한가운데에 사진을 펼쳐놓고 우리는 내가 가진 모든 뼈들, 그러니까 늑대, 퓨

마, 염소, 양의 뼈들을 하나하나 살펴보았다. 얼룩다람쥐와 토끼의 뼈도 있었고 독사 한 마리와 큰 어치 한 마리도 있었다. 거북도 한 마리.

우리는 이 짐승들의 머리를 키트의 사진들 주위에 토템처럼 늘어놓았다. 대부분 인터넷을 통해 머나먼 곳에서 건너온 것들이기는 하지만 그 영혼들이 내 방 어딘가를 어슬렁거리다가 불려 나와 이 수수께끼를 풀게 도와줄 수 있기라도 한 것처럼. 그들은 우리가 자기네 부분들의 총합을, 해독 불가능한 영원의 미소를 이리저리 배열하는 모습을 지켜보고 있었다. 그들의 표정에는 무언가 어두운 것, 무언가 진정한 것이 있었다. 우리는 내가 가진 전부를 그러모았다가 대퇴골들, 견갑골들, 설치류의 쇄골 한 개, 그리고 특이한 문손잡이처럼 생긴 누렇게 변색된 등뼈들을 내던졌다. 우리는 호저의 갈비뼈로 두개골들을 두드리며 음산한 음악에 맞춰 빼빼 마른 엉덩이를 삐죽삐죽 움직였다. 나는 곰의 손가락뼈로 키트의 머리를 빗겨주었고 키트는 삐죽삐죽한 흉골을 내 머리 위에 왕관처럼 얹어주었다.

시간이 한참 흐른 뒤, 일치하는 동물 뼈 찾기에 지친 우리는 결론을 내렸다. 아마 여우일 거야. 우리 생각이 맞는지는 상관없었다. 가끔 우리가 찾은 뼈의 이름을 불러주는 것은 별문제가 아니었다. 우리는 답만큼이나 질문도 즐거워했으니까. 그 뼈들을 우리 살갗에 댄 채 그것들의 특정한 형태를 입속에서 훑으며 달콤함이나 보송한 느낌 같이 무언가 아직 남아 있는 것을 맛보는 것만으로도 충분했다.

우리는 뼈들을 제자리에 두고는 내 노란 데이지색 전화기로 몇 군데 전화를 걸었다. 할머니한테는 따로 설치된 전화선이 있어서 할머니가 주로 쓰는 선과 인터넷이 한데 엉킬 염려는 없었다. 할머니가 쓰지 않을 때 그 전화선은 내 차지였지만, 할머니가 쓰고 있을 때면 치직거리는 시끄러운 기계 소리와 탁한 연결음이 수화기를 메웠다.

우리는 시간을 달라고 요구했다. 사실 딱히 머물 곳은 없었다. 우물정이나 별표 버튼을 눌러 대화방은 대충 건너뛸 수 있게 돼 있는 무료 데이트 서비스 번호로 전화를 걸어 실제보다 더 나이 많은 여자애들인 척했다. 남자들이 우리에게 무언가를 해주겠다고 하면 우리는 웃었다. 발작적이고 경박하게 낄낄대느라 우리는 배가 아팠다. 그 남자들은 우리를 공주처럼 대해주겠다고 했다. 우리의 발에 입을 맞추고 우리에게 꿀을 듬뿍 바른 다음 젖은 엉덩이 골을 핥겠다고 했다. 우리는 무언가를 하겠다는 말은 절대 하지 않았다.

그러나 키트와 나는 우리도 준비가 되어 있어야 한다고 생각해서 각자의 팔에 키스 마크를 남기거나 서로에게 만들어주는 연습도 했다. 키트는 내 쇄골 아래에다 꽃무늬를 만들어 자국을 남겼고 나는 키트의 왼쪽 어깨를 빨아 커다란 빨간 반점을 남겼다. 나는 키트를, 바지에 셔츠 밑단을 넣어 입고 학교에서 만나면 다정하게 미소 짓는 피부가 검은 그 남자애라고 상상했다. 우리는 입술에 대고도 키스를 연습했는데, 그 순간 나는 스쿨버스에서 은근히 감탄 어린 시선을 한 몸에 받는 8학년 여자애였다.

"이제 가야겠어."

5시쯤 되자 키트가 손을 흔들며 인사했다. 그 애의 스웨터가 우리가 연습한 흔적을 감춰주었다. 집까지 차로 데려다주겠다는 할머니의 목소리가 계단을 타고 올라왔지만 키트는 말했다.

"아니에요, 괜찮습니다. 감사해요."

그 애는 늘 집까지 걸어갔다. 온통 뒤져 찾고, 다른 무언가인 척하고, 신경질적으로 웃다가 지쳐버린 나는 침대에 누워 하나의 커다란 푸른 덩어리 같은 하늘을 바라봤다.

엄마를 마지막으로 만났던 순간을 떠올렸다. 작년에 헬렌은 얇은 검정 드레스에 자주색 가죽 부츠 차림이었는데 딸의 열한 번째 생일이 아니라 콘서트에 온 사람 같았다. 나는 헬렌을 보고 놀랐다. 보통 생일 무렵에 두어 주 일찍 나타나거나 늦게 나타나지 제때 맞춰 온 적이 없었으니까. 그 전해에는 아예 보지도 못했다.

현관에서 헬렌은 금색 포장지로 감싼 작은 상자를 들고 있었다.

"귀걸이야."

헬렌은 선물을 달그락 흔들어 보이더니 내 손바닥 위에 올려놨다.

"여자애는 액세서리가 좀 있어야지."

정작 헬렌은 아무 액세서리도 안 했다.

헬렌은 할머니 찬장에서 꺼낸 레드와인 한 병과 이미 가득 채운 잔까지 들고는 내 방으로 와서 한때 자기 침대였던 내 침대에 비집고 들어왔다. 우리는 무릎을 구부려 안은 채 마주 앉았다. 헬렌은 고등학교 시절 이야기를 들려주었다. 친구들과 스프레이 페인트로 몸을 구릿빛으로 칠하고는 공원에서 유명인사 흉내를 내며 동상처럼 몇 시간이고 움직이지 않고 서 있었고 한 명은 지나가는 사람 앞에다 대고 야구 모자를 흔들어댔다고 했다. 주말이면 돈을 쓸어 담았지만 그렇게 번 돈은 대부분 가짜 신분증을 가지고 도수 낮은 맥주나 담배를 사주곤 하던 녀석에게 냈다고 했다. 와인병이 비어갈수록 헬렌은 더 먼 과거로 들어갔다.

"남자친구 있니?"

"헬렌, 나 열한 살이야."

내 대답은 보통 그랬다. 헬렌은 자기 열한 살 때 이야기

를 들려줬다. 자전거를 타고 동갑이던 남자친구 집에 가서
뒤뜰에서 입으로 해줬던 이야기, 대충 부어 만든 듯한 거친
콘크리트 농구코트 바닥에 쓸려 무릎이 긁혀 뼈가 닿는 바
람에 잿빛이 된 살갗에 쓰라린 부분이 남았다는 이야기. 정
액은 아무 맛도 나지 않았다고 했다.

"나중엔 달라졌지만."

헬렌은 자기 목덜미의 솜털을 만지작거리며 말했다. 헬
렌은 나를 보고 있지 않았고, 다른 어떤 것을 보고 있지도
않은 것 같았다. 자기 내면 어딘가에 있었다.

"나중에는 어떤 것이든 나름의 맛이 난단다."

그때 할머니가 문간에 나타났다.

"케이크 준비됐다."

말은 나에게 하면서도 엄마를 보고 있었다.

"내려가서 케이크 장식할 재료 좀 찾아보지 않을래? 나
도 금방 내려갈 테니까 식으면 아이싱 올리자."

"알겠습니다."

나는 대답하고 나서 할머니가 우리 대화를 조금 엿듣다
가 중간에 끊어야겠다는 생각을 했구나 싶었다. 나는 일어
나도 상관없었다. 나는 어쨌든 섹스가 어떻게 이뤄지는지는
이미 알고 있으니까. 다른 여자애들이 자기네 엄마가 보는
잡지 〈코스모스〉에서 찢어온 반들거리는 페이지들을 봤었

고, 남자애가 같은 반 여자애의 말려 올라간 체육복 반바지 가랑이로 손을 찔러 넣는 걸 본 적도 있었다. 그 남자애는 아무 말도 듣지 않았지만, 여자애는 복장 지적을 받았다. 굳이 헬렌이 내게 말해줄 필요도 없었다.

내려가는 척했지만, 헬렌이 한 소리 듣고 나서 어떻게 대응할지 궁금했던 나는 숨죽인 채 문간 바로 뒤에 숨었다. 그런데 눈앞에 펼쳐진 광경은 할머니가 엄마의 머리카락을 손으로 빗겨주는 모습이었다. 할머니가 팔짱을 끼자 헬렌이 할머니 품속으로 파고들었다. 부엌에 내려온 나는 그릇과 색소와 짤주머니를 쾅쾅거리며 내려놓으면서 헬렌은 대체 왜 성가시게 나를 가졌던 것일까 의아해했다. 지금까지 헬렌이 만났을 남자친구들의 수와 씨앗 상태로 삼킨 그 수많은 아이들의 수를 헤아려보았다. 얼마나 간단한지. 나도 그냥 삼켜졌더라면 좋았겠다고 생각했다.

그날 저녁, 할머니 친구 몇 명이 들어올 때 엄마는 끝없이 펼쳐진 땅과 초록색 완만한 언덕들이 있는 들판 쪽을 바라보며 와인잔을 다시 채워 들고는 나무에 달린 그네에 앉아 가만가만 흔들리고 있었다. 여자들은 그 모습을 현관에서 물끄러미 바라보더니 그중 한 명이 다른 친구에게 눈동자를 굴리며 말했다.

"저 여자애 말야."

하도 나지막이 말해서 할머니에게는 안 들렸을 테지만 나는 그 말을 듣고 문득 생각했다. 헬렌이 아직도 여자애면 우리 전부 언젠가 여자가 될 수나 있기는 한 거야?

엄마가 어린애라고 상상해봤다. 프릴과 레이스가 달린 옷을 입고 머리에는 자기 머리보다 큰 빨간 리본을 단 아이가 와인병과 와인잔 대신 끈끈한 막대사탕을 입에 물고 있었다. 헬렌은 똑같은 그네에 앉아 다리를 차며 점점 더 높이 올라갔다. 나뭇잎에 헬렌의 코끝이 스치는 바람에 헬렌 주변에 우수수 떨어진 잎들이 붉은색으로도 갈색으로도 변하며 헬렌의 발아래에 예전 자아들의 시들어버린 뼈대를 떨궜다. 헬렌은 웃고 있었다. 자신은 이제 곧 하늘로 솟구쳐 올라 구름 사이 아주 작은 점으로 사라질 것도 알지 못한 채. 헬렌은 아무 말도 하지 않았다. 원피스를 입고 미소 짓는 헬렌 혼자 파랑 속으로 올라갔다가 다시 분홍빛 주황 속으로, 그러다 잿빛 보라에서 다시 검정 속으로 올라갔다.

내 위에 떠 있는 할머니 얼굴이 환하고 차분했다. 깜빡 잠이 들었나 보다. 할머니는 내 팔에 내가 내놓은 키스 마크들을 손으로 쓸어내리며 물었다.

"준비됐니?"

그러고는 옷 갈아입는 것을 도와줬다. 나는 흰색에 가까운 흐릿한 분홍색 치마를 골랐고, 할머니는 청록색 시폰 가운을 골랐다. 그런 다음 라벤더와 주황색 카네이션으로 만든 색색의 뭉게구름 같은 화관을 왕관처럼 쓰고 앞뜰로 내려갔다.

그곳은 내가 잠들었던 사이 완전히 바뀌어 있었다. 할머니와 친구들이 쳐놓은 천막 아래 테이블에는 와인, 빵, 과일, 얇게 자른 노란 배와 천도복숭아, 핀볼만큼 알이 굵은 검은 포도, 두툼하게 잘라 바나나 잎 위에 올려놓은 부드러운 치즈가 놓여 있었다. 현관이며 나뭇가지마다 온갖 등과 종이 리본이 주렁주렁 매달려 있었고 모닥불이 타닥거리며 탔다. 부드러운 빛, 반짝거리는 빛, 이글거리는 붉은 빛 같은 온갖 빛에 뜰이 흠뻑 물들어 있었다. 어떤 이는 우쿨렐레를 연주했고 다른 이는 탬버린을 흔들었다.

어디에나 여자들이 있었다. 할머니의 친구들이며 옆 동네에서 온 낯선 여자들은 물론 더 멀리서 온 여자들도 있었다. 아이들을 가르치는 여자들도 있었고, 서류 정리를 하는 여자들도 있었고, 화장실 청소를 하는 여자들도 있었다. 사업하는 여자들도 있었고 매춘하는 여자들도 있었으며, 결혼을 했던 여자들도, 한 번도 결혼한 적 없는 여자들도 있었다. 꽃을 단 여자들도, 풀잎 치마를 입은 여자들도, 머리를 땋은 여자들도, 구슬을 단 여자들도, 벌거벗은 여자들도 있었다. 늙은 여자들, 어린 여자들, 키 큰 여자들. 부둥켜안고 노래하고 달리고 기도하는 여자들과 밤새 술을 마시는 여자들.

여자들의 숲이 추수철 보름달 아래서 물결치고 있었다.

할머니는 내 곁을 떠나 춤추러 갔다. 나는 그들 사이로 풀밭을 거닐었다. 축제를 하는 동안에 할머니는 내 손을 잡지 않았다. 내 나름의 길로 항해하는 것은 내 몫이었고 나는 이것을 신뢰의 증표로 받아들였다. 나는 내 자신을 다룰 줄 알고 있으니 아무 문제도 없을 것이다. 나는 이 장면 속에 키트와 그 애 엄마를 집어넣어 상상해봤다. 그 핏기 없는 얼굴들은 얼마나 쪼그라들고 넋이 나갈까.

나는 모닥불 옆에서 땅바닥에 책상다리를 하고 앉아 이야기를 나누고 있는 사람들 쪽으로 어슬렁거리며 다가갔다. 그들이 어서 오라며 손짓하더니 각자의 유령에 대한 이야기를 들려줬다. 살해당한 자매, 자궁 속에서 죽은 아들. 그리고 끝내 이 나라로 오지 못한 할머니와 그가 유일하게 남긴 새끼 염소 가죽 장갑 한 벌. 그 할머니의 손녀가 말했다.

"근데 그 장갑을 낄 만큼 추운 날이 없어요."

옆에 앉아 있던 여자가 손을 뻗어 그 손녀의 손을 꽉 잡았다. 여자의 양쪽 뺨에는 선으로 그린 금빛 동그라미가 칠해져 있었다. 여자의 나이는 가늠이 안 되었지만 나보다는 분명 더 많고 피부도 더 검고 더 아름다운 사람이었다. 그는 운이 좋았다고, 사랑하는 사람을 잃지 않았다고, 아직은 잃지 않았다고 했다. 그러면서 우리 역시 자기 자신의 삶에서 유령이 되어버릴 수도 있다고, 때로는 그게 더 나쁘다고 했다. 나는 그들의 이야기에 홀린 채 그들 속에 섞여 앉아 있었다. 우리는 모두 엄마에서 딸로 그리고 다시 엄마로, 시간의 중심부로부터 뻗어 나와 끊어진 적 없이 젖과 피로 이어진 사슬 속에서 서로를 잇는 고리라는 사실을 난생처음 깨달았다. 문득 할머니와 나 사이에 비어 있는 그 공간에 대해 초조한 기분이 들었다.

"당신 이야기도 해봐요."

여자들은 서로를 북돋웠다. 나는 눈을 감고 내 이야기, 과거 말고 무언가 미래 같은 것을 그려보려 했다. 나는 땅 밑에, 바위와 뿌리 너머에 있었고, 뼈 같은 돌들이 나를 깊이, 더 깊이 끌어당겨 마침내 나는 지구의 용해된 노란 중심부에 있었다. 머리카락이며 근육이며 다른 모든 것들을 벗어버리며 중심부를 통과해 마침내 나는 거죽 없는 형상의 진짜 내 자아를 보았다. 나는 영예로운 피조물이 되어 소박하고 은은히 빛났다.

그러다 환영을 뚫고 나오는 내 목소리를 들었다.

"실비아."

그 목소리가 말한 순간, 그건 내가 아님을 깨달았다. 눈을 뜨자 앞에 헬렌이 서 있었는데 마치 연기 속에서 나타나기라도 한 느낌이었다. 녹색 수술복 차림의 헬렌은 지친 표정으로 웃어 보이며 말했다.

"너 찾았어."

헬렌은 손가방을 팔 안쪽에 옮겨 걸고는 손을 내밀었다. 나는 아무 말도 하지 않았다. 나는 늘 거기, 헬렌이 나를 두고 떠나버렸던 바로 그 자리에 있었으니까.

나는 사람들과 둘러앉아 있던 자리에서 일어나 헬렌에게 순순히 손을 맡겼다.

"나 배고프다."

헬렌은 그렇게 말하며 나를 데리고 집으로 향했다. 등 뒤에 여자들 소리를 그대로 둔 채로. 행복하게 울고 슬프게 웃는 소리. 하나로 이어지는 소리.

현관문 앞에서 나는 헬렌을 멈춰 세웠다. 할머니는 내게 보름달은 고약한 존재들, 그러니까 오직 보름달의 빛으로만 움직이는 마법 세계의 짐승들을 불러낸다고 말하곤 했다. 나는 헬렌을 쏘아봤다. 그 모든 시간 동안 헬렌은 떠나 있었다. 헬렌의 그 허기. 나는 확인하고 싶었다.

"헬렌은 뱀파이어야?"

내가 물었다. 위험을 초대해 집에 들이는 역할은 하고

싶지 않았다. 엄마는 가방을 뒤적거리더니 아주 진지한 표정으로 하트 모양의 콤팩트에 비친 자기 모습을 내게 보여 줬다.

"아직은 아냐."

헬렌은 말했다. 나는 문이 벽에 부딪치게 휙 열어젖히고 쿵쿵대며 위층으로 올라가 침대 가장자리에 앉아 다리를 덜렁거리며 헬렌을 기다렸다. 헬렌이 딱히 나 때문에 집에 들어오는 것이 아니라 해도 위층으로 올라오리라는 걸 나는 알고 있었다.

헬렌은 남은 참치샐러드를 플라스틱 통에 든 채로 먹으며 우유 한 잔을 들고 왔다.

"이거 마셔."

헬렌이 내게 우유잔을 건넸다.

"왜?"

"엄마들이 보통 이런 거 하지 않나? 잠 안 자는 애한테 우유 갖다주는 거?"

나는 대꾸하지 않았다. 잔에 담긴 우유가 푸르스름한 흰빛을 띠었다.

"뼈에 좋대."

헬렌은 애를 썼다.

"실제로는, 아니래."

나는 어깃장 놓는 게 괜히 신나서 말했다.

"내가 너만 한 나이였을 때는 진짜였는데."

그러고는 내가 마지못해 한 모금 마실 때까지 아무 말도 하지 않았다. 헬렌은 들고 있던 포크로 바닥에 놓여 있는 뼈들을 가리켰다.

"저건 뭐야?"

"코요테 대퇴골."

할머니가 애리조나 여행에서 돌아올 때 가져온 것이었다. 헬렌이 웃으며 말했다.

"세상에, 넌 꼭 나를 닮았구나."

그 말에 나는 발칵 화가 나서 팔의 솜털이 쭈뼛 곤두섰다. 내가 어떤 사람인지 자기가 어떻게 알아? 문득 판에 박힌 듯한 키트의 엄마가 떠올랐고, 나는 그 사람이 볼 법한 시선으로 헬렌을 바라봤다. 영락없는 집시군, 아니 집시만도 못해.

"내 친구 엄마는 보름달 축제엔 절대 못 가게 하던데."

헬렌이 나를 바라봤다. 눈동자의 중심부가 마치 포도알처럼 검었다.

"그 엄마는 뭐 하는 사람인데?"

헬렌의 질문은 마치 답을 이미 알고 있고 그 답은 우스운 것이라는 듯한 눈치였다.

"집에 있어."

내가 말했다. 어쩌면 내 상상이었을 테지만 나는 헬렌이 숨을 들이마시는 작은 소리를 들었고 아무래도 움찔했던 것 같았다. 헬렌이 물었다.

"그러면 좋은 엄마가 되는 거니?"

헬렌은 모든 답을 아는 사람, 산전수전 다 겪은 여자였다. 나는 우유잔을 꽉 쥐며 마음을 다잡았다.

"엄마라는 존재에 대해 내가 뭘 어떻게 알겠어?"

심장이 두근댔다. 헬렌은 곧 거칠고도 슬프게 웃음을 터뜨렸다. 그러고는 양파 한 조각을 찍더니 와그작 깨물었다.

"집에서 길들여진다는 건 짐승들한테나 해당되는 얘기야. 그리고 사실, 짐승들도 그럴 필요 없어."

헬렌이 말했다. 나는 키트네 가족을 여우 무리로, 누군가의 벽난로 선반 위에 어울리게 일렬로 늘어선 그 두개골들의 모습을 상상해봤다. 그 실크 같은 거죽 없이는 서로가 그저 낯선, 아빠, 엄마, 아이 둘.

"모든 건 순리대로란다."

엄마가 말했다. 엄마는 나를 보며 웃고 그 모습은 엄마의 눈에도 가닿았다. 거기엔 무언가 어둡고 무언가 진정한 것이 있었다.

"네 자신으로 있는 법을 배우는 거야. 그렇지 않으면 너 아닌 다른 누군가로 살다 죽는 거고. 간단해."

간단해 보이지는 않았다. 그때는 분명 그랬다. 침묵 속에 앉아 있는 동안 내 분노가 우리 사이에서 부풀어 올랐으니까. 몇 년 뒤 나는 엄마가 준 귀걸이, 우유 한 잔, 진실한 마음 같은 선물들은 내게 자신을 받아들여 달라고 청하는 엄마 나름의 방식이었다는 걸 깨달았다. 엄마는 내게 용서를 구할 수는 없었다. 엄마는 자기 성정에 대해 사과하기에는 너무도 자기 자신인 사람이었다.

"마저 마셔."

내 잔을 톡톡 두드리며 엄마가 말했다. 나는 우유잔을 비웠다. 우리는 나무와 열매였다. 엄마가 얼마나 오래 떠나 있었던들 내 몸은 늘 알고 있었다.

엄마는 빈 그릇과 잔을 가지고 계단을 총총 내려갔다. 나는 엄마의 발소리가 잦아들다 완전히 사라질 때까지 귀를 기울이면서 엄마가 어디든 자신의 연감이 알려주는 다음 행선지로 떠나기에 앞서 잠을 청하러 응접실로 들어갔다는 것을 알았다.

러그 위에 짐승들의 유해가 흩어진 그대로 있었다. 우유로 배가 빵빵해진 채 홀로 남은 나는 내 자신을 재우기 위해 나만의 침대 머리맡 이야기들을 들려줬다. 춤추는 여자들, 빙그르르 도는 여자들의 모습을 머릿속으로 그렸다. 암흑 속으로 날아가는 헬렌의 모습도.

　나는 내 뼈들이 헬렌을 닮은 무언가로, 견고하고 날카롭고 사람의 것이라기엔 너무 정교하게 아름다운 무언가로 변해가는 걸 느꼈다. 100년이 지나면 고고학자들이나 호기심 많은 아이들이 나를 땅에서 파내 쪼개진 내 대퇴골에서 흙을 털어내고 농담의 실마리를 찾으려 내 상완골을 찬찬히 살펴보겠지. 그들은 절대 알아내지 못할 거다. 전체를 볼 수는 없으니까. 내 척추를 감쌌던 맹렬한 기이함이라든가 안절부절못하던 흐름 같은 것은 알아내지 못할 것이다. 그들은 내 뼈의 일부분을 사진 찍고 활짝 웃는 내 이의 개수를 세어보면서 내가 어떤 종류의 짐승이었는지 궁금해하겠지. 내 뼈들을 구릿빛으로 덧입힌 뒤 유리 너머 벽에 걸어두면 사람들은 돈을 내고 그걸 보겠지.

저자의 말

감사 혹은 사랑의 메시지

글쓰기는 고독한 연습입니다, 더는 그렇지 않게 될 때까지는요. 격려하고 이끌어주고 기운을 불어넣어준 그 많은 대단한 사람들이 없었다면 이 책은 존재하지도 못했을 겁니다. 완벽할 자신은 없네요, 어쩌면 여기 빠뜨리는 이름이 있을지도 모르겠어요. 하지만 이 책을 쓰는 동안 저를 위해 읽어주고 써주고 먹여주고 공간을 내어주며 함께 웃기도 하고 울기도 한 모든 이들이 제 은인이며, 감사는 제게 아주 특별한 종류의 사랑임을 꼭 알아주셨으면 합니다.

저를 위한 최고의 편집자 메러디스 캐펄 시머노프에게 깊은 사랑의 뜻을 전하고 싶습니다. 그가 손 내밀어준 것부터가 제게는 그저 행운이었습니다. 그의 응원, 지성, 통찰, 마음. 당신은 제가 바랄 수 있는 최고의 사람 그 이상이었습니다. 그로브의 편집자 케이티 레이시언에게도 사랑을 전합니다. 마음이 통하고, 호탕하게 웃고, 인생 자체가 예술인 사람. 이 책의 알맹이를 알아보고 이해했던, 그리고 무엇보다도 나를 봐준 사람. 우리 둘 다를 위해 열심히 싸웠던 사람. 〈디 애틀랜틱〉 편집자 제임스 록스버그에게도 감사한 마음입니다. 이메일을 주고받을 때면 그는 내게 솔직한 의견을 가감 없이 전해주었고 예민하면서도 진중한 시선으로 이 단편들을 다뤄주었습니다. 우리 넷은 최고의 드림팀이었습니다.

컴퓨터 모니터 속에 있던 페이지들을 세상에 꺼내 이 책을 실존하게 만들어준 모든 이들에게 감사를 전합니다. '그로브애틀랜틱'과 '애틀랜틱북스'의 모든 팀, 특히 데브 시거, 주디 호튼슨, 카이트 아스트렐라, 포피 모스튼-오웬, 그리고 이 맛있는 표지 디자인을 탄생시켜준 그레천 머건탈러, 켈리 윈턴, 헬렌 크로포드-화이트와 프로덕션팀, 교열·교정 담당자들에게도 감사합니다. 줄리아 버너-토빈, 샐 데스트로, 케이시 맥설리, 브레나 맥더피, 커스튼 기부토스키, 당신들 모두 끝내주게 멋있는 사람들이에요. 그리고 모든 일이 원활하게 진행되도록 애써준 제이시 미치가, 해나 켄도 고마워요.

이 이야기들 대부분을 썼던 위스콘신 매디슨대학의 문예창작 프로그램에도 감사를 전하고 싶습니다. 제시 리 커처벌, 션 비숍, 아모드 재멀 존슨, 에이미 콴 배리에게 특히 고맙습니다. 주디스 클레어 미첼, 내 작품을 가장 먼저 응원해주었던 든든한 내 편. 잘 안 풀릴 때는 물론이고 잘 풀릴 때도 이야기 나눠주었던 것, 특히 고마웠어요(#vivalajudy!). 이 단편들이 가장 날 것이었던 때부터 함께 시간을 들여 읽어주고 내내 이야기 나눠주었던 내 소설 모임 동지들에게 사랑과 감사를 전합니다. 매디 코트, 잭 오리츠, 로드리고 레스트레포(전부 다 감사해요), 캐리 슈에트펠츠, 제니 자이드반트(밤늦게까지 함께 어울려 넷플릭스를 보곤 했던 그 시간들도 고마워요), 에밀리 셰틀러. 그리고 제게 선물 같은 시간과 공간을 제공해주시고 재정적 지원도 해주셨던 여러 기관에도 감사합니다. 헤지브룩, 키웨스트 문학 세미나, 잭존스 리트러리아츠, 틴하우스(특히, 랜스 클리랜드), 엘리자베스 조지 재단에 깊은 감사의 뜻을 전합니다. 제 작품에 관심을 보여주고 지면을 내어주고 이 단편들이 출간될 수 있게 해준, 책 앞부분에 적은 잡지들의 편집자분들께도 이 자리를 빌려 감사를 전하고 싶습니다.

재능뿐 아니라 마음도 넉넉한, 제가 너무나도 존경하는 여러 작가들이 제 작품을 먼저 읽어봐주고 멘토가 돼주고 또 응원을 아끼지 않았지요. 나나 크와메 아드제이-브레냐, 제이멀 브링클리, 대니얼 에번스(워싱턴대학에서 들려주셨던 그 놀라운 이야기들에 특별한 감사를 전합니다), 로렌 그로프(틴 하우스를 비롯한 여러 가지에 두루 감사드려요), T 키라 매든, 내 피사 톰슨-스파이어스, 제겐 무엇보다도 소중한 순간들이 었습니다.

그리고 내 친구들, 당신들이 없었다면 나는 이 길을 걷고 싶은 마음이 들지 않았을 거야. 마이클 리(우린 진짜 식도락 친구!), 마리아 알바레즈, 셸리 세나이, 내 사랑을 받아줘. TSWT, 처음부터 응원을 아끼지 않았던 것, 잊지 않을게. 그리고 내 인생에 바르는 연고 같은 친구 샤일라 세브리, 늘 나와 함께 해주어서 고마워. 새러 퓨크스, 당신의 예리한 시선과 직언 덕분에 이 이야기들이 더 나은 이야기가 될 수 있었던 것 같아. 전부 고마워.

나를 믿어준 우리 식구에게 가장 큰 감사를 전합니다. 삶을 어떻게 살아가야 하는지 내게 있는 힘껏 가르쳐주었던 엄마 그리고 아빠에게 사랑과 감사와 존경을 전합니다.

마지막으로, 지난 10여 년간 나를 변함없이 지지해주고 나와 함께 성장하고 넘어지고 또 날아올랐던 제이슨 모니즈, 그저 바라보기만 해도 내 마음을 정확히 읽어주는 사람, 고마워요. 스스로도 보지 못했던 내 안의 좋은 것을 바라봐줘서 고마워.

호락호락하지 않은 이상한 여자들에게
바치는 찬가

젊은 여성 작가의 데뷔작. 유색인종으로서 겪는 차별. 오 프라 윈프리의 월간지 〈오프라매거진 오〉의 추천 도서. 내 가 처음 접한 정보는 그 정도였고 무덤덤하게 원서를 받아 든 채 읽기 시작했다. 더 이상 젊지도 않고, 피부색이 같은 사람들 속에서 주로 살아가는 나는 어느 지점에서 이 이야 기 속으로 들어가게 되려나? 조금은 궁금해하면서. 아무리 재밌는 이야기라도 '나'의 이야기라 착각하는 순간에야 비로 소 그 속에 뛰어들 수 있는 법이니까.

불온한, 불안한
다짜고짜 두 소녀가 칼로 자기 손바닥을 그으며 이야기 는 시작된다. 이렇게 직접적인 방식으로 '혈맹'까지 맺어보지 않았더라도 이런 친구, 이런 우정(이라는 단순한 이름으로는 다 정의되지 않는 어딘가 불온하고 음울하게 아름다운 감정들) 혹은 그런 비슷한 것이 존재했던 시기를 저마다 떠올릴 수 있을 것이다. 너와 나도, 나인 것과 나 아닌 것도, 원하는 것과 원치 않는 것도, 웃음과 눈물도, 선망과 경멸도, 갈망과 반항도, 그 경계가 불분명하던 혹은 나뉜 것 같다가도 금세 다시 어지럽게 엉겨 붙어버리던, 분기分岐와 분화分化 이전 모든 것이 부글거리는 팽창의 세계.

죽고 싶은 건지 살고 싶은 건지 정말로 헷갈리던, "아무것도 모르는 동시에 모든 것을 아는" 나이. 키라와 에바의 모습을 좇다 문득 누군가의 뺨을 후려치고 싶은 동시에 어루만지고 싶었던, 뛰어내리고 싶은 동시에 날아오르고 싶었던 어떤 순간이 불현듯 떠올랐다면 당신은 이미 모니즈의 세계에 입장한 것이다. 예상치 못한 순간에 심장이 멋대로 쿵쿵대는 바람에 "자신들이 내는 것도 아닌 울부짖는 소리"가 잦아들기를 기다려보지만 쉽사리 고요해지지 않던 시간들.

첫 단편 〈우유, 피, 열〉을 읽다 보면 조이스 캐럴 오츠의 단편 〈흉가〉의 메리 루와 리사가 떠오르기도 하는데, 확연히 다른 점은 모니즈의 두 소녀 이야기에 몽롱한 환상이나 흐려진 기억은 없다는 것이다. 기억과 망각이 어느 정도는 의지에 달려 있기도 하다는 걸 감안한다면 모니즈의 단편 속 여자들은 그 무엇도 잊지 않으리라 다짐하며 두 주먹을 불끈 쥔 채 두 눈을 부릅뜨고 서 있는 느낌이다. 불온하고 불안했고 아찔하고 또 끔찍했던 시절의 순간일지라도.

색―빨강, 분홍, 하양

이 책에 실린 각 단편이 제각각 다른 인물들의 전혀 다른 이야기들인데도 마치 거대한 하나의 세계를 구성하는 연속된 한 편의 이야기처럼 느껴지는 것은 플로리다라는 배경과 여성으로 살기womanhood라는 주제가 모든 단편을 관통하고 있기 때문이기도 하지만 책의 제목이자 표제작인 첫 단편 〈우유, 피, 열〉의 모티브(그것들을 대표하는 색들―빨강, 분홍, 흰색) 때문이기도 하다. 가령, 피(빨강)는 말 그대로 혈맹을 맺은 뜨거운 우정을 상징하기도 하고(〈우유, 피, 열〉) 임박한 죽음의 예감이기도 하며(〈천국을 잃다〉) 길들여지지 않는 자유로운 개인의 삶이나 생명(〈뼈들의 연감〉―자기 자신을 잃은 채 틀에 박힌 듯 사는 삶을 'bloodless'라고 표현)을 뜻하기도 한다. 그런가 하면 피와 우유를 섞었을 때 나오는 색인 분홍은 사산된 아이를 표현하는 데 쓰이기도 하고(〈향연〉) 시작 단계의 연애 감정이나 사춘기 시절에 대한 상징으로도 사용되며(〈스노우〉, 〈뼈들의 연감〉) 흥청망청하는 끔찍한 풍요를 나타내는 장치(바닥에 흥건한 샴페인의 색)로도 동원된다(〈색다른 것들〉).

흰색은 아직 어린아이에게 성장의 양분이 되는 우유의 색이
기도 한 동시에 죽어서 땅에 묻혀 썩어 없어진 지 오래인 육
신에서 끝내 남은 뼈의 색이기도 하다(《뼈들의 연감》).

이처럼 모든 단편이 굉장히 시각적이어서 읽으면서 이
미지가 생생히 연상된다. 시각뿐 아니라 청각이나 후각, 미
각, 촉각, 통각 등으로도 많은 정보가 고스란히 전해진다. 소
녀들이 손바닥에 상처를 내 핏방울을 우유잔에 떨어뜨리
는 장면, 아버지의 유골함을 들고 있던 주인공이 유골함이
쏟아져 뼛가루가 입안에 들어차는 것을 상상하는 장면, 물
에 빠져 허우적대며 죽음의 공포를 느끼는 주인공이 바다
를 자신의 발가락을 잡아당기는 손가락으로 표현하는 대목,
기괴한 정찬 모임의 크리스마스 만찬 날 주방에서 들려오는
소리 같은 대목은 독자를 그 현장으로, 그 인물 속으로 곧
장 끌어들인다.

목소리, 코러스

이 책의 단편들은 작가 혹은 서술자와 인물 간의 거리가
굉장히 가까워서 가끔은 그 경계가 허물어지기도 한다. 자
유간접화법이니 자유직접화법이니 하는 복잡한 용어를 굳
이 가져다 설명하지 않더라도 모니즈의 글을 읽다 보면 도저
히 멀찌감치 서 있을 수 없을 것이다. 어느새 인물들에게 바

짝 다가서서 귀 기울이며 그들의 목소리를, 때로는 작가와 서술자와 인물이 내는 코러스 같은 그 목소리를 듣게 될 것이며 그러다 어느 순간 독자 내면의 목소리도 그 안에 섞여 듦을 깨달을 것이다.

이상한 여자들

그야말로 '이상'한 여자들 풍년이다. 손바닥을 그어 피를 내 우유에 타서 나눠 마신 뒤 피로 맺어진 자매가 되고 죽음을 상상하는 일이 곧 놀이였던 소녀들. 사산된 아이의 몸 조각조각을 환영으로 보던 어느 날 수족관에 가서 수조 유리에 이마를 대고는 문어를 노려보며 교감하는 여자. "잉크 냄새 나는" 어려운 단어들을 매일 허겁지겁 삼키듯 외우고 모두가 눈을 감은 기도 시간에 목사와 단둘이 눈을 뜨고 있는, 그러다 어느 날 교회 건물에 휘발유를 끼얹고 성냥을 그으려던 여자애. 자신을 성적 농담거리로 삼았던 남자애를 찾아가 완력(아니, 악력이 더 정확한 표현이려나)으로 제압해버리는 여자애. 남자친구의 여동생에게 자기 겨드랑이 냄새를 맡아보라는 여자(물론 맥락은 있으니 너무 당황하지는 말고 〈물보다 진한〉을 읽어보시길). 암 재발 후 항암치료를 거부하고 담배를 피우기 시작한 중년의 여자. 엄마가 다른 남자를 만났었다는 사실보다도 엄마가 스스로 원하는 삶을 찾아 나서

지 않는 것에 화가 나 있는 딸. 빨래바구니 속의 딸아이 청바지 주머니에서 나온 의문의 쪽지에서 추리를 시작해 그 작성자인 남선생에 대한 기상천외한 복수를 계획하는 여자. 짐승의 뼈들을 수집하는 여자애와 두 살짜리 딸을 두고 세계여행을 떠난 뒤로 늘 어딘가를 떠돌아다니고 있는 그 여자애의 엄마. 이곳에는 호락호락 순순히 여자로 살아주지 않는 여자들로 북적댄다.

살아남으려 했던 것을 미안해해야 할까

오래 기억에 남을 만한 강렬한 장면들이 많지만 나는 〈배의 바깥에서〉에서 샤일라와 트위트가 물에 빠진 뒤에 벌어진 일들을 자꾸 곱씹게 된다. 자신을 집어삼키려는 검은 물속으로 끌려 내려가지 않기 위해 샤일라가 허겁지겁 붙잡고 매달린(혹은 매달릴 수 있었던) 건 결국 힘이 센 크리스나 헤엄을 좀 칠 줄 아는 타티가 아니라 간신히 숨만 쉬며 가라앉을 듯 위태롭게 떠 있는, 탈진한 트위트였다. 크리스는 샤일라를 떼어내 내팽개쳐버렸고 타티는 헤엄쳐서 멀리 가버렸으므로. 비명을 지르거나 소리 내 울 힘도 없이 그저 숨을 꼴딱거리고 말없이 눈물 흘리며 무력하게 떠 있는 트위트의 어깨에 손톱을 박아 넣으며 그악스럽게 달려들던 샤일라처럼 우리는 위태로울 때 움켜잡고 할퀴고 잡아먹는다,

자신만큼이나 위태로운 존재를. 그리고 그런 경험은 마음 한구석을 그을려버린다. 사과해야 할까? 사과하면 용서는 받을 수 있을까? 누가, 누구에게, 누구를? 무엇을?

우린 늘 어린 것을 먹어왔다

모든 단편이 저마다의 빛으로 반짝이지만 가장 강렬한 단편을 꼽으라면 〈색다른 것들〉일 것이다. 충격적인 내용은 말할 것도 없고 단 6페이지라는 짧은 길이도, 1인칭 복수의 '우리'를 화자로 내세운 것도 매우 '색다르다.' '여성'을 전면에 내세우지 않은 유일한 단편이기도 한데 여성 연대의 (목소리도 힘도 없이 착취당하고 희생되는 모든 유약한 존재들로의) 확장으로 생각이 가닿지 않을 수 없다. 〈색다른 것들〉의 마지막 문장처럼 우리는 늘 어린/여린 것을 먹어왔는지도 모른다. 그저 "사람으로 지낼 수 있는 만큼" 필요한 것들이 필요해서, 그러니까, 살려고, 살아남으려고. 정말 그런가? 〈배의 바깥에서〉의 샤일라와 〈색다른 것들〉의 '우리' 사이 어디쯤에는 선을 긋고 약한 것들에게 손 내밀어야 하지 않을까. 그것이 "사람으로 지내는" 것이라고는 합의해야 하지 않을까.

우리, 여자

이 열한 편의 단편에 등장하는 여성들은 연령도, 피부색도, 직업도, 성격도, 경험도, 상황도 모두 제각각이고, 심지어 살아남은 여자도, 죽어가는 여자도, 죽은 여자도 있는데, 번역 작업 내내 그들이 모두 동시에 나인 것처럼 느껴지는 특별한 경험을 했다. (많은 독자들도 나와 같은 경험을 하리라 생각한다.) 아마 여자가 된다는 것, 여자로 산다는 것은 그냥 그 자체로 매순간 딱히 마뜩잖은 두 선택지―대표적인 예를 들자면, 엄마 되기와 엄마 되지 않기―를 두고 고민해야 하거나, 뱃속에서 기껏 길어 올린 단어들은 어느 것 하나 내가 정말 하려던 말이 아님을 깨닫게 되는 "혀를 물어뜯긴 기분"인 날들의 연속이기 때문인지도 모르겠다. 〈필요한 몸들〉의 끄트머리에서 빌리가 여러 평행세계의 다른 자아들을 상상하며 택하지 않은 길들도 전부 다른 어디서든 이어지고 있다고 생각한 건 그런 의미였을까? 사실 편재遍在하는 것은 세상을 만든 신(그런 것이 만약 있다면)이 아니라 같은 세상을 공유하는 자매들이었는지도 모른다. 마지막 단편 〈뼈들의 연감〉에서 추수철 보름달 아래 물결치던, 자매들의 숲.

"어디에나 여자들이 있었다. 할머니의 친구들이며 옆 동네에서 온 낯선 여자들은 물론 더 멀리서 온 여자들도 있었다. 아이들을 가르치는 여자들도 있었고, 서류 정리를 하는 여자들도 있었고, 화장실 청소를 하는 여자들도 있었다. 사업하는 여자들도 있었고 매춘하는 여자들도 있었으며, 결혼을 했던 여자들도, 한 번도 결혼한 적 없는 여자들도 있었다. 꽃을 단 여자들도, 풀잎 치마를 입은 여자들도, 머리를 땋은 여자들도, 구슬을 단 여자들도, 벌거벗은 여자들도 있었다. 늙은 여자들, 어린 여자들, 키 큰 여자들. 부둥켜안고 노래하고 달리고 기도하는 여자들과 밤새 술을 마시는 여자들."

모니즈는 어느 인터뷰에서 이 단편집의 주제로 '힘power'이라는 한 단어를 꼽으며, 각 단편, 매 장면마다 힘이 누구에게 있고 어디로 작용하며 어느 방향으로 흐르는지 눈여겨봐주기를 당부했다. 단편들의 순서도 정교하게 배열했다고 하니 그 흐름에 몸을 맡겨보는 것도 좋겠다. 피로 시작하여 보름달 아래 여자들의 숲으로 끝나는.

《우유, 피, 열》은 젊고, 뜨겁고, 육체적이고, 선명하고, 눈부시고, 기운차다. 호락호락하지 않은 이상한 여자들에게 바치는 이 찬가를 내가 번역하면서 그랬듯 많은 독자들이 두근두근하는 마음으로 읽어준다면 더 바랄 것이 없겠다.